Esperando en la calle Zapote

Amor y pérdida en la Cuba de Castro

Una novela

basada en eventos reales

Betty Viamontes

Esperando en la calle Zapote:
Amor y pérdida en la Cuba de Castro

Publicado en los Estados Unidos de América por Zapote Street Books, LLC, Tampa, Florida

Este libro es una obra de ficción. Personajes, nombres, lugares, eventos, incidentes, y empresas son un producto de la imaginación del autor o usados de manera ficticia. Cualquier parecido con lugares o eventos reales, o cualquier persona, viva o muerta, es pura coincidencia.

Título Original: *Waiting on Zapote Street:*
Love and Loss in Castro's Cuba
Publicado en los Estados Unidos de América por Zapote Street Books, LLC, Tampa, Florida

Traducido por Betty Viamontes

ISBN: 978-0986423727

Zapote Street Books LLC, logotipo y diseño de la portada por Gloria Adriana Viamontes, fotografía de la portada por Betty Viamontes
Impreso en los Estados Unidos de América

Les dedico este libro-

A mi madre, Milagros, por su enorme contribución a esta obra. Ella quería que todos supieran su historia, y le prometí que la escribiría.

A los 125 mil hombres, mujeres y niños que, en 1980, salieron de las costas del Mariel, Cuba, arriesgando sus vidas al cruzar el Estrecho de la Florida en barcos de todos los tamaños.

A todos los inmigrantes del mundo que abandonan a su país de origen, en busca de oportunidades y libertad.

CAPÍTULO 1

EL PRINCIPIO DEL FIN

PODÍA OLER LA SAL DEL MAR y escuchar las olas rompiendo contra el acero en aquella noche sin luna del mes de abril. Era 1980, el año en que todo cambió; luego de una década, a la gente en Cuba se le permitía emigrar si alguien de los Estados Unidos estaba dispuesto a venir a recogerla. La oscuridad nos rodeaba, interrumpida solamente por las luces tenues de nuestro barco, que se reflejaban en las agitadas aguas negras. El barco "Capt. J.H.", camaronero de sesenta y siete metros de eslora, luchaba contra las altas olas con más de doscientos hombres, mujeres y niños metidos dentro del él como el relleno de peluche dentro de una muñeca de trapo. Las luces amarillas de La Habana se habían desvanecido detrás del horizonte y los vientos estaban aumentando, agitando mechones de mi pelo rubio en el aire fresco y húmedo.

Me había sentado en el suelo oxidado cerca de la popa; mis tres hijos, dos niñas, de quince y trece años, y mi hijo, de once, estaban acurrucados a mi alrededor. Les pedí que se acercaran a mí y se aferraran a lo que fuera, una manera de engañarme a mí misma ilusionándome con la idea que tenía el control de mi situación, cuando en realidad desde el primer momento en que había puesto pie en este barco no controlaba nada. Las manos se me humedecieron de sudor al ver los relámpagos en el cielo y al escuchar los truenos alrededor de nosotros.

Momentos más tarde, la lluvia, en gotas gruesas, comenzó a caer sobre nuestras cabezas. Las olas parecían más altas que antes y ahora golpeaban con fuerza los costados de nuestro barco mientras este batía sus "alas" (dos puntales

1

largos, que se extendían a cada lado) como tratando de mantener su equilibrio. No estaba segura a qué le tenía más miedo: si a la exhibición de fuegos artificiales de la naturaleza y los truenos encima de nosotros o a la fiereza del mar, ambos compitiendo por mi atención. A veces, el barco se inclinaba, causando que el puntal de ese lado salpicara el mar con una fuerza tremenda, creando una lluvia de agua de mar sobre nosotros. Otras veces, las olas levantaban nuestro barco, llevándolo más cerca del cielo, sólo para dejarlo caer como un juguete en la zanja que se formaba entre las olas.

Estábamos empapados. Podía probar la sal en los labios. La gente que había sucumbido a la náusea que provocaba el movimiento del barco se alineaba a lo largo de babor y estribor para regurgitar, sus cabezas inclinadas hacia el mar. El vómito volaba mezclándose con la lluvia horizontal. Los hombres protegían a las mujeres y a los niños, presas del mareo, para que no cayeran al mar, sujetándolos con un brazo alrededor de la cintura y aferrándose con el otro a la embarcación; o, sentados en el piso, aferrando a los mareados por las piernas. Hombres sin camisa que habían sido traídos directamente de las cárceles (muchos habían sido encarcelados por robo o actividades antirrevolucionarias) y otros que acompañaban a sus familias a los Estados Unidos, todos por igual ayudaban a sus vecinos mareados.

Toqué las manos heladas de mis hijas. Sus cabelleras largas y castañas estaban mojadas y agrupadas en mechones. Yo sentía su miedo. Mi hijo levantó la cabeza explorando en torno suyo, en silencio. Treinta minutos antes, cuando las luces de La Habana eran todavía visibles, un barco de la guardia costera cubana se había acercado a nuestro barco y, a través de altavoces, había anunciado que otro barco como el nuestro estaba hundiéndose. Su capitán había pedido ayuda y emitido órdenes de abandonar el barco. La guardia costera quería saber si habíamos visto el barco que se estaba hundiendo.

EL PRINCIPIO DEL FIN

Aún si nos hubiéramos tropezado con esta embarcación, nuestro barco ya sobrepasaba su capacidad de carga lo que limitaba o eliminaba cualquier posibilidad de haberla podido asistir. Mi padre había sido un marino mercante y a través de sus historias, yo había aprendido a respetar el poder del mar. Me podía imaginar a la gente abandonando el barco que se hundía y aferrándose a cualquier cosa para salvar sus vidas. Lo mismo podría pasar con nosotros.

Mis acciones y las de Rio, mi esposo y el padre de mis hijos, nos habían traído a este tiempo y lugar, impulsados por el amor que sentíamos el uno por el otro y por nuestros hijos. Me estaba ahogando en culpabilidad, y sin embargo, ninguno de los caminos que podríamos haber escogido me hubiera llevado a un lugar diferente. Este era el precio que debíamos pagar. Mis hijos y yo nos enfrentaríamos a nuestros destinos juntos, sin importar lo que nos aguardara.

Para poder entender las decisiones que tomamos, no es suficiente escuchar mi versión de los hechos. La historia de Rio, dicha desde su perspectiva, también ayudará a otros a comprender en lo que se convirtieron nuestras vidas.

La gente en Cuba cree en el destino. Las vidas que vivimos me hicieron una creyente.

CAPÍTULO 2

ABANDONADO

Tenía nueve años cuando mi madre, Mayda, me depositó en un orfelinato dirigido por sacerdotes católicos. Era el año 1946. Cuando entramos al edificio, tomados de la mano, yo no sabía lo que iba a suceder. Olí su perfume mientras me besaba en la frente. —Compórtate bien, Rio —me dijo. Mi madre olía como un jardín de rosas y violetas, una fragancia tenue. No me gustaba su perfume, pues siempre me hacía estornudar. Llevaba gafas oscuras y un vestido negro que había comenzado a usar desde que mi padre y mi hermano murieran con dos meses de diferencia el uno del otro, dejándola solamente conmigo, su hijo menor. Ella se alejó sin mirar atrás, el eco de sus tacones rebotando en la sala vacía, y luego sus palabras, «Vuelvo más tarde,» palabras que se quedaron grabadas en mis oídos sin saber por qué.

Sentí una mano posarse en mi hombro; me volví y vi a un hombre alto vestido todo de negro, a excepción de una banda blanca alrededor del cuello. No parecía ni enojado ni preocupado. Me dijo que lo siguiera y me llevó a los dormitorios, una habitación con unas dos docenas de camas de metal distribuidas uniformemente en cada lado, a dos pies de distancia una de la otra, cada una cubierta con sábanas blancas que colgaban de manera uniforme y con una almohada delgada a la cabecera. Nuestros pasos resonaban en los pisos de baldosa mientras caminábamos, generando un eco que podía oírse en todas partes. Percibía un olor a antiséptico que me producía cosquillas en la nariz y hacía que la habitación pareciera fría e impersonal, tan diferente del olor de café recién colado,

4

orégano, azafrán y comino de mi casa. Señaló una de las camas, y, en voz baja, dijo:

—Puedes usar ésta.

No entendía por qué necesitaba una cama. Luego me dio una serie de instrucciones confusas. Debía ir por un pasillo, doblar a la derecha, caminar un poco más y doblar a la izquierda. Otro director me proveería con un calendario de tareas e información adicional. No entendía lo que estaba pasando.

Poco a poco, logré entenderlo todo, al ver que mi madre no regresaba.

Cincuenta años antes mi abuela paterna, a quien nunca conocí, había dejado a mi padre en este lugar llamado la Casa de Beneficencia y Maternidad, o La Beneficencia como la mayoría de la gente la llamaba. El enorme edificio que albergaba La Beneficencia se encontraba en la Habana Vieja, en una avenida llamada Calzada de Belascoaín. A un costado del edificio se encontraba una caja grande donde una madre soltera podía depositar a su bebé y hacer sonar el timbre para alertar a las monjas de una nueva llegada. Este método permitía a las madres solteras ocultar su identidad.

La Beneficencia había sido fundada durante la época colonial de Cuba. En honor del obispo Gerónimo Valdés y Sierra, fundador de La Beneficencia en los 1700s, a la mayoría de los hijos varones de padres desconocidos que fueron recibidos en el orfelinato se les daba el apellido Valdés, sin el acento en la "e". El nombre de mi padre, como el mío, era Rio Valdes. Al igual que mi padre años atrás, me paseaba por estos pasillos sintiéndome rechazado.

Extrañaba a mi padre y a mi hermano. Mi padre había sido un oficial de alto rango de la policía del gobierno de Carlos Prío Socarrás. Más tarde yo le diría a la gente que mi padre había muerto en el cumplimiento del deber. Pensaba que era un fin más acorde a la persona dura que había demostrado ser, en lugar de la verdad: «Murió de un virus monstruoso que lo mató en un día.» Eso, en mi opinión, lo hacía parecer débil, lo contrario de lo que él fue. Un virus similar, que causó disentería, mató a mi hermano un par de meses más tarde. Aquello hizo que me preguntara si era cierto lo que la gente en Cuba decía, que no hay nada que uno pueda hacer para luchar contra el destino; todo está escrito. ¿Dónde está escrito? Solo sabía que un día estaba en un partido de béisbol con mi padre y mi hermano, y prácticamente al día siguiente me encontraba en este lugar. En un abrir y cerrar de ojos, dos de las personas a las que más amaba habían sido borradas de mi existencia. Mi padre a menudo me decía que los hombres no lloraban o daban a conocer sus sentimientos, cualquiera que fuese el dolor que llevaran dentro. Seguir su lógica no fue fácil; interiorizarlo todo resultó ser una carga pesada.

Cuando llegué por primera vez al orfelinato, no busqué la compañía de otros niños. Asistía a la escuela y a misa; hacía el trabajo escolar y las tareas asignadas por los sacerdotes y las monjas (como limpiar pisos y baños), y me la pasaba siempre solo.

Los sacerdotes me enseñaron a orar y a creer en un Dios misericordioso. Cada noche, esperaba hasta que las luces se apagaran. Me escondía debajo de las sábanas, las manos juntas sobre el pecho, y oraba por el regreso de mi madre. Mi oración era en voz baja, que incluso yo apenas podía oír, o bien muy silenciosa dicha con el pensamiento. No estaba seguro qué método sería más eficaz o si mis ojos tenían que estar abiertos o cerrados, así que a menudo alternaba. Una vez, por si acaso, probé orar con un ojo abierto y otro cerrado. Era el ser meticuloso dentro de mí (o el obsesivo); entonces no quería dejar nada al azar. A medida que los meses transcurrían, empecé a perder las esperanzas. No entendía por qué Dios me había abandonado.

ABANDONADO

Un día creí que mis oraciones habían sido respondidas, cuando, a los seis meses de estar en el orfelinato, mi madre volvió a aparecer. Era un domingo. Estaba limpiando el piso por segunda vez ese día. En la primera ocasión, cuando el Padre Rogelio vino a inspeccionar mi trabajo, me dijo que los pisos no estaban lo suficientemente limpios. Levantó el cubo gris de agua sucia y lo tiró al suelo, provocando un chapoteo que salpicó mis zapatos negros y medias blancas hasta las rodillas. Me ordenó limpiarlos de nuevo; o lo hacía correctamente esta vez o me pasaría el día limpiando.

El Padre Rogelio regresó y me dio instrucciones de dejar de limpiar y seguirlo hasta la entrada. Conforme nos acercábamos, vi la figura de mi madre en su vestido negro, y noté sus gafas oscuras. Corrí lo más rápido que mis piernas me permitieron, y lancé mis brazos alrededor de ella. Reconocí su perfume. Estornudé. Era la primera vez que yo sonreía desde nuestra separación. Me preguntó cómo estaba. Le dije que no quería quedarme. La extrañaba a ella, mi habitación, mis cosas.

— ¿Podemos irnos para la casa ahora? —le pregunté con exasperación y esperanza. Dijo que estaba allí sólo para ver cómo yo estaba. Le estaba suplicando que no me dejara cuando ella le hizo un gesto al padre Rogelio. Éste me agarró por detrás, anticipando mi próximo movimiento. Traté de librarme de él, pateando y retorciéndome. — ¡Por favor, no me dejes aquí! ¡Por favor, llévame a casa, Mamá! —En violación de la regla de mi padre, las lágrimas me brotaron de los ojos. Mi madre dio la media vuelta y se fue una vez más, sin mirar atrás.

Dejé de rezar después de ese día, pero siempre soñé con el momento en que pudiera tener mi propia familia. Nunca haría lo que mi madre y mi abuela paterna habían hecho. Yo siempre estaría con mis hijos.

En La Beneficencia me enseñaron un oficio. Desde el principio había demostrado que era bueno con las manos. Me gustaba desarmar cosas para armarlas de nuevo. Los sacerdotes se dieron cuenta de mis habilidades y, además de seguir el plan de estudios escolar estándar que incluía matemáticas y ciencias, me pusieron a trabajar como aprendiz de mecánico. Aprendí cómo arreglar todo tipo de cosas: motores de automóviles y motocicletas, bicicletas, y aparatos de televisión. Era detallado y curioso, con una capacidad natural para comprender cómo funcionaba el interior de las máquinas. Las enseñanzas que recibí finalmente me llevaron a convertirme en mecánico industrial.

Cuando posteriormente me di cuenta de que no regresaría más a casa, dejé de preferir la soledad y busqué la amistad de otros muchachos, aunque "amistad" es una palabra demasiado grande. Busqué su conversación y el intercambio de ideas; la amistad requería una especie de compromiso, el cual yo era incapaz o no estaba dispuesto a ofrecer. Además, nunca sentí que pertenecía a este lugar. Tenía una madre real y un verdadero hogar. Los otros niños pensaban que les mentía y era como ellos. Eso me molestaba y me causó problemas más veces de las que quiero recordar cuando mi ira se transformaba en golpes y rostros ensangrentados.

Una vez se supo que yo entendía el lenguaje de los puños, los otros niños me dejaron de molestar excepto un chiquillo pelirrojo. Él abusaba de los otros muchachos y era mucho más fuerte que yo y de mayor edad por tres o cuatro años. Tenía los ojos azules y una cara redonda; era alto y grande como un gigante, pero lo que tenía de fuerte le faltaba en inteligencia. Algunos niños decían que era lento porque una vez se cayó de cabeza cuando era bebé. A veces, él y su pequeño círculo de amigos se burlaban de mí. Trataba de mantenerme alejado de él ya que sabía que no podía ganarle en una pelea, pensando que si llegaba a ponerme una mano encima, siempre me defendería aunque saliera lesionado pero hacía todo lo posible por evitarlo, aun cuando se riera de mí. . . eso, es decir, hasta el día en que mencionó a mi madre.

8

ABANDONADO

Un día yo estaba en la cafetería rellenando un vaso de agua a unos pasos de él. Se acercó y me dijo, mientras se agarraba la portañuela:

—Anoche vi a tu madre. Me dijo que empezaría a venir más a menudo para visitarme.

Sin pensarlo, agarré el vaso y me volví hacia él para pegarle. El agua voló a través de la cafetería y el fondo del vaso lo golpeó en la mejilla derecha. Cayó al suelo emitiendo un sonido de agonía. Tiré el vaso sobre la mesa y arremetí contra él a puntadas mientras le gritaba, a él y a todos:

—¡No vuelvas a hablar de mi madre; ni siquiera pienses en hablar de ella!

Nadie podía hablar mal de mi madre, no me importaba lo que ella hubiera hecho. Alertado, el Padre Rogelio apareció, me agarró, me llevó a su oficina, y me ordenó sentarme en una silla. Me dijo, sacudiéndome por los hombros, que tenía que aprender cómo dar la otra mejilla. Esta fue una lección que nunca aprendí.

Los meses en La Beneficencia se convirtieron poco a poco en años. No me gustaban los sacerdotes; y el sentimiento era mutuo. Perdí la cuenta de cuántas veces el Padre Rogelio me hizo limpiar los pisos repetidamente, o cuántas veces me castigó, primero por golpear a otros niños cuando me decían que mi madre no me quería; luego por hacerle bromas a las monjas—como el día que llevé un ratón a la clase y de puntillas fui a ponerlo sobre el escritorio de caoba de la Madre Rosaura cuando ella estaba escribiendo en la pizarra. Ella era una mujer gruesa, de mediana edad, que usaba unos espejuelos gruesos. Tenía la voz aguda y era muy estricta. No había un niño en la clase, o sacerdote, a quien ella le simpatizara. Cuando vio el ratón y comenzó a gritar y a saltar, levantando su uniforme negro ligeramente mostrando sus zapatos negros y medias blancas, todo el mundo se echó a reír. Sus gritos se podían oír hasta en la oficina del Padre Rogelio. Él no estaba contento.

El jugar bromas a las monjas hacía que el tiempo pasara más rápido; o al menos así se sentía.

Tenía trece años cuando mi madre regresó a verme. Para entonces mi voz había empezado a cambiar. También había descubierto las muchachas, y hasta tenía una novia de doce años de edad, con la piel blanca como fantasma y el pelo largo y negro. Una vez, ella y yo nos escondimos detrás del altar de la iglesia para besarnos. Mi descubrimiento del sexo opuesto puso fin a mi deseo de hacer bromas. Cuando el Padre Rogelio me dijo que mi madre había venido a verme, mis sentimientos eran ambivalentes. Todavía recordaba su primera visita. Lo seguí casi sin ganas por los enormes pasillos de La Beneficencia. Mis pasos se hacían más pesados a medida que me acercaba al área de recepción.

Entonces la vi. No llevaba un vestido negro, sino uno azul y blanco de estampado floral. Abrió los brazos mientras caminaba hacia ella. No le mostré ninguna emoción ni sentí inclinación por correr hacia ella. Sonrió, me dijo lo mucho que me había extrañado y me besó en las mejillas. Se sorprendió de lo mucho que había crecido y me dijo que era guapo como mi padre. Yo había heredado su color café con leche y el pelo castaño, pero tenía los ojos de color ámbar de mi madre. Nos sentamos en un banco junto a la pared y me habló de su éxito como empresaria. Se quitó las gafas y vi sus ojos brillar mientras hablaba de su negocio. Una línea delgada de color carmelita, dibujada con un delineador a lo largo de los bordes inferiores de los párpados, les daba vida a sus ojos dándole el aspecto de una leona. Sus uñas eran largas y las llevaba cubiertas con un esmalte rosado, a diferencia de las uñas cortas y pálidas que había tenido cuando me dejó en el orfelinato. Al morir mi padre, ella decidió alquilar las dos casas que él le había dejado. Incluso alquiló nuestra casa y se trasladó a una más pequeña a en el municipio de Marianao. Luego compró un par de apartamentos logrando amasar una pequeña fortuna. Parecía apasionada cuando hablaba de su negocio.

Tenía una sorpresa para mí. Sacó de su bolso una pequeña caja envuelta en papel de color rojo brillante; me la entregó. La desenvolví lentamente, observando la emoción en sus ojos mientras lo hacía.

—Bueno, ¿te gusta? —me preguntó. Era un reloj de cara negra, con una banda de cuero negro.

Asentí con aprobación. Ella sonrió y apretó mi cara fuertemente entre sus manos, diciéndome otra vez lo mucho que me había extrañado. A lo largo de su visita, ella habló mucho más que yo. Esta vez no le pregunté si me iba a llevar a casa. Para entonces, me había adaptado a mi nueva vida y comprendí lo ocupada que ella estaba con su negocio. No quería ser un obstáculo.

No salí de La Beneficencia hasta cumplir diecisiete años. Para entonces, ya no me interesaba regresar a casa. Mi madre me transfirió el título de uno de sus apartamentos y me compró un Chevrolet rojo. Me colmó de regalos, como esperando borrar lentamente, con cada uno, los años que había pasado separada de mí.

Luego me compré una motocicleta. Me gustaba beber y conducir automóviles rápidos; no le temía a nada. Levantar pesas me ayudó a mantenerme en forma y me dio un aspecto duro que las mujeres apreciaban. Cambiaba de mujeres como de zapatos: rubias, morenas, pelirrojas, sólo eran detalles. Aquellas con las que me acostaba eran generalmente mayores que yo, como por diez años. Sabían lo que querían. Las mujeres de mi edad se volvían locas con Elvis Presley y les encantaba bailar. No era que la música no me gustara, pero el baile no me interesaba, tal vez debido a que en el par de ocasiones que traté de imitar los movimientos, me había sentido como un idiota por mi mala coordinación. Nunca entendí por qué las mujeres jóvenes se derretían cuando veían a los cantantes de rock 'n' roll en la televisión. Aquellas mayores que yo me enseñaron cosas sobre el cuerpo femenino que no hubiese aprendido con alguien de mi edad, o por lo menos no tan rápido. En aquellos tiempos todavía no estaba preparado para encontrar una buena chica con quien sentar cabeza.

Pasado un tiempo, sentí la necesidad de algo nuevo, una aventura. Mi oportunidad llegó en 1959, después de la llegada de Fidel Castro al poder. No sabía nada de política, ni me importa realmente, pero en mi búsqueda de una aventura me uní a la milicia, un grupo paramilitar entrenado para responder en caso de que Cuba fuese atacada. Al igual que mi padre, me gustaban las armas y con el entrenamiento que recibí, me convertí en un experto tirador. Por ignorancia la idea de luchar en una guerra me cautivaba. No tenía conocimiento de primera mano del daño que las guerras causaban. En ese momento formar parte de ese grupo me hacía sentir más importante de lo que era y al mismo tiempo me brindaba la oportunidad de ser más como mi padre. No sabía que mi apoyo al gobierno de Castro un día tendría consecuencias de largo alcance, no sólo para mi país, sino también para la mujer que un día sería mi esposa.

Esta es su historia, que se convertiría en nuestra historia.

CAPÍTULO 3

CUANDO CONOCÍ A RIO

Mi hermana, Berta, que era dos años más joven que yo, pero mucho más pragmática, solía decirme: —Laura, saca tu cabeza de las nubes.

Pero ahí es exactamente en donde la tenía desde que lo conocí.

Había llegado tarde al trabajo de nuevo, sin contar que había faltado el día anterior. Apenas llegué a la oficina esa mañana, mi jefa, Compañera Fernández, me pidió que me reportara al jefe de personal. Era enero de 1961, dos años después del triunfo de la revolución de Fidel Castro. Hasta finales del 1958, hubiera llamado a mi gerente Sra. Fernández, pero en la nueva Cuba, los empleados ya no podían referirse a sus jefes utilizando la terminología del sistema económico capitalista que había existido hasta antes de la revolución. Trabajaba en Panam, una fábrica de ventanas que había sido nacionalizada por el gobierno después de que Fidel Castro llegó al poder.

Afuera de la oficina del jefe de personal, en la pared junto a la puerta abierta, había un letrero de metal, de color negro con letras plateadas: «Rio Valdes». Me asomé y lo vi reclinado en su sillón de cuero negro, con las piernas colocadas encima de un escritorio de madera de caoba. En la pared detrás de su escritorio había un retrato de Fidel Castro y una bandera cubana: un triángulo rojo con una estrella blanca solitaria, tres franjas azules y dos blancas.

—Por favor, entre. Usted debe ser Laura Ocampo.

Asentí con la cabeza y comencé a caminar hacia su escritorio. Noté sus botas de color carmelita y su camisa blanca ajustada que revelaba la musculatura de sus bíceps. Bajó las piernas del escritorio y se acercó a mí, extendiendo su brazo derecho y ofreciéndome una mano áspera y fuerte. Estando tan cerca el uno del otro, pude notar sus ojos de color ámbar, tan hermosos contra su piel bronceada. Sentí que la sangre me corría a la cara.

—Te estás sonrojando —dijo y sonrió. —Por favor, siéntate.

Me dio vergüenza.

—No sé por qué me pidieron que viniese aquí, y estoy un poco nerviosa. Eso es todo —le dije.

Señaló una silla enfrente de su escritorio y tomó su lugar detrás de él. Me aseguró que no necesitaba estar nerviosa. Había recibido varias quejas sobre mis ausencias y quería entender lo que estaba pasando. Miré hacia el piso.

—Dime —dijo —. ¿Por qué estás faltando tantos días? Revisé tu expediente. Cinco ausencias en dos meses.

Podía sentir las lágrimas asomándose a mis ojos. Antes de poder controlarme, estallé en sollozos.

Él se puso de pie, caminó alrededor del escritorio y colocó la mano en mi espalda, tratando de consolarme. Me preguntó qué me pasaba.

— ¡Mi madre! —le dije levantando un poco la cabeza, para enterrar de inmediato mi rostro entre mis manos, mientras que las lágrimas se me seguían desbordando.

— ¿Está enferma? —preguntó. Asentí con la cabeza.

—Mira, no fue mi intención ponerte así. ¿Por qué no tomas el resto del día libre? Hablaremos mañana. No te preocupes. No voy a reducir nada de tu salario.

Sacó un pañuelo blanco de su bolsillo y me lo dio. Me sequé las lágrimas con él, embarrándolo de maquillaje. Yo no podía hacer nada bien. Era un desastre.

—Lo siento mucho por todo, mis ausencias, su pañuelo. ¡Lo arruiné! —le dije después de que mis lágrimas dejaran de brotar—. No necesito ir a casa. Esto se me pasará. Eso sí, hoy, después del trabajo, le voy a comprar un pañuelo nuevo.

Afirmó que no era necesario. Respiré profundo y, con los ojos todavía húmedos, expliqué que mi madre, Angélica, había estado dentro y fuera de hospitales en los últimos dos meses. —Es su corazón —le expliqué.

Él me pidió que no me preocupara. Escribiría una nota en mi expediente. Cuando dijo esto, me di cuenta de que no sólo era increíblemente guapo, sino también amable y gentil. Le di las gracias por su consideración.

— ¿Hay algo que puedo hacer para recompensarle por haberle arruinado su pañuelo? —le pregunté.

—Pero de nuevo con el pañuelo —dijo, un tanto divertido—. Bueno, si insistes. ¿Puedo pedirte un favor?

—Por supuesto —afirmé de buena gana.

—El cumpleaños de mi novia, Alicia, se aproxima, y no sé qué comprarle. Te voy a dar dinero. ¿Podrías ayudarme?

Me debía de haber dado cuenta que alguien tan guapo como Rio Valdes ya debería tener alguien que lo amara. Desilusionada, le dije que no se preocupara. Lo ayudaría.

Al día siguiente, le llevé un perfume popular meticulosamente envuelto en papel rojo. Él no estaba en su oficina cuando llegué, por lo que dejé el perfume en su escritorio con una nota. *Espero que a ella le guste.* No vi a Rio de nuevo hasta dos días después, cuando vino a mi oficina para darme las gracias. A Alicia le había encantado. A partir de ese momento nos hicimos amigos. A veces, almorzábamos juntos y me preguntaba cómo manejar situaciones con su novia. Me dolía ver cómo hablaba de ella, la forma en que sus ojos brillaban cuando pronunciaba su nombre. Él sentía por ella lo que yo estaba comenzando a sentir por él.

Durante el almuerzo o la merienda me preguntaba sobre mi familia. Le dije que mi madre era costurera y que nos había enviado a mi hermana y a mí a una escuela de monjas. Ella quería que tuviésemos una buena educación católica. Le confesé que atesoraba los años que había asistido a esa escuela. Quería saber por qué. —Las monjas me malcriaron mucho: galletas, juguetes. Crecí amándolas como si fueran parte de mi familia —le dije.

Rio, al principio, no me dijo nada sobre su infancia. Me hizo preguntas acerca de mi participación en la revolución antes de que Fidel Castro llegara al poder.

—He oído un rumor. ¿Es verdad que eras miembro de un grupo de estudiantes revolucionarios? —me dijo.

Asentí con la cabeza y él quiso saber más. Me tomó un par de horas de almuerzo relatarle la historia. Había heredado mis inclinaciones de mi madre, quién se había involucrado en asuntos políticos unos años después del golpe militar de Fulgencio Batista del 1952. La asunción del poder por Batista sin elecciones democráticas había asustado y enfurecido a muchos cubanos, y el miedo y la ira crecieron hasta convertirse en disturbios civiles.

Mi madre había trabajado duro día y noche cosiendo para sus clientes privados para darnos a mi hermana y a mí una buena educación. Bajo el gobierno de Batista, según mi madre, La Habana se había convertido en un pozo negro de juego, prostitución, crimen organizado y corrupción; ella anhelaba un cambio. Esto la llevó a afiliarse a grupos políticos en la medida que su tiempo se lo permitía. Quería que sus hijas vivieran en un lugar mejor.

La ilegitimidad del gobierno de Batista y la rampante corrupción de la policía y los políticos crearon las condiciones para la revolución que se estaba gestando bajo las narices del gobierno de Batista. Un joven abogado llamado Fidel Castro comenzó a tomar impulso popular debido a su retórica nacionalista, y sus intentos fallidos contra el gobierno de Batista ganaron la atención de los medios de comunicación. Su salida de la cárcel dos años después de uno de esos atentados sólo aumentó su popularidad e hizo que el apoyo público aumentara.

Era una joven inocente que había crecido en la década de 1950, cuando los vientos de la revolución invadieron Cuba. En cuanto comencé a asistir a la Universidad de La Habana, me uní a un grupo de estudiantes revolucionarios. Era 1957, Cuba estaba hirviendo con numerosos atentados contra el gobierno de Batista. En la «noche de las cien bombas,» que es como yo había denominado esa noche en particular, la juventud organizada contra el régimen colocó explosivos en las puertas de los establecimientos comerciales. Hechos como éstos eventualmente conducirían al éxito de los rebeldes de Castro.

Debido a los disturbios civiles, el gobierno había revocado los derechos constitucionales. Vivíamos en ese entonces en el segundo piso de una casa situada frente al Teatro Los Ángeles, y por la noche podía oír los gritos de los vecinos cuando eran sacados de sus casas por funcionarios del gobierno. Se rumoraba que muchos fueron torturados en el Quinto Distrito de La Habana con métodos inimaginables. Si estas afirmaciones eran reales o fabricadas, muchos jóvenes como yo las creyeron, y el número de partidarios de los rebeldes explotó. En mi deseo de marcar la diferencia a favor de la transformación política de mi país, distribuí cartas de la gente que luchaba en la Sierra Maestra, en la parte oriental del país, entre sus familiares, y procuré medicina para los combatientes.

Los esfuerzos de los jóvenes revolucionarios como yo condujeron inevitablemente a los eventos que transformaron el país de forma radical. El 31 de diciembre de 1958, cuando mi familia y yo fuimos a la cama, Fulgencio Batista estaba en el poder. Mientras dormíamos esa noche, él huyó de la isla, y cuando nos despertamos al día siguiente, Cuba no tenía un gobierno. Los saqueadores invadieron los establecimientos comerciales. La policía desapareció. Cualquier persona con vínculos al gobierno, o había abandonado el país o se había escondido. Para entonces, ya estaba en mi segundo año en la Universidad de La Habana.

El 1ro de enero de 1959, el sol se filtraba por las persianas parcialmente abiertas de nuestra sala cuando mi hermana y yo salimos a ver los miles de personas que se habían vertido en las calles de La Habana: hombres, mujeres y niños, muchos regocijándose y portando banderas cubanas. Otros, como mi hermana y yo, simplemente observando, sin darnos cuenta de que estábamos viendo la historia desenvolverse ante nuestros propios ojos. Algunos miraban desde los portales de las muchas casas coloniales en Santos Suárez o desde los balcones de los edificios de dos o tres pisos erigidos intrusivamente entre las casas coloniales. La gente les prendió fuego a algunas de las casas más opulentas que eran propiedad de los que tenían vínculos con el gobierno, y a sus automóviles también. Los establecimientos comerciales estaban cerrados. Vimos a un grupo de adolescentes sin camisa y hombres de veinte y pico años irrumpiendo en una tienda de aves de corral y saliendo de ésta llevándose pollos vivos en los brazos. Escuchamos a los pollos cacarear, y vimos a gallinas con plumas blancas y negras aletear tratando de liberarse, y hombres golpeándose entre sí por las aves, caras ensangrentadas, y gente gritándose unos a otros.

Caminamos hacia la Calle Mayía Rodríguez y notamos una casa que estaba siendo saqueada. Levantamos la mirada hacia el segundo piso de la casa de estilo colonial y vimos a dos hombres lanzando un refrigerador desde el balcón a la calle, celebrando con gritos el momento en que el refrigerador golpeó el pavimento. Otros hombres arrojaban por el balcón la ropa de la familia que había habitado la casa: varias camisas blancas de mangas largas, trajes de hombre, corbatas, elegantes vestidos de noche de mujer, pares de zapatos de niña, hombre y mujer, y un oso de peluche carmelita. Cuando el oso golpeó el pavimento, un muchacho, sin camisa, con la piel café con leche, lo recogió y se fue corriendo con él. Muchas personas llevaban pancartas, una con las palabras de Fidel Castro: «La historia me absolverá.» Un hombre golpeó el frente de cristal de una tienda de ropa con una barra de hierro, rompiendo el vidrio en pedazos, y hombres, mujeres y niños corrieron hacia dentro de la tienda para saquearla. Un anciano vestido con una guayabera blanca de mangas largas trató de razonar con la multitud que se llevaba la ropa de la tienda, pero un chico joven, de pelo negro lo empujó fuera del camino y puso su dedo índice en la cara arrugada del hombre, advirtiéndole que no interfiriera de nuevo. Sentí pena por el pobre señor, la forma en que se fue sacudiendo la cabeza. Mi adrenalina estaba fluyendo mientras miraba con asombro lo que ocurría alrededor de mí, la locura generalizada que consumía a los saqueadores. Mi hermana sugirió que volviéramos a casa. No era buena idea pasar otro momento en medio de tanto caos.

En la calle se rumoraba que Castro y sus revolucionarios estaban llegando a La Habana. Camilo Cienfuegos, una de las figuras más importantes de la revolución de Castro, había avanzado hasta el centro de la isla con sus fuerzas para despejar el camino para Fidel Castro. Cuando Batista huyó, Camilo siguió avanzando hacia La Habana.

El 8 de enero la isla se convirtió en una bandera cubana gigante, cuando por las calles de La Habana desfilaban camiones de rebeldes con crucifijos colgando de sus cuellos. Desde uno de los camiones, Fidel Castro, Camilo Cienfuegos y sus guerreros barbudos saludaban a los millones de seguidores que se alineaban en las calles. El país estuvo prácticamente paralizado durante un mes. Se nombró un gobierno provisional, y poco después, el grupo de revolucionarios al que yo pertenecía recibió la comisión de hacerse cargo de la compañía telefónica. Teníamos órdenes de permanecer allí hasta que recibiéramos instrucciones adicionales. No me di cuenta hasta más tarde que esta tarea era parte de una nacionalización masiva del gobierno de todas las industrias. Durante tres días, mi hermana y mi madre no oyeron ninguna noticia de mí; finalmente salieron a buscarme. No había transporte, por lo que tuvieron que caminar varios kilómetros bajo un sol implacable. Finalmente me encontraron en la compañía telefónica. Estaba sentada cerca de la zona de recepción cuando entraron con sus ropas empapadas de sudor. Ellas me pidieron que regresara a casa. Le dije a mi madre que no podía salir de mi puesto ya que había recibido la consigna de proteger la compañía de teléfono. Volví a casa dos días después.

Según me contó Rio durante nuestros almuerzos en el trabajo, él, al igual que yo, había sido testigo de los saqueos y las manifestaciones. La forma en que asintió con la cabeza cuando le relaté mi misión en la compañía de teléfono sugirió su aprobación. Convenientemente yo había omitido lo que pasó cuando llegué a casa.

Cuando entré, había encontrado a mi madre preparando café en la cocina. Al principio, ella hizo como si no me hubiera visto, ignorándome por completo. El olor del café recién colado se dispersaba a través de la cocina. Me coloqué detrás de mi madre, mirándola, esperando que ella me dijera algo. Ella tranquilamente se sirvió una taza pequeña de café y se la bebió. Sólo entonces sus ojos se volvieron hacia mí. —No te das cuenta de lo que estás haciendo, y cuando te des cuenta, será demasiado tarde. La toma de posesión de las empresas por el gobierno no es la respuesta. Esto es el comunismo —me advirtió. No le respondí, pensando que tenía todas las respuestas cuando en realidad no sabía nada. No pude darme cuenta de la lucidez de sus palabras.

Más tarde, me arrepentiría de esta incursión ingenua en un ambiente político que no comprendía, y vería la revolución como lo que realmente era: una toma de posesión socialista que eliminaría la libertad de mi país. Empecé a sospechar la magnitud de mi error algunos meses después de la victoria de la revolución cuando, durante una reunión del Ministerio de las Fuerzas Armadas a la que asistí, vi circular folletos de Mao Tsetung. Pero fueron necesarios más que unos panfletos para convencerme de que la sospecha de mi madre estaba justificada. Algún tiempo después, la develación de la mentira iba a sorprender al país; la verdad desfilaría por las calles de La Habana a través de los televisores en blanco y negro y los receptores de radio de la isla, a través de la Plaza de la Revolución, donde Castro anunciaría su mensaje marxista-leninista al mundo. Los mismos rumores de tortura y asesinatos que habían impulsado la revolución durante los años de Batista circularían de nuevo, esta vez en contra de los «salvadores» barbudos del pueblo. Me había equivocado en apoyar a la revolución, pero al principio no compartí mi nuevo punto de vista con Rio, pues necesitaba entender sus puntos de vista políticos antes de poder confiar en él.

A medida que mi amistad con Rio maduró, me confió la historia de los años que había vivido en un orfelinato y de la difícil relación con su madre. Sentía pena por él, y mi compasión alimentó mi amor por él. Pero mi formación católica me aconsejó no interferir. No busqué su compañía ni permití que se enterara de mis sentimientos hacia él. Satisfacía su curiosidad cuando me hacía preguntas sobre mi pasado. Lo escuchaba cuando me contaba lo mucho que se había divertido con Alicia los fines de semana en la playa o llevándola a ver películas; incluso lo ayudaba a seleccionar flores para ella, aun cuando esto destrozaba mi corazón.

Un día cuando estaba comiendo un pastel en la sala de descanso se sentó frente a mí y sonrió. —Eres un enigma a veces —me dijo.

Me reí. —Eso no es una palabra que utilizas con frecuencia—le dije—. ¿Por qué me dices eso?

—Actúas como una chica de familia rica —me dijo.

—Interesante. Veo que eres un buen juez de carácter. ¿Adivina qué? Soy bisnieta de un conde español —le dije, con un aire de importancia, arqueando las cejas ligeramente. —Mi bisabuelo desheredó a su hijo cuando se casó con mi abuela.

Ella era una muchacha pobre de los campos de Sevilla, en la parte suroeste de España.

Después de decirle donde estaba ubicada Sevilla me pregunté si lo había tomado a mal. No era mi intención sugerir que yo era intelectualmente superior. Debía tener más cuidado de no ofenderlo. Eso era lo último que quería hacer.

Se echó a reír. — ¿Me hablas en serio? ¿De verdad que tienes sangre azul?

Asentí con la cabeza. Le expliqué que después que habían nacido tres de los ocho hijos de mis abuelos, ellos viajaron a Cuba, donde nació mi madre. Rio, por su parte me dijo que tenía sangre taína, española, y china.

—Soy un perro sato —me dijo.

Los dos nos reímos.

Era en momentos como ésos, cuando él me hacía preguntas sobre mi familia o sobre mí, aunque sólo por curiosidad, que un destello de esperanza brillaba dentro de mí, sólo para extinguirse cuando mencionaba el nombre de su novia.

A los tres meses de empezar a trabajar en Panam, Rio fue promovido de jefe de personal a gerente de operaciones, con lo que se convirtió en mi supervisor. Era un jefe justo, muy amable, recordaba los cumpleaños de sus empleados y los visitaba en el hospital cuando estaban enfermos. Su preocupación por todos hacía que a la gente le cayera bien.

A través de mis conversaciones con Rio, me enteré de que desde la llegada de Castro al poder, él se había unido a la milicia cubana. Tal vez quería una aventura y le gustaban las armas, pero no entendía la política ni se preocupaba mucho por ese tipo de cosas, de lo que me fui dando cuenta gradualmente. El entrenamiento de la milicia lo llevó a convertirse en un experto tirador, pero yo esperaba que Rio nunca se encontrara en situaciones donde se viera obligado a utilizar esa habilidad.

CAPÍTULO 4

EL ACCIDENTE

Era el 17 de abril de 1961, cuando un grupo de exiliados cubanos contrarrevolucionarios llegó a las costas surestes de Cuba. Inmediatamente, Fidel Castro movilizó a sus fuerzas militares y a la milicia. Rio todavía estaba en casa cuando recibió órdenes de despliegue. Nos enteramos ese mismo día cuando su novia llamó a la oficina para informarnos que no estaba segura de cuándo Rio podría regresar al trabajo.

Mi hermana, Berta, estaba trabajando en ese momento en el Ministerio del Trabajo. Unos días antes, en su oficina habían circulado panfletos indicando que el gobierno planeaba quitarles los hijos a sus padres. Ella había leído uno de ellos y se lo había pasado a otros compañeros. En cuanto se supo lo del ataque a la Bahía de Cochinos, a todas las mujeres en el trabajo de Berta se les registraron las carteras. A medida que el día avanzaba, el gobierno detuvo a cualquier persona de quien se sospechara fuese antirrevolucionaria. Un vecino vino a nuestra casa con un mensaje de una de mis tías; su hijo había sido encarcelado. Él fue uno de los cientos de personas que fueron sacadas de sus puestos de trabajo u hogares.

Ese día yo había salido temprano del trabajo y estaba limpiando el piso cuando Berta regresó del suyo. Tiró su bolsa negra en el sofá y me agarró del brazo.

—Tenemos que hablar. ¡Ahora! —me dijo.

EL ACCIDENTE

Prácticamente me arrastró hacia la habitación en la sección trasera de la casa, la única habitación sin ventanas, y cerró la puerta.

—Tengo miedo —susurró —. No repitas lo que te voy a decir.

Estábamos de pie frente a la cama, la cual estaba cubierta por una colcha color rosa. Berta siempre había sido más fuerte que yo. Había padecido de difteria cuando era pequeña, tiempo durante el cual había luchado entre la vida y la muerte y visitado hospitales con frecuencia. Estar cerca de la muerte tan temprano en la vida la hizo fuerte y yo no estaba acostumbrada a verla asustada. A pesar de ser más bajita y delgada, ella siempre mantenía el control de las situaciones y los obstáculos que encontraba en el camino no la asustaban. Esta vez, sin embargo, ella no sabía qué hacer.

— ¿Qué pasó? —le pregunté.

—He hecho algo por lo que me pueden meter en la cárcel —me dijo.

— Pero ¿qué hiciste?

—No tenía otra opción. Tuve que ayudarlos. Si el gobierno se entera, sé que terminaré en la cárcel.

—Tú no vas a ninguna parte, pero por favor dime, ¿a quién ayudaste? —le dije con exasperación.

Ella se quedó en silencio por un momento, luego puso su mano detrás de mi cabeza para acercar mi oído a sus labios y me susurró:

—He estado ayudando a las familias de los antirrevolucionarios encarcelados.

— ¿Has hecho qué? —le pregunté. Respiré profundo, me aparté de ella, y sacudí la cabeza—. ¿Estás loca?

— ¡Ellos no se merecen estar en la cárcel! Tú lo sabes —me dijo Berta.

Sabía que ella tenía razón, pero no se lo dije. Me hacía falta pensar. En el nuevo ambiente político, donde los informantes de actividades contra la revolución eran

24

recompensados por el gobierno (por ejemplo, a través de mejores puestos de trabajo o el derecho a la compra de bienes no accesibles a los demás), no podía confiar en nadie. Esto no era lo que mi hermana quería escuchar. Ella necesitaba que yo aliviara sus temores. Por último, le dije:

—No te preocupes. Por ahora, trata de no hacer nada que pueda causar sospechas. Si algo sucede, encontraré una manera de ayudarte.

Presté atención a los medios de comunicación durante todo el día, preocupada por Rio y por mi hermana. Por la noche, no pude dormir mucho y oré por ellos y por los hombres de ambos lados del conflicto. Por suerte, el altercado terminó en un par de días. Los 1,400 valientes cubanos exiliados que habían llegado a las costas de Cuba para salvar a nuestro país no representaban una fuerza suficiente para enfrentarse a las cerca de 20,000 tropas cubanas desplegadas por el gobierno de Castro. La victoria sobre los exiliados se publicó a través de la radio y la televisión. El pueblo cubano estaba celebrando sin comprender plenamente las consecuencias de esta victoria. Si bien el triunfo fortaleció el gobierno de Castro, también sentó la base para la alineación oficial de Cuba con el bloque comunista.

Cuando Rio regresó a la fábrica, los trabajadores le dieron la bienvenida con una fiesta. Me senté en una silla de metal en la parte posterior de la sala de conferencias detrás de varias filas de trabajadores. Rio, quien vestía pantalones blancos y una camisa azul, estaba parado junto a una mesa larga en la parte delantera de la sala. Un enorme cake azul y blanco que había comprado en la panadería La Gran Vía descansaba prominentemente en el centro de la mesa; a cada lado había botellas de refrescos y dos cubetas de ponche de frutas que los empleados habían traído. Se oía música de rumba en el fondo, mientras que algunos de los trabajadores bailaban en un costado del salón. Los empleados esperaban su turno en fila para darle la bienvenida a Rio, quien sonreía, como abrumado por la atención. Me sentía feliz por el regreso de Rio pero me entristecía el no poder decirle lo que sentía sobre su participación en la milicia.

No mucho tiempo después de la invasión de la Bahía de Cochinos, Castro levantó el falso velo de crucifijos y lo reemplazó con la hoz y el martillo del comunismo. Un día, cuando estaba de pie en una esquina, un camión de la Federación de Mujeres Cubanas pasó, mientras sus pasajeras iban cantando: —Somos Comunistas, pa'lante y pa'lante y al que no le guste que se tome un purgante.

Corrí a casa y le relaté a mi madre lo que había presenciado. Ella me lo había advertido antes, y sus sospechas se habían hecho realidad. Una cosa era ver panfletos maoístas aparecer en una reunión, pero otra muy diferente era escuchar a la Federación de Mujeres Cubanas aclamando por el comunismo. Ahora veía todo claramente. Castro estaba convirtiendo a Cuba en un régimen socialista (o incluso comunista). Mi madre había leído lo suficiente sobre el comunismo para saber lo que significaban esas palabras: la intolerancia a la libertad religiosa y la decapitación de la libertad de expresión que trae consigo este sistema.

—¡Te lo dije! Te dije que no confiaras en ellos. Tú y tu hermana necesitan salir de Cuba ahora, antes de que sea demasiado tarde —me dijo.

Estaba avergonzada de mis acciones, pero el daño estaba hecho y no había nada que pudiera hacer. Presionada por mi madre, y al darme cuenta de que Rio nunca abandonaría a su novia, fui con Berta para presentar los formularios necesarios para salir de Cuba. Poco después, sin embargo, se prohibió la emigración. Me sentí traicionada por la revolución. A pesar de la pequeña posibilidad de finalmente salir del país un día, rompí todas las relaciones con el nuevo gobierno, incluso dejando de asistir a las reuniones, para concentrarme en terminar una licenciatura en Artes y Letras en la Universidad de La Habana, al mismo tiempo que continuaba trabajando en la fábrica de Panam. La situación en Cuba empeoró, especialmente después de la Crisis de Octubre. Hubo más arrestos, incluyendo otro de mis primos. Estas detenciones estaban acercándose demasiado a nuestra casa, y temía por mi hermana. Mi arrepentimiento por haber ayudado a los revolucionarios crecía cada día más.

Rio y yo seguimos cultivando nuestra amistad a medida que los meses pasaban. Un día, después de haber estado vacacionando con Alicia por dos semanas, Rio me pidió que fuera a su oficina. Tenía un asunto privado que discutir conmigo. Para entonces, habían pasado casi tres años desde que Rio y yo nos habíamos conocido. Él y Alicia estaban comprometidos para casarse y el día de su boda se acercaba. Me senté frente a él, sin saber qué esperar. Se frotó la cara un par de veces como si algo lo estuviera molestando. Le pregunté qué le pasaba.

—Siento molestarte por esto —dijo—. Confío en ti y valoro su amistad.

No le respondí.

—Se trata de Alicia —dijo—. Ella fue al médico para algunas pruebas. No sé qué hacer. Ella sabía lo mucho que esto significaba para mí.

Se frotó la cara otra vez y respiró hondo.

—No entiendo por qué esperó tanto tiempo para decirme que había una posibilidad que no pudiera tener hijos. Si ella no me puede dar la familia. . . —Rio hizo una pausa. No había ninguna necesidad de que continuara, pero yo no lo podía aconsejar. Todo lo que podía hacer era escucharlo. Sabía que él soñaba con tener familia desde su estancia en el orfelinato.

— ¿Estoy siendo demasiado egoísta? —Rio me preguntó.

No sabía cómo responder a esta pregunta. En realidad, los comprendía a los dos, pero me di cuenta de que él esperaba que yo tomara un lado, y es lo que hice.

—No, no lo eres. Te entiendo. A mí también me encantaría tener hijos algún día, cuando me encuentre al hombre adecuado.

—Creo que vas a ser una gran madre —me dijo. Sonreí con tristeza.

—No te preocupes —le dije —. Estoy segura de que todo va a salir bien.

Rio me dio las gracias por mi apoyo. Le deseé suerte y volví a mi oficina.

El día en que Alicia debía recibir los resultados de la prueba, Rio no se presentó a trabajar. Yo estaba preocupada porque nadie supo nada de él durante dos días. Luego, en el tercer día, yo estaba dejando algunos informes en la nueva oficina de Rio, la cual estaba a unos metros de distancia de mi escritorio, cuando sonó su teléfono. Levanté el auricular y era su madre. Cuando me identifiqué, ella dijo que Rio le había hablado de mí. Mientras la escuchaba, mis ojos se llenaron de lágrimas.

Cuando Rio supo que Alicia no podría tener hijos, le dijo que por mucho que la amara, no podía seguir adelante con el matrimonio. Él se sentía profundamente decepcionado. Se fue a un bar y, luego de unas copas, montó en su motocicleta para ir hacia El Malecón, una avenida que se extiende a unos ocho kilómetros a lo largo de la costa norte de La Habana. Iba manejando rápido, demasiado rápido, y perdió el control de su motocicleta cerca del Hotel Nacional. Rio estaba muerto.

Colgué el teléfono. Los trabajadores se acercaron cuando me escucharon llorar y les di la noticia. Todo el mundo estaba en estado de shock. Los hombres y las mujeres lloraban. Cuando los trabajadores abandonaron la oficina de Rio, me quedé allí sola. Recorrí con los dedos la superficie de cuero de su silla vacía. Tomé en mis manos la foto que Rio tenía en su escritorio, al lado de su prometida. Mis ojos se centraron en él, en su sonrisa, en los ojos que yo adoraba. ¿Cómo podía haberse ido de este mundo, así como así? Nadie pudo trabajar después de la noticia. Por el resto del día, organicé una colecta para darle el funeral que se merecía.

En la cena no quise comer, y no pude dormir esa noche, aún incrédula de lo que había sucedido. Lloré toda la noche pensando en él. Al día siguiente, me obligué a vestirme y me fui a trabajar.

Llegué temprano y me senté en mi escritorio, sin saber por dónde empezar. Estaba escribiendo una carta cuando, alrededor de las 8:30 am, el teléfono sobre el escritorio de Rio sonó con un timbre fuerte y continuo que resonaba por toda la oficina. Lentamente fui hacia el teléfono y lo descolgué. Era la madre de Rio, diciendo que su hijo estaba gravemente herido, pero estaba vivo. Mi corazón ardió de felicidad, pero seguía sin entender. Le pregunté dónde estaba, cogí mi bolso y salí a la calle.

Cuando llegué al hospital, me encontré a Rio con las piernas enyesadas, y la mayor parte del resto de su cuerpo vendado. Su rostro estaba raspado y parecía estar durmiendo. Su madre estaba sentada en una silla junto a él, con su cabeza recostada sobre la cama. Sólo podía ver su cabello ondulado de color carmelita claro. Cuando levantó la cabeza y me vio, me presenté y le pregunté que cómo estaba. Ella me dijo que después del accidente, Rio había estado alternativamente consciente e inconsciente por un par de días. Poco después de llegar al hospital, su corazón se había detenido y los médicos pensaron que lo habían perdido. Fue entonces cuando ella llamó a la oficina. Tenía que decírselo a alguien. Cuando ella regresó, los médicos ya habían podido restaurarle el pulso. Rio estuvo luchando por su vida desde entonces y ella había tenido miedo de moverse de su lado, ni siquiera para llamar a sus compañeros de trabajo con la noticia. Nos quedamos en silencio por un momento, mirándolo dormir.

— ¿Te importa quedarte con él mientras yo voy a buscar algo de comer? —preguntó.

EL ACCIDENTE

Le dije que estaba bien, me quedaría con él. Cuando ella se fue, me senté junto a él y lo miré, sintiéndome feliz de que estuviera vivo. Deseaba poder curar sus heridas y hacer desaparecer su dolor. Si sólo él supiera lo mucho que lo amaba. Comencé a orar en silencio y puse mi mano sobre la suya. Mis oraciones eran acompañadas de mis lágrimas.

—Dios por favor, ayúdalo. Haré lo que sea si lo salvas, Señor, hasta caminar de rodillas para agradecértelo —susurré.

Pasé el resto del día en el hospital. Durante los días siguientes regresé al trabajo, pero pasé muchas tardes con Rio. Por suerte, para entonces, había terminado mis estudios en la Universidad de La Habana. Su madre estaba agradecida por tener un poco de alivio. La exnovia de Rio había llamado para ver cómo estaba, pero estaba demasiado herida para venir a verlo. Los trabajadores enviaron flores y vinieron a visitarlo. Todo el mundo se había dado cuenta de mi preocupación por él, y los rumores comenzaron a circular por la fábrica.

Un sábado, tres semanas después del accidente. Había llegado al hospital temprano para relevar a la mamá de Rio, quien había pasado la noche ahí. Había llevado flores amarillas frescas en un florero de cristal y las había colocado cerca de la cama de Rio para alegrar la habitación. Después de que su madre se marchó, tomé una toalla blanca fresca para lavarle su rostro. Cuando la toalla tibia y húmeda tocó su piel, sus ojos se abrieron lentamente.

— ¿Laura? —preguntó con una voz ronca. Sonreí.

— ¡Estás despierto! —dije alegremente —. ¡Qué contenta estoy que mis oraciones fueron escuchadas!

Rio estaba confundido y me preguntó cuánto tiempo había estado fuera de sí. Le dije.

—Tengo mucha sed. ¿Me puede dar un poco de agua? —preguntó.

—Tengo que llamar al médico primero —le respondí y salí de la habitación.

EL ACCIDENTE

Una enfermera vestida de blanco vino y tomó sus signos vitales. Antes de salir de la habitación de nuevo dijo que le avisaría al médico y que podía darle a Rio un sorbo de agua, pero solo lo suficiente para humedecer los labios y la boca. Cuando llegó el doctor y lo examinó, éste parecía contento.

—Unos pocos días más y podrá regresar a casa —explicó ella.

Lo miré y sonreí.

Continué visitando a Rio en el hospital, en ocasiones trayendo sus comidas favoritas de la casa, como tamales con carne de puerco, o deliciosas señoritas, unos dulces con varias capas de crema de vainilla y masas de pastel, de la panadería La Gran Vía. Le dije como estaban las cosas en la oficina, y le conté los últimos chismes. Se reía de mis historias y parecía disfrutar de mi compañía. Sólo una vez mencionó a Alicia. La había amado mucho, y fue difícil para él saber que ella no podría darle una familia. Pero por mucho que le doliera dejarla, tampoco podía permanecer a su lado.

Dos semanas después, Rio salió del hospital, y unos días más tarde regresó a trabajar. Para entonces, todos sus vendajes habían sido retirados. Rio ahora estaba solo, pero no me alegraba que fuera así. Sabía que él estaba dolido por lo que había pasado con Alicia. Lo notaba venir a veces con una expresión seria en su rostro, como angustiado. Su separación de Alicia lo había afectado claramente.

Un par de semanas después de su regreso me llamó a su despacho, según él para que lo ayudara con un proyecto. Cuando entré y le pregunté al respecto, fue contundente.

— ¿Puedo invitarte a cenar esta noche? —preguntó.

No pude ocultar mi sorpresa.

— ¿Por qué?

—Quiero hablar contigo —me dijo, actuando más en serio de lo que normalmente era a mi alrededor—. Voy a recogerte a las siete. ¿Está bien?

Asentí, pero sin saber qué esperar.

CAPÍTULO 5

PROPUESTA

Alguien había llamado a la puerta un par de minutos antes de las 7 p.m. Estaba en la habitación de mis padres delante de un espejo aplicándome un creyón de labios rojo cuando escuché los pasos de mi madre seguidos de un leve crujido cuando abrió la puerta. Ella usaba espejuelos de marco plástico carmelita y llevaba un vestido azul claro con pequeñas flores blancas, más apropiado de una mujer mucho mayor. Tenía cincuenta y siete años, pero su pelo rizado, que le llegaba hasta los hombros, se había vuelto completamente blanco, haciéndola parecer mayor de lo que era. Oí la voz distintiva de Rio saludar alegremente con un «buenas noches». Rio vestía de negro, incluyendo una chaqueta de cuero ligera en aquella noche fría de diciembre.

— ¿Qué quieres? —mi madre le preguntó con severidad. Su aversión a Rio fue evidente, no sólo a juzgar por la manera grosera en que hizo esta pregunta, como por el rápido lanzamiento de sus palabras. Cogí el bolso de la cama de mis padres y me fui de la habitación a la sala adyacente.

—Estoy aquí para recoger a Laura —dijo Rio alegremente—. Vamos a cenar.

Mamá se cruzó de brazos y le preguntó, con una mirada sospechosa:

— ¿Cuáles son tus intenciones con mi hija?

Ella no le había pedido que entrara. Se quedó parada en frente de la puerta, como un soldado que guarda la entrada a un palacio, y sólo había abierto lo suficiente para mostrar su cara. Ella actuaba como si Rio fuera un desconocido. Me acerqué por detrás y le dije: —Me voy, mamá. Regresaré pronto.

Antes de que tuviera la oportunidad de responder, la besé en la mejilla, la abracé y me fui. Rio, dándose cuenta de que no teníamos tiempo para intercambiar muchas palabras, me acompañó hasta su Chevrolet rojo del 1955 que esperaba al lado de la acera. Abrió la puerta de pasajero delantera y me ayudó a entrar. Cuando me senté, me di cuenta de que mi madre estaba parada en el portal con los brazos cruzados, el ceño fruncido. Le había dicho que tenía una cena de negocios con Rio, en parte porque realmente no sabía por qué me estaba llevando a comer. Si nuestra cita hubiese sido para cualquier otro propósito, ella me hubiese obligado a llevar una chaperona. No le importaba que yo tuviera más de veinte años. Podría haber tenido cuarenta, mi edad le era indiferente.

Agité mi mano para despedirme una vez más de mi madre, y Rio, mientras nos alejábamos de la casa, me dijo, sin muchos rodeos:

—No le caigo bien, ¿verdad?

Sonreí y le dije que no con el movimiento de mi cabeza. Cuando llegamos a la esquina de las calles Zapote y Serrano, Rio casualmente me miró.

—Te ves hermosa esta noche. Nunca te había visto en ese vestido. Me gusta tu color de labios.

Sonreí y le di las gracias. Me había cambiado varias veces, sin saber qué ponerme. Elegí un vestido sencillo negro sin mangas, un chal negro, y zapatos de tacón negros. Llevaba un collar de perlas que mi hermana me había prestado y tenía el pelo suelto luego de haberlo mantenido en rolos plásticos la mayor parte del día.

— ¿A dónde vamos? —le pregunté.

—A un restaurante en Miramar. Te prometo que te gustará.

PROPUESTA

En el camino, no fui tan locuaz como de costumbre. Esta noche me sentía extrañamente nerviosa en su presencia. Mientras conducía, miré hacia la ciudad. Las lámparas de las calles se habían encendido. Cuando pasamos por el Parque Santos Suárez, bajo el resplandor amarillo de las lámparas, un anciano se acercaba a un pequeño perro negro. Una pareja se besaba debajo de un árbol de tamarindo. Otra pareja estaba sentada en un banco, mientras que, junto a ellos, un niño y una niña —sus hijos— jugaban.

Más tarde, cuando dejamos atrás mi barrio de Santos Suárez, los murales de la revolución comenzaron a emerger, esparcidos de forma invasiva por las calles de la ciudad. Noté uno, pintado, como grafiti, en la pared de un edificio: una bandera cubana con tres franjas azules, dos blancas, un triángulo rojo y una estrella solitaria blanca, y la cara del Ché Guevara superpuesta sobre la bandera con las palabras «Hasta la Victoria Siempre» debajo. Los murales eran como soldados silenciosos que vigilaban la ciudad. Cuando nos acercamos a El Vedado, el distrito comercial central, el rostro de la ciudad se transformó. Miramar, el lugar donde se encontraba el restaurante, estaba al oeste. Con sus amplias avenidas y edificios modernos, El Vedado era una de las zonas más hermosas de La Habana.

Rio no quería que caminara demasiado en tacones y me hizo apearme al frente de un edificio llamativo que tenía los números gigantes «1830» en la pared, mientras él iba a encontrar un lugar para estacionar el carro. Era un edificio neoclásico sorprendente, con grandes ventanas de arco y vidrieras exquisitas de color rojo, verde y azul. Me cubrí los hombros con el chal mientras que el viento del mar jugaba con mi pelo. Me percaté de las otras parejas que entraban en el restaurante. Olían a colonia y vestían generalmente de negro, lo que me hizo sentirme cómoda con mi atuendo. Esperé unos minutos, y mi impaciencia aumentaba con el pasar del tiempo. Por fin, vi a Rio en la distancia.

PROPUESTA

Antes de entrar en el edificio, me ofreció el brazo. Me sonrojé y lo tomé. Una vez dentro, nos fuimos a un podio de madera oscura en la entrada y Rio le dio el nombre de la reservación a un operador que esperaba allí. Un jefe de comedor vestido de negro que estaba de pie cerca del operador nos llevó a nuestra mesa. Él amablemente apartó mi silla de la mesa, y una vez que Rio y yo nos habíamos sentado, anunció que un camarero estaría con nosotros pronto. Nuestra mesa, cubierta de lino blanco, se encontraba en un área íntima, al lado de una de las ventanas de arco. Admiré la verja de hierro y los vidrios de la ventana. Cuando el camarero vino a tomar nuestra orden de bebidas, sólo pedí agua.

—Vamos, Laura —dijo Rio—. Déjame ordenarte algo que sé que te va a gustar.

Rio no esperó mi respuesta y ordenó un mojito para él y una piña colada para mí.

—Nunca he probado bebidas alcohólicas —le dije después que el camarero se fue.

— ¿En serio?—preguntó—. ¡Pero si tienes casi veinticuatro años! Verdad, verdad que sí. Se me olvidaban las monjas.

Los dos nos reímos.

—La bebida que te pedí no es muy fuerte. Te gustará —dijo.

Lo miré como si no le creyera, pero procedí a explorar las opciones del menú. Yo nunca había estado en este restaurante. — ¿Alguna sugerencia? —le pregunté.

Respondió con una pregunta: — ¿Qué prefieres, camarones o carne?

Opté por los camarones. Cuando el camarero volvió con nuestras bebidas, Rio ordenó un enchilado de camarones para mí y un bistec de filete para él. El camarero desapareció con nuestro pedido, y nos sentamos en silencio por un momento. Miré hacia abajo primero, y luego a mi alrededor, admirando la elegancia del lugar y sintiéndome como una princesa. Entonces lentamente lo miré a los ojos, con temor de que ellos pudieran leer los míos. Las palmas de mi mano sudaban. Tomé un sorbo de la bebida cremosa.

—Está deliciosa —le dije.

—Sabía que te gustaría.

Bebí un poco más.

—Dale suave —dijo —. No debes beber demasiado rápido, sobre todo si es tu primera vez.

Estaba un poco avergonzada y coloqué el vaso en la mesa. Me sentía ansiosa. Rio no había dicho ni una palabra sobre el propósito de su invitación. Por último, encontré el coraje para preguntarle.

—Bueno, ¿de qué quieres hablarme? —le pregunté.

Rio tomo un poco de su bebida y me miró en silencio por un momento.

—Creo que ya lo sabes.

Hizo una pausa. Sus ojos buscaron los míos. Mis manos se sentían más frías a medida que continuaba.

—¿Cómo pude haber sido tan estúpido como para no verlo?

—No sé de qué estás hablando —le dije, sintiéndome acalorada.

—Laura, Laura —dijo, sacudiendo la cabeza y respirando profundo.

Tranquilamente apoyó los codos sobre la mesa, entrelazó los dedos y los colocó debajo de su barbilla mientras continuaba. —Sé lo que hiciste cuando yo estaba en el hospital y lo que sientes por mí.

Se detuvo de nuevo y tomó mi mano. La colocó entre las suyas, mirándome a los ojos.

—Yo hablándote acerca de otra mujer, lastimándote sin saber que lo hacía. Siempre has sido tú, Laura. Todo este tiempo habías sido tú.

—No te entiendo —le dije mirando hacia abajo y separando suavemente mi mano.

PROPUESTA

—Siempre estabas ahí, respaldándome, a través de mis mejores y peores momentos, pacientemente esperando que yo te notara. He hecho el ridículo —dijo.

Nuestros ojos se encontraron. Me parecía que decía la verdad. Me quedé en silencio al principio, sin saber qué decir. Tomó un sorbo de su bebida.

—No estás pensando las cosas bien —dije finalmente—. Hay que dejar pasar el tiempo.

—Todo lo que he hecho a lo largo de las últimas semanas ha sido pensar —dijo—. Ya estoy cansado de pensar.

Me tomó la mano, se la llevó a los labios y la besó. Sus labios encendieron un fuego dentro de mí que había logrado controlar hacía mucho tiempo.

—Siempre fuiste tú —dijo, de nuevo, acariciando mi mano. Lo dejé. Mis ojos se llenaron de lágrimas. Había esperado tanto tiempo el contacto de su piel, sus palabras. Mi corazón latía rápido. Me estaba quemando por dentro, pero necesitaba actuar con cautela. No quería que me hiriera. Nos quedamos en silencio, mientras nuestros ojos se decían lo que sentíamos.

Cuando el camarero llegó con la comida, retiré mi mano instintivamente de entre las de Rio, como una niña a quien hubieran sorprendido haciendo algo malo. Comimos en silencio al principio.

—La comida está deliciosa —le dije —. Esto te va a costar una fortuna. No lo deberías haber hecho.

—Te mereces esto y mucho más.

—Creo que estás exagerando.

Me sonrojé.

—Nunca he hablado con más seriedad en mi vida.

Me miró a los ojos. Me encantó la forma en que sus hermosos ojos de color ámbar brillaban contra el suave resplandor de la luz de las velas y la manera en que me envolvía con su mirada. Disfrutamos de la cena mientras charlábamos. Hablamos sobre la reacción de mi madre cuando él me recogió. Le

37

pregunté acerca de su madre, y compartimos historias sobre la gente en la oficina. Ni reconocí ni negué la validez de sus observaciones.

Después de haber terminado el postre y el café, tuvo una idea:

—Vamos a dar un paseo por el Malecón.

—Tengo que ir a casa —le dije—. Mi madre me va a matar si llego tarde.

—Tu madre no hará nada; y si me quiere matar tendrá que correr mucho para alcanzarme —indicó, moviendo los brazos como si estuviera corriendo—. ¡Ven! Te va a encantar.

Acepté, y nos reímos como dos niños. Cuando me levanté, me sentí un poco mareada. Él se dio cuenta y puso su brazo alrededor de mi cintura para ayudarme a recuperar el equilibrio.

—Ten cuidado. ¿Ves? Otra buena razón por la que debemos dar un paseo —dijo.

Me llevó hacia el Malecón, al amplio paseo marítimo de La Habana, un lugar eterno de los amantes y soñadores. Tomó mi mano mientras caminábamos. Nos reímos de cosas tontas: una pareja que se besaba, mi falta de equilibrio cuando caminaba. Paramos al frente del Malecón y me mostró las estrellas en el cielo.

—De ahora en adelante, cada vez que mires a un cielo lleno de estrellas, piensa en mí —dijo.

Era tan romántico, como lo había soñado. Contemplamos la noche estrellada y olimos la sal del océano, mientras que una suave brisa nos acariciaba. A lo lejos, en las rocas más allá del Malecón, notamos, al lado de la luz de una linterna, la silueta de un hombre que pescaba.

Detrás de nosotros, la ciudad brillaba con luces amarillas, mientras los motores de los coches pasaban rugiendo en la amplia avenida. Frente a nosotros estaba la inmensa oscuridad del mar y el agua salpicando contra las rocas. Puso sus brazos alrededor de mí y me acercó a él, mi cuerpo apretado entre él y el muro del Malecón. Sus labios besaron suavemente mi rostro, una y otra vez, a medida que se acercaban cada vez más a mis labios. Los dos estábamos respirando más fuerte ahora, y cuando llegó a mis labios, su beso me llevó a un lugar más allá de las estrellas.

Nuestros labios se enlazaron desesperados. Él acarició mi cuerpo y me llevó aún más cerca de él, hasta que ya no hubo espacio entre nosotros. Sentía su cuerpo reaccionar al mío, y el mío al suyo. Estábamos en nuestro propio cielo. Nada de lo que nos rodeaba nos importaba.

Liberó una mano y comenzó a explorar mi cuerpo. De repente, la realidad de la situación me golpeó.

—No, Rio —le rogué—. No puedo.

— ¿No me amas? —preguntó.

—La gente nos verá, por favor, no hagas eso —le dije.

Tocó mis senos con sus manos. Nunca nadie me había tocado así.

—Por favor, Rio, para. No puedo.

Con lo difícil que para mí fue el alejarme de él, lo hice. Era como si, de repente, pudiera oír a mi madre y a las monjas católicas de la escuela regañándome por el placer que sentía.

—Llévame a casa, Rio. Nosotros no estamos casados. No puedo hacer esto.

Rio se detuvo y sonrió.

—Mi adorable Laura —dijo—. ¿Así que ése es el problema? Pues bueno, vamos a casarnos.

—No sabes lo que estás diciendo —protesté—. Esta es la primera noche que hemos salido juntos. Ni siquiera me has pedido formalmente que sea tu novia, ¿y ahora me estás pidiendo que me case contigo?

— ¿Me amas? —preguntó Rio.

—Ese no es el punto —le dije.

— ¿Te gustaría ser la madre de mis hijos?

—Me encantaría tener una familia. Lo sabes bien.

—Entonces, todo está arreglado. Nos vamos a casar —dijo.

Me besó en las mejillas y los labios y luego me dijo alegremente:

—Sí, nos casaremos. Voy a hablar con tu madre esta misma noche.

—Estás loco —le dije—. No, no hablarás con ella esta noche.

— ¿Por qué no?

— ¿Hablas en serio? —le pregunté.

—Por supuesto que sí. Cásate conmigo, Laura —dijo, tomando mi mano entre las suyas. Traté de leer sus ojos para evaluar su sinceridad.

—Si de veras estás hablando en serio, tengo una idea. Vamos a esperar una semana. Durante ese tiempo, no vamos a salir juntos de nuevo. Si en una semana a partir de hoy todavía piensas de la misma manera, voy a aceptar, y podrás hablar con mi mamá entonces. ¿De acuerdo?

—De acuerdo, mi bella princesa —dijo.

—Por favor, llévame a casa ahora. Es tarde.

Aceptó. Yo no creía lo que había sucedido. Pensé que me iba a despertar en cualquier momento y darme cuenta de que todo había sido un sueño increíble y hermoso. Todavía podía sentir los labios de Rio en los míos. Me sentía inmensamente feliz, pero a la vez culpable. Mis pensamientos estaban traicionando mi sentido de la moralidad, y temía estar a solas con Rio de nuevo.

CAPÍTULO 6

AL FIN

Como habíamos acordado, no salimos de nuevo esa semana, pero no pudimos evitar vernos por completo tampoco. A petición mía, Rio y yo seguimos nuestra relación en secreto. A veces, él me pedía que fuera a su oficina, cerraba la puerta, y me besaba en los labios. Yo siempre protestaba y él se reía. Era juguetón y parecía estar feliz, como lo había sido antes de enterarse que Alicia no podía tener hijos. Por mucho que había esperado que Rio se diera cuenta que lo amaba, ahora que él lo sabía, tenía miedo de que no él estuviese pensando bien las cosas y se despertara un día dándose cuenta de que su propuesta repentina había sido un error. También teníamos una cuestión pendiente que discutir: nuestros puntos de vista sobre el nuevo gobierno de Cuba. Esa semana, le sugerí que almorzáramos tarde un día. Tenía algo importante que decirle que no quería que otros escucharan. Comimos nuestros sándwiches en su carro, donde pudimos hablar en privado.

— ¿Pasa algo? Te vez misteriosa —dijo.

—No sé cómo vas a tomar lo que voy a decirte. Eso es todo. Puede que te sorprenda un poco. Pero tienes que hacerme una promesa. No puedes decirle a nadie esto. Hoy en día, el decir algo negativo puede meterte en la cárcel.

Rio tomó mis manos y las besó.

—Ahora, tengo curiosidad. No te preocupes. Lo que me digas quedará conmigo.

Respiré profundo.

—Bien. Te diré lo que he estado queriendo decirte desde hace algún tiempo. Tú ya sabes que he apoyado la revolución, pensando que las cosas iban a mejorar. Lo que no sabes es que no estoy contenta con el camino que la revolución tomó. Nunca quise comunismo —le dije. Él permaneció en silencio, mientras yo continuaba. —No quiero vivir en un lugar donde expresar mis puntos de vista me puede meter en la cárcel. Cuando apoyé a la revolución, nunca pensé que estaba apoyando esto. Piénsalo, el gobierno está metido en todo. No hay razón para que el gobierno controle las empresas. Esto sólo va a empeorar, así que mi decisión está tomada. Un día quiero vivir en los Estados Unidos. Este país no es para mí. ¿Tienes algún problema con lo que te estoy diciendo?

—No —dijo sin vacilación—. Sabes que no me importa mucho la política. No estoy contento tampoco. Mi madre perdió sus casas a la Reforma Urbana, pero pensé que tal vez un día las cosas cambiarían.

—No cambiarán. Y si cambian no será para mejorar —le dije—. Necesito que pienses sobre lo que te voy a preguntar. ¿Estarías dispuesto a irte de Cuba conmigo algún día?

—Te seguiría a cualquier parte del mundo —dijo.

Di un suspiro de alivio. No quería empezar una vida con Rio sin hacer mis puntos de vista claros.

Más tarde esa semana, el viernes por la tarde, Rio confirmó que hablaría con mi madre al día siguiente. Le pregunté si estaba seguro.

—Más que nada en el mundo —dijo.

El sábado por la mañana, Rio llegó unos minutos después de las nueve en punto. Tenía las manos sudorosas. No sabía cómo mi madre reaccionaría. Abrí la puerta a Rio, le ofrecí un asiento, y me fui a la cocina, donde mi madre estaba preparando café.

—Mamá, Rio está aquí para hablar contigo —le dije.

Ella me miró con curiosidad.

— ¿Por qué? No tengo nada que hablar con ese joven —ella dijo y se concentró en lo que hacía.

—Mamá, por favor. Es solo un momento —le dije—. Hay algo importante que tiene que decirte.

Respiró hondo y me siguió. No me molesté en llamar a mi padre; él se quedó en su habitación. Desde su embolia hacía unos años antes, mi madre había estado a cargo de los asuntos de la casa. La mente de mi padre estaba atrapada en el pasado, en un laberinto intrincado de eventos mixtos.

En cuanto Rio vio a mi madre se puso de pie y la saludó. Ella no correspondió; sino que lo miró, de arriba abajo, como examinando su vestuario. Él llevaba una camisa roja y pantalones blancos ajustados. Mi madre miró por la ventana abierta. Rio había estacionado su motocicleta Harley Davidson de color rojo al lado de la acera; típico de Rio, deseoso de hacer un chapoteo grande. Mi madre frunció el ceño instantáneamente, lo que me indicó que esto había sido una mala idea. De mala gana le dijo a Rio que se sentara, pero no le ofreció ni café ni agua. Me senté a su lado. Los ojos de mi madre siguieron explorando el vestuario de Rio con disgusto.

—Mi hija me dijo que usted necesitaba hablar conmigo —dijo mi madre yendo directamente al grano. Rio tampoco perdió tiempo. Era claro que mi madre acababa de conocer a su otra mitad.

—Sí, Angélica. Estoy aquí para pedirle la mano de Laura en matrimonio —dijo.

Miré a mi madre nerviosamente. Ella se había cruzado de brazos e inclinó un poco la cabeza.

—Queremos casarnos en tres meses —agregó.

— ¿Tres meses? —mi madre preguntó y volvió la cabeza hacia mí. Miré a Rio. ¿Tres meses? Estaba tan sorprendida como ella. No habíamos discutido nada sobre la fecha de la boda. Abrí los ojos con asombro y lo miré. Él sonrió.

—Sí, tres meses. Eso fue lo que decidimos, y esperamos que nos dé su bendición —dijo.

AL FIN

Él siguió profundizando la mentira. ¿Decidimos? Mi madre lo miró con rabia, y luego me miró a mí. Esquivé sus ojos y miré a Rio.

— ¿De dónde viene todo esto? —dijo ella, levantando la voz—. ¿Que va usted a casarse con mi hija? Laura es una niña todavía. Es demasiado joven para casarse. Además, acaba usted de dejar a su novia hace sólo unas pocas semanas, ¿y de repente quiere casarse con mi hija?

Mi madre sacudió la cabeza y miró a Rio con una expresión seria. Él me miró, sorprendido de que ella supiera sobre su novia. Me encogí de hombros. Al parecer mis conversaciones con mi hermana no habían sido tan privadas como pensaba. Rio respiró hondo.

—Angélica, mire, Laura y yo nos conocemos hace tiempo —dijo Rio—. Sé que no soy exactamente el hombre que quería para su hija. La amo y ella me ama. Eso es lo más importante.

Ella permaneció en silencio por un momento y luego se volvió hacia mí.

—Bueno, Laurita. —Ella utilizó la versión diminutiva de mi nombre, como si yo fuera una niña—. Parece que ya has tomado una decisión, y no hay nada que yo pueda hacer al respecto.

Se puso de pie y caminó hacia la parte posterior de la casa sin decir una palabra más.

—Creo que no voy a tener una suegra muy feliz —dijo Rio mientras se alejaba. Le pedí disculpas por el comportamiento de mi madre. Me dijo que no me preocupara. Teníamos una boda que planear.

Más tarde, después de marcharse Rio, me senté en la sala con mi madre y traté de razonar con ella. Estaba furiosa y dijo que no podía tolerar mi impulsividad. Ella desaprobaba la forma de vestir de Rio, sus modales, y su falta de educación formal. Ella me dijo que me había criado para casarme con un abogado o un contador.

—Lo amo —le dije.

—Estás cometiendo otro error, como cuando te hiciste revolucionaria —dijo—. Recuerda mis palabras, Laura. Esta es una idea terrible.

Me quedé en silencio para evitar molestarla más de lo que estaba.

El 14 de marzo de 1964, tres meses después de que Rio me propusiera matrimonio, nos casamos en contra de los deseos de mi madre. Los trabajadores de la fábrica de ventanas nos ayudaron con los arreglos, como si fueran parte de nuestra familia. Tuvimos una pequeña boda que incluía la familia, amigos, y varios compañeros de trabajo. Después de la ceremonia de la iglesia y la recepción, nos fuimos para el hotel Jagua en Cienfuegos, una ciudad al este de La Habana en la costa sur de la isla. El hotel era bastante nuevo, y uno de los favoritos de los funcionarios del gobierno. Cuando entramos en el edificio, pensé que habíamos alcanzado el paraíso — la apertura del vestíbulo, los pisos relucientes, la opulencia tenue del lugar; todo era perfecto. El servicio era espléndido. Estaba feliz, como nunca, y llena de ilusiones.

— ¿Recién casados? —el hombre de la recepción preguntó.

—Sí —dijo Rio con orgullo. Nos miramos el uno al otro y sonreímos. La forma en que Rio me miró delante del secretario me hizo sonrojar. El recepcionista nos dio la llave y direcciones a nuestra habitación. Él preguntó si necesitábamos ayuda con nuestro equipaje, pero Rio declinó, y decidió llevar nuestras maletas grandes por sí mismo.

No desempacamos cuando entramos en la habitación amplia y bien amueblada. Podíamos ver el mar a través de las puertas de cristal que conducían al balcón. Rio dejó el equipaje, se acercó a mí, y puso sus brazos alrededor de mi cintura.

—La habitación es preciosa —le dije—. Nunca había estado antes en un hotel.

—Me alegro de que te guste —me dijo—. Todos los días desde que te pedí que te casaras conmigo, he estado pensando en el día de hoy. Incluso soñé con él.

—¿Fue un buen sueño?

—Fue un gran sueño —dijo, y besó mis labios—. Ahora, vamos a hacer que mi sueño se haga realidad.

Me besó de nuevo. Luego encendió una de las lámparas y cerró las cortinas. Por fin, Rio y yo estábamos solos. Estaba nerviosa. Se sentó en la cama, me acarició la cara, jugado con mi pelo.

—Te amo tanto —dijo. Me encantaba escuchar sus palabras. Le dije que lo amaba y le sonreí.

—Lo siento. No te pregunté si tenías hambre. ¿Quieres que te ordene algo?

—No hace falta, estoy bien —le dije.

—Podemos encontrar un buen lugar para comer más tarde, entonces.

—Me gustaría eso.

Él besó apasionadamente mi cara, mis labios. Podía sentir mis manos sudorosas. Me desabrochó la blusa. El ligero roce de sus dedos contra mi piel desnuda envió escalofríos por mi cuerpo.

—Iré al baño a cambiarme.

—Te puedes desvestir aquí —me dijo.

—No, por favor, prefiero cambiarme en el baño.

Él sonrió y me dejó ir. Yo estaba agradecida. Estaba temblando cuando me quité la ropa y me puse un bobito transparente y blanco, un regalo de boda de una de mis amigas. Me miré en el espejo y no podía creer lo que estaba sucediendo. Podía escuchar música de bolero tocando en la habitación, pues Rio había encendido la radio.

Avergonzada de salir casi desvestida del baño, antes de irme del baño, le pedí que apagara la luz. Se echó a reír, pero me hizo caso y se sentó en el borde de la cama esperándome. Me acerqué a él lentamente y cuando mis ojos se adaptaron a la oscuridad, me di cuenta de su desnudez. Yo estaba temblando. La habitación se encontraba a oscuras, salvo la luz del pasillo del hotel que se filtraba por debajo de la puerta. Finalmente estaba delante de él.

—No te pongas nerviosa. Seré muy gentil —me dijo para tranquilizarme. Puso sus brazos alrededor de mí, y entonces levantó mi bobito y besó mi cuerpo expuesto. Sus labios se movían lentamente hacia la parte inferior de mi cuerpo. Me quitó mi blúmer de encaje y me tocó entre las piernas, dándome placer, encendiendo un volcán dentro de mí. Cerré los ojos y gemí, con miedo y acelerada al mismo tiempo.

Se puso de pie y me mostró su cuerpo desnudo, luego me enseñó a complacerlo llevando mis manos hacia él. Me quitó la ropa y se acostó junto a mí. Mi cuerpo desvestido estaba allí, completamente a su disposición. La cálida humedad de sus labios en mis senos, sus dedos dentro de mí. Nunca me había sentido así antes. ¡Oh, sí, sí, así mismo Rio! ¡Oh, Dios mío, sí! Eso era lo que estaba pensando, aunque no lo dijera, mientras respiraba más fuertemente ahora.

Se colocó encima de mí, excitado. Poco a poco, empezó a moverse dentro de mí, conquistando mi mundo con el de él, y mostrándome lo que era ser una mujer, su mujer. Dolor y placer luchaban una batalla sin fin mientras mecía mi cuerpo, más y más rápido. Podía sentir algo cambiando dentro de mí otra vez. Oh, sí, Rio, estaba ocurriendo de nuevo. Sí, sí. Él gritó. Los dos gritamos cuando su esencia me llenó en un sinfín de fuegos artificiales que despertaron cada parte de mi ser. Por fin, habíamos llegado juntos al cielo.

Rio y yo estuvimos en el Hotel Jagua por dos increíbles semanas. Desde nuestro balcón, disfrutábamos de las vistas impresionantes de la bahía, las majestuosas palmeras de pie, como los soldados sobre la ciudad, y los barcos en miniatura esparcidos sobre el agua. Cada noche, caminábamos a la playa, cerca del muelle, a ver el sol esconderse detrás de las aguas cristalinas de la bahía mientras escuchábamos a una banda tocar. Durante el día, nos refrescábamos en la piscina o en la playa, mientras disfrutábamos de una bebida fría. Nos sentimos felices, llenos de energía. Él me traía el desayuno por las mañanas. Cuando paseábamos por la ciudad, me recogía flores de los jardines. Le gustaba ver cómo me sonrojaba cuando me besaba en público y yo protestaba. Decía que le encantaba verme reír. Cuando estaba con él, el tiempo se movía mucho más rápido y mi amor por él se hacía más fuerte. Incluso cuando dormía, él llenaba mis sueños.

CAPÍTULO 7

MI VIDA CON RIO

Después que Rio se mudó a nuestra casa en la Calle Zapote, él y mi madre discutían constantemente. A pesar de su
enfermedad, ella quería controlar el dinero que Rio y yo ganábamos en la fábrica. Decía que teníamos que ahorrar lo suficiente para salir de Cuba y que, si ella controlaba nuestras fi-
nanzas, ahorraríamos más rápido. Rio le dijo que éramos capa-
ces de tomar nuestras propias decisiones sobre el dinero que
ganábamos. Él no estaba contento de haberse tenido que mu-
dar para mi casa, pero no teníamos otra opción, pues no había
viviendas disponibles para las nuevas parejas. La transición
hacia el socialismo había dado lugar a la pérdida de derechos
a la propiedad privada.

Todas las discusiones terminaron dos meses después de
nuestra boda. Había tomado el día libre para llevar a mi madre
al médico y a la vez para que yo recibiera un chequeo regular.
Era de noche, y Rio y yo nos mecíamos en nuestros sillones en
el portal viendo la gente pasar. Las luces del portal estaban
apagadas, pero el brillo de la luna llena y el resplandor amarillo que se filtraba desde el interior de la casa a través de las
persianas parcialmente abiertas, iluminaban nuestro alrededor.

—Tengo una pregunta —le dije—. Si pudieras pedir cualquier cosa en el mundo, ¿qué sería?

— ¿Qué es esto, una trampa?

—No, no lo es. ¿Pues bien?

— ¿Pero es que lo tengo que decir? —preguntó.

—Quiero oírlo.

—Está bien, entonces. Me gustaría que tú y yo nos fuéramos de esta casa ahora mismo en unas vacaciones de dos meses.

— ¡Eso no es lo que esperaba respondieras! —protesté.

—Está bien, está bien. Una familia. ¿Estás tú. . .?

Sonreí. Se levantó y me miró a la cara con curiosidad.

— ¿Vamos a tener una familia?

Me reí y asentí.

Nunca había visto a Rio tan feliz. Me besó, besó mi torso. Entró en la casa y después de decirle a mi madre la noticia y darle un beso salió corriendo. Regresó una hora más tarde con un ramo de rosas rojas que había recogido del jardín de su madre. No podía creer que él había ido hasta su casa. Al fin, Rio iba a ser padre, un sueño que había tenido desde los años que estuvo en el orfelinato.

Después de enterarse de mi embarazo, Rio se hizo sobreprotector. Él no quería que yo hiciera nada en casa ni que trabajara, insistiendo en que tenía que descansar.

— ¡El embarazo no es una enfermedad! —le dije un día—. Deja de actuar como si lo fuera.

Él retrocedió un poco, pero cuando tenía siete meses de embarazo y mi vientre se había engrandecido, sugirió me quedara en casa por el resto del embarazo. Esta vez, mi madre lo apoyó, y ninguno de ellos me dejó en paz hasta que dejé de trabajar.

El día que me puse de parto, Rio estaba en el trabajo. Cuando mi madre lo llamó desde el hospital para decírselo, apenas le permitió terminar de darle la noticia y salió corriendo de la oficina. Mi madre me dijo más tarde que desde el momento en que llegó al hospital, había vuelto locos a los médicos y las enfermeras haciendo las mismas preguntas cada veinte o treinta minutos: —¿Cómo está mi esposa? ¿Ya tuvo al bebé?

MI VIDA CON RIO

Por fin, seis horas después de que Rio llegara, un joven médico mulato en bata blanca entró en la sala de espera y llamó su nombre. Rio corrió hacia él. El médico actuó enigmático al principio.

— ¿Es usted el esposo de Laura Ocampo Valdés? —preguntó. Rio asintió apresuradamente y entonces el médico se volvió hacia mi madre.

— ¿Y usted?

— ¡Soy la madre de Laura! —dijo con enojo—. ¿Por qué tantas preguntas? ¿Nos va a decir qué está pasando?

El médico se quedó en silencio por un momento, manteniendo una expresión seria. Luego transformó su seriedad en una sonrisa cuando anunció:

—Bueno, tengo buenas noticias. Madre e hija se encuentran bien. ¡Es una niña!

La felicidad fluía de la cara de Rio. Abrazó al médico y a mi madre.

—¿Puedo verla? —preguntó. El doctor asintió.

Rio corrió a mi habitación como un niño feliz, llevando consigo un oso de peluche blanco que había comprado a una mujer que salía de Cuba. Lo había escondido en una bolsa en el maletero de su coche. Cuando me vio, corrió hacia mí y me besó en las mejillas y los labios.

—Te amo —indicó, colocando el oso a mi lado y cubriéndolo con mis sábanas cuidadosamente, haciéndome reír. Él siempre se las arreglaba para encontrar la risa dentro de mí, incluso cuando yo estaba cansada o enferma.

Podíamos escuchar a nuestra hija, Tania, llorando.

—Gracias por hacerme el hombre más feliz del mundo —dijo.

Una enfermera vestida de blanco se acercó a mí con nuestra hija envuelta en una frazada de color rosado.

—Aquí está —dijo y la acomodó en mis brazos.

Descubrí su cuerpecito y, por primera vez, vi su rostro rosado, sus manitas cerradas en puños diminutos, sus bracitos y sus piernas flacas, el cabello fino, suave como la seda. Sentí el calor de su cuerpo tierno. Mi devoción a ella fue instantánea. Nunca había amado a nadie tan intensamente como amé a mi hija desde el momento en que la vi. Mi madre me decía que era difícil entender el amor que siente una madre por su hijo hasta que una se convierte en madre. Comprendí entonces. Desde el momento en que vi a ese hermoso regalo de Dios, sabía que haría cualquier cosa por ella. Rio la observaba, examinando cada parte de su cuerpo para asegurarse de que todo estaba allí, y así era. El amor que Rio y yo compartíamos había dado lugar a una hermosa y nueva vida, y desde este momento en adelante, yo no vería a Rio de la misma manera. Nuestro amor había echado raíces profundas en frente de mis ojos.

— ¿Puedo cargarla? —me preguntó.

— Por supuesto —le dije.

La enfermera tomó a Tania de mis brazos y se volvió a Rio. Para entonces, el médico ya había salido de la habitación, y la enfermera había sido testigo sonriente y callada, facilitadora de este momento maravilloso. Rio parecía nervioso por la forma en que movía los brazos, tratando de encontrar la posición correcta. Cuando la enfermera colocó a nuestra hija en sus brazos, la abrazó y la miró con ternura. La besó en la frente y me dijo que era hermosa. —Ella es tan perfecta como tú —agregó, mientras sus ojos, como los míos, se inundaban de alegría.

Rio amó a su hija Tania desde nacer. Ella lo hacía transformarse de un hombre duro en un payaso tonto cuando estaba cerca de él, pero como casi todos los hombres, él quería un varón. Poco más de un año después, nació Lynette. Estábamos muy contentos con la nueva integrante de nuestra familia.

—Vamos a intentar una última vez para ver si tenemos un varón —le dije.

Finalmente, Gustavo llegó a nuestras vidas. No sólo Rio tenía su hijo varón al fin, pero también tenía la gran familia que había deseado desde sus años en el orfelinato.

MI VIDA CON RIO

Después de que nuestro hijo nació en 1968, la vivienda de tres dormitorios y un baño de mis padres se nos hizo mucho más pequeña. Yo había vivido en esta casa, ubicada en la Calle Zapote, entre Durege y Serrano, desde 1958. Había sido una clínica pequeña y mi padre la había reparado con la ayuda de un vecino. Tenía paredes verdes, pisos de losa de cerámica, una sala de tamaño decente, un comedor separado en el que sólo cabía una mesa para seis personas, y una pequeña cocina con capacidad para dos personas. El portal era del mismo ancho que la casa, de estilo colonial, con seis columnas altas y redondas. Se encontraba a corta distancia del Parque Santos Suárez, el hermoso parque de nuestro barrio donde Rio y yo llevábamos a los niños cada fin de semana. El niño era aún muy pequeño y yo lo llevaba en mis brazos o dentro de un cochecito que empujaba mientras Rio jugaba a los escondidos con las niñas. A veces él trataba de jugar a la pelota con ellas con las semillas que caían de un almendro, pero eran demasiado pequeñas y aunque no podían cogerlas cuando se las tiraba, él seguía intentando.

—Rio, deja de jugar a la pelota con las niñas. ¡Las niñas deben jugar con muñecas! —me burlaba.

Le encantaba pasar tiempo con nuestros hijos, y me gustaba ver su felicidad cuando lo hacía.

Mi hija mayor, Tania, estaba muy apegada a su padre, mientras nuestra segunda hija, Lynette, estaba más engreída conmigo. Rio había enseñado a Tania a caminar e ir al baño en una unidad portátil pequeña que él construyó para ella. A ella le encantaba saltar encima de Rio, cuando él descansaba en su hamaca en el portal. —¡Estaba durmiendo! —se quejaba él y ella se reía con la risa de la inocencia. Otras veces, cuando estaba dormido en la cama de nuestra habitación, ella se le acercaba levantándole los párpados mientras le preguntaba: —Papi, ¿estás despierto?

Un día, cuando andábamos merodeando por el parque con los niños, Gustavo en mis brazos y las niñas tomadas de la mano de su padre, una a cada lado, una mujer joven se acercó a nosotros. Ella tenía una cara bonita, cabello rubio largo y un vestido blanco complementaba sus curvas.

—¡Me alegra mucho verte, Rio! —dijo mientras se nos acercaba.

Lo miré con curiosidad, y él me la presentó. Era Alicia, la exnovia de Rio. Era la primera vez que nos encontrábamos. Ella me miró y luego a los niños, con una tristeza oculta detrás de su sonrisa.

—¿Son tus hijos? —preguntó. Asentí con la cabeza.

Fue un momento incómodo, para el cual yo no estaba preparada. Me sentía triste por ella. Aquí estaba yo, con nuestros tres hijos en frente de una mujer que nunca sentiría la alegría de ser madre. Ella me preguntó si podía cargar a mi pequeño hijo, y yo asentí. Lo tomó en sus brazos y le acarició el pelo.

—Es precioso, se parece a su padre y las niñas son muy bonitas también. Son una mezcla de los dos —dijo—. Eres una mujer muy afortunada.

Yo no sabía qué decir aparte de gracias. Rio le preguntó cómo estaba. —Bien —dijo. Un incómodo silencio siguió y Gustavo comenzó a llorar.

—Quiere a su madre —dijo Alicia, y devolvió a Gustavo—. Bueno, mejor me voy. Fue bueno verte, Rio —dijo, y se alejó sin mirar atrás.

Rio y yo nos miramos el uno al otro en silencio. Esa fue la primera y última vez que la vi. Sin entender del todo el por qué, me invadía la culpa.

Era el mes de julio de 1968. La toma de posesión por parte del gobierno de todos los medios de comunicación (radio, televisión y prensa) y el asesinato o encarcelamiento de cientos de personas acusadas de conspirar contra la revolución, habían solidificado el régimen de Castro. La nacionalización de los medios de producción provocó una profundización de la escasez de alimentos y más medidas de racionamiento, las cuales habían comenzado poco después de la victoria de la revolución con la introducción de las tarjetas de abastecimiento. La cantidad de comida que las tarjetas proporcionaban no era suficiente para alimentar a una familia que estaba creciendo. Las leyes de Reforma Urbana limitaban las viviendas disponibles, lo que obligó a varias generaciones a vivir juntas. Rio no podía acudir a su madre en busca de ayuda porque ella también había perdido sus casas a las nuevas leyes. Entonces él se sintió traicionado por el nuevo gobierno, pues esta no era la Cuba que quería para su familia.

Aunque la emigración se había prohibido después del ataque por la Bahía de Cochinos, se restableció un tiempo después. Rio conocía de mi deseo de viajar a los Estados Unidos, aspiración que se intensificó después del nacimiento de nuestros hijos. Teníamos miedo a que, si no actuábamos pronto, las medidas de control empeorarían, y perderíamos nuestra oportunidad de viajar. Consideramos nuestras opciones. Esta fue la forma en que pensábamos que el proceso funcionaría: Debido a las disposiciones especiales burocráticas para los hijos y nietos de españoles (tanto Rio como yo teníamos al menos un abuelo español), la única manera de mover nuestra familia a los Estados Unidos era si al menos uno de nosotros viajaba a España. El gasto de viajar todos juntos era demasiado grande, y decidimos que uno de nosotros debía permanecer con los niños. Como la salud de mi madre era frágil, decidimos que Rio sería el que se iría. Después de residir en España por un período de tiempo determinado, que no sabíamos cuánto duraría, él presentaría los papeles para solicitar la residencia permanente en los Estados Unidos y cuando llegara a este país, reclamaría a nuestra familia presentando los documentos para nuestras visas. Era un plan complejo con una gran cantidad de variables, ninguna de las cuales controlábamos.

El viaje de Rio fue originalmente programado para el 2 de octubre de 1968. Ese día, cuando llegamos al aeropuerto, nos fijamos en una mujer con el pelo negro y un vestido rojo, que se acercaba desesperadamente a cada familia. Era difícil pasarla por alto; la angustia en su rostro era conmovedora. El rumor era que el gobierno le iba a arrebatar los hijos a sus padres, por los que quienes tenían familiares en los Estados Unidos se habían precipitado al aeropuerto para enviar a sus hijos a los familiares, con el objetivo de unirse a ellos más tarde. No sabía si dar crédito a esos rumores. Incluso si lo creyera, no me separaría de mis hijos por nada. Tenía a Gustavo en mis brazos cuando la mujer se abrió paso entre la multitud y se acercó a nosotros.

—Señor, ¿viaja solo? —dijo. Me di cuenta de la desesperación en sus ojos.

—Sí —dijo Rio.

—Se lo ruego por favor —dijo con lágrimas en los ojos, una mano apoyada en el hombro de su hijo—. Mañana, mi hijo cumple quince. Si no sale hoy, no se le permitirá salir debido a las reglas del servicio militar. Usted es un padre como yo. Ayude a mi hijo, por favor.

Rio me miró primero, y luego a nuestros hijos; finalmente sus ojos se volvieron hacia el niño de ojos y pelo carmelita quien parecía más joven aún y se veía confundido y asustado. Tal vez Rio se veía a sí mismo en el rostro del niño, unos años después de que su madre lo dejara en el orfelinato. Sabía que renunciar a su asiento sería separar al niño de sus padres, lo que en su mente era lo mismo que hacerlo un huérfano. Pero como padre, también entendía la súplica de aquella mujer y el desinterés de sus acciones.

—Por favor, señor —la mujer le suplicó.

Rio dudó por un momento, pero accedió a renunciar a su asiento para dárselo al hijo de la mujer.

—Gracias —dijo abrazando a mi esposo y después a mí.

Más tarde, mientras se alejaba con su hijo, ella miró hacia atrás y dijo con una sonrisa de agradecimiento.

—Por cierto, mi nombre es Ana. Nunca lo olvidaré.

La decisión de Rio descarrilaría la vida de dos familias.

MI VIDA CON RIO

Casi cuatro semanas después que Rio le cedió su asiento al niño del aeropuerto, el día de su viaje llegó de nuevo. Esta vez, Rio y yo decidimos dejar a los niños en casa ya que el aeropuerto se había convertido en un lugar muy triste, donde las familias iban a despedirse de sus seres queridos. Ningún cubano regresaba. En el día de la partida de Rio, todos en la casa estaban tristes, como si alguien hubiera muerto. Rio besó a los niños al despedirse y se dirigió a su Chevrolet de color rojo, que esperaba a lado de la acera. Se lo habíamos vendido a uno de los primos de Rio ya que mantenerlo habría sido demasiado costoso para mí. La venta del carro permitió que Rio me dejara algún dinero para los niños. Desde el interior del coche, miré a Tania, mi hija mayor. Berta la había tomado en sus brazos para que pudiera ver a su padre desde el portal. Mayda, mi suegra, cargaba a Gustavo, mientras Lynette estaba sentada en el suelo jugando con una muñeca. La podía ver detrás de la puerta de barras de hierro que se encontraba encima de las escaleras a la entrada del portal.

El barrio estaba tranquilo esa mañana. Nuestros vecinos, a quienes normalmente les gustaba estar atentos a la vida de los demás, parecían despreocupados por la partida de Rio. Su comportamiento discreto y poco acostumbrado se derivaba de mi explicación del viaje de Rio: —Él va a España a reclamar una herencia —les había dicho. El carácter temporal de la ausencia de Rio era menos emocionante para ellos que una salida definitiva.

Mucha gente había ido a trabajar, y otras realizaban tareas caseras o esperaban su turno en la fila de la bodega de la esquina para comprar su cuota de comestibles. Un árbol gigantesco de framboyán, plantado en una calle paralela justo enfrente de nuestra casa, resaltaba impresionante sobre las casas coloniales con sus flores de color naranja en plena floración.

Tania, nuestra pequeña de tres años, con un vestido de color rosado con flores amarillas, le decía adiós a su padre usando su versión de gesto de despedida, su pequeña mano en el aire, sus dedos aleteando de arriba a abajo contra la palma de su mano. Mi hermana se secaba las lágrimas de su rostro mientras acariciaba el pelo castaño claro de Tania. Mientras nos alejábamos, un sentimiento de tristeza me invadió. Mi madre siempre me había dicho que los pensamientos negativos atraían resultados negativos por lo que luchaba para mantenerme positiva. Me consolé con la idea de que mis hijos pronto verían a su padre nuevamente.

CAPÍTULO 8

SOLA

Era el día de Navidad de 1968, pero nadie hablaba de eso porque al gobierno no le gustaba que se celebrara el nacimiento de Jesucristo (e iría tan lejos como para prohibirlo al año siguiente). Yo había preparado una comida modesta para la familia: frijoles negros, arroz y plátanos. Ya habíamos consumido la cuota de carne para el mes y no podía permitirme el lujo de comprarla en el mercado negro, ya que había renunciado a mi trabajo en la oficina de la fábrica. Mi vida se consumía en el cuidado de mis padres enfermos y mis tres hijos. Mi padre estaba a mitad de sus setenta, y aunque mi madre era diecisiete años más joven, su salud se estaba deteriorando rápidamente.

Yo trataba de darles a mis hijos una infancia normal, llamando a su padre desde la compañía telefónica lo más frecuentemente posible, inicialmente una vez a la semana. Tania le contaba historias que había inventado, y Lynette le cantaba canciones infantiles. Gustavo era aún muy pequeño, pero entre Rio y yo le enseñábamos cómo decir *Papá*. No quería que mis hijos se sintieran diferente a los niños que tenían a ambos padres en casa.

Durante los primeros meses desde la salida de Rio, sus cartas llegaban a menudo. Yo guardaba cada una. Eran románticas y me llenaban de esperanza. Él escribió en una de ellas:

«Cuando mires al cielo en las noches estrelladas, piensa en mí. No importa en qué lugar del mundo yo esté, estaré mirando a

*esas mismas estrellas, y a través de ellas, estaremos unidos a
pesar de la distancia.»*

Como una romántica empedernida, sus cartas me inspiraban. Me llevaban de nuevo al primer día en que lo vi, la primera vez que nos besamos. Nunca había amado a ningún otro
hombre de la manera en que lo amaba a él, y lloraba hasta quedarme dormida cuando leía sus cartas. Rio había llegado bien
a Madrid, pero la vida no era como la había imaginado. Como
inmigrante, tenía que hacer trabajos ocasionales y le pagaban
poco dinero, pero él me dijo que Madrid era una ciudad maravillosa. Nos imaginaba juntos caminando en el Parque del Re-
tiro, un parque en la parte oriental de la ciudad con amplios
espacios verdes, esculturas, estatuas, un palacio de cristal, ca-
feterías, y un lago lleno de barcos. Decía que era el parque más
hermoso que había visto en su vida. Se sentaba en las escaleras
junto al lago, cautivado por las estatuas majestuosas y el es-
plendor del parque para escribirme cartas.

Durante el tiempo que yo trabajaba, la ocupación me hacía olvidarme de mis problemas, mientras que quedarme en
casa sólo servía para alimentar mi ansiedad. Mi habitación se
sentía vacía sin Rio. A veces abría su armario de madera de
caoba: su ropa estaba allí, exactamente como él la había dejado,
sus pantalones a un lado, las camisas al otro, dos pares de zapatos, un par negro y otro de color carmelita, abajo. Su ropa
todavía olía a él. Se había llevado sólo una pequeña maleta de
cuero, sugiriéndome que vendiera el resto de la ropa para ayudar con los gastos de la casa, pero yo al principio no había sido
capaz de vender nada.

Cada día, esperaba al cartero, quien vestía un uniforme
azul y llevaba una bolsa carmelita grande con correas gruesas
colgadas por encima sus hombros. Cuando el cartero me dejaba el correo, yo revisaba lo que había dejado, ansiosa de encontrar un sobre blanco procedente de Madrid. Era feliz cada
vez que encontraba una de sus cartas. Me sentaba en la sala y
la leía una y otra vez. Sus palabras me daban vida, me

transportaban a otro lugar, pero a medida que pasaron los meses, ya no venían tan a menudo, y las dos últimas veces que lo había llamado, no había podido comunicarme con él. Al principio, me dije a mi misma que no había motivo de preocupación. Él tenía que ahorrar dinero para su viaje a los Estados Unidos para luego sacarnos de Cuba. Probablemente estaba ocupado trabajando.

No sabía cuánto tiempo tendría que permanecer en España antes de que pudiera viajar. El proceso requería un número de solicitudes complejas y alguien con la experiencia necesaria para ayudarle a través del laberinto de inmigración. Racionalicé las razones de la desaceleración de sus cartas hasta que la pesimista en mí salió a la superficie, convirtiéndome en mi propia enemiga. Entonces, se me metió a la cabeza la idea de que él estaba empezando a olvidarme, y me pregunté si nuestro matrimonio sería lo suficientemente fuerte como para sobrevivir a la separación. Los largos días esperando sus cartas jugaban trucos con mi mente. Era un círculo vicioso. Si sus cartas llegaban, estaba feliz al principio, luego caía en depresión. Cuando las cartas no venían, me sentía ansiosa. Mis nervios estaban de punta. Era incapaz de controlar mis emociones y lloraba a menudo, especialmente cuando una canción romántica en la radio me traía su recuerdo.

Durante mis días en casa, hundiéndome en la depresión, a veces me lo imaginaba con otras mujeres. Él era un hombre guapo y con un buen corazón. Las mujeres amaban sus ojos color ámbar, que lo hacían parecer como el protagonista de una película romántica. Incluso después de que nos habíamos comprometidos para casarnos, las mujeres de la fábrica habían coqueteado con él en mi presencia. Mi madre me decía que los hombres tenían necesidades, y que el estar en un nuevo país solo por tantos meses eventualmente conduciría a relaciones sin compromiso. No podía dejar que mis pensamientos me preocuparan. Mi papel era ser una madre para mis hijos y nada más debía importarme.

SOLA

En nuestro barrio de Santos Suárez, no había muchos secretos. Todo el mundo estaba involucrado en la vida de los demás. Cuando los vecinos se enteraron de que el objetivo de Rio era vivir permanentemente en los Estados Unidos y que no tenía planes de regresar, nuestras vidas cambiaron. Me di cuenta de que nuestra casa estaba siendo vigilada. Carmen, la mujer a cargo del Comité de Defensa de la Revolución (CDR), pasaba con frecuencia por nuestra casa con la excusa de que ella estaba preocupada por los niños y por mí. Mi hermana y yo estábamos convencidas de que su verdadero propósito era asegurarse de que nuestra familia no estuviese participando en actividades contrarrevolucionarias. Los CDR se habían formado en 1960 y sus miembros eran los ojos y oídos de la revolución de Castro, cuyo éxito dependía de la supervisión cuidadosa de aquellos que tenían vínculos con el exterior. Cada noche, nuestros vecinos hacían guardia en las esquinas, en un esfuerzo rotatorio que tomaba lugar en cada barrio y era organizado por el gobierno para impedir actividades antirrevolucionarias. Esta rutina se puso en vigor desde los primeros tiempos en que Castro llegó al poder. Los que no contribuían a la vigilancia del barrio no tenían derecho a ciertos privilegios, tales como mayores oportunidades de promoción. Me negué a ser parte de estas medidas, aun sabiendo que ello me causaría problemas con el nuevo gobierno. No me importaba y me decía a mí misma que pronto Rio cumpliría los requisitos para viajar a los Estados Unidos, y luego reclamaría a nuestra familia.

Mientras me ocupaba de mis padres y mis hijos, Berta trabajaba como arquitecto. Lo que ganaba era nuestra fuente principal de ingresos, con excepción a los cien pesos al mes que mi suegra, Mayda, me daba para los niños. Era mucho dinero para regalar en alguien de su edad. Ella no tenía ninguna obligación de ayudarme, pero lo hacía con desprendimiento. Algunas personas en Cuba trabajaban dos a tres semanas para ganar esa cantidad. Estaba agradecida por su amabilidad.

SOLA

Las costuras de mi madre aportaban una pequeña suma de dinero, pero ni mi hermana ni yo queríamos aprovecharnos de lo que ella ganaba. Hacía lo mejor que podía para que rindiera la cuota de leche, arroz, frijoles y carne que las tarjetas de abastecimiento (o racionamiento, que era como yo las llamaba) nos permitían comprar, pero Gustavo tenía un estómago delicado y requería alimentos más suaves, raramente disponibles en las bodegas. Esto me obligó a comprarlos, cuando era posible, en el mercado negro a precios más altos: boniato, malanga y yuca. Una vez que añadí estos alimentos en la dieta de Gustavo, su cuerpo respondió muy favorablemente; ganó algunos kilos y parecía más feliz y fuerte físicamente.

Desde la partida de Rio, habíamos reorganizado nuestra vivienda. Nuestra casa en la Calle Zapote consistía, por un lado, de la sala, el comedor y la cocina, alineados en una fila desde el frente hacia el fondo; y en el otro lado estaban los tres dormitorios, también en fila. Mis padres ocupaban el primer dormitorio, al lado de la sala. Berta y mi hija mayor, Tania, dormían en la habitación contigua al comedor, dejando la habitación en la parte trasera de la casa para mi hijo, Lynette y yo.

Las mañanas eran caóticas, con todos corriendo para el baño al mismo tiempo. Mi padre pasaba un tiempo extraordinario allí, en parte porque era el único lugar tranquilo de la casa, y esto generaba discusiones diarias. Cada mañana, mi padre, arrastrando los pies, se dirigía a una tienda localizada a cuatro cuadras de la casa para comprar una barra de pan. El ataque cerebral que tuvo cuando yo era adolescente había afectado su caminar, y se tomaba más de una hora para hacer el viaje de ida y vuelta.

Mi madre, a medida que su salud permitía, cosía para todos en la casa y para algunos clientes leales. A menudo tenía un proyecto entre manos. Ella tenía una ética de trabajo fuerte y solía decir que el día que dejara de trabajar, ese sería el día que iba a morir. Su corazón débil le afectaba la circulación y pensé que estaba demasiado frágil para seguir trabajando, pero ella era terca. Disfrutaba de la sensación de saber que ella estaba contribuyendo a la casa de alguna manera. Eso le daba un sentido de independencia. Le pedí que pensara en los niños. La necesitaban ahora más que nunca.

Dos meses antes de que mi madre decidiera finalmente dejar de trabajar, había comprado un perfume muy caro llamado Jade, que era muy popular en la época. Este perfume era la obsesión de todas las mujeres en La Habana y ella había ahorrado dinero durante meses para comprarlo. Mi madre era una mujer sencilla que carecía de vanidad y siempre pensaba primero en los demás. Esta fue la única vez que quería algo para sí misma. Ella atesoraba su perfume y lo utilizaba sólo en ocasiones especiales. Un mes después de que mi madre dejó de trabajar, Lynette, entonces de tres años, fue a su habitación y cogió el perfume. A la niña le gustaba ese olor y se vació la botella encima. Luego salió de la habitación sin hacer ruido y se encontró a mi madre en la sala, sentada al frente de su máquina de coser. El olor familiar hizo que mi madre se volviera. Allí, delante de ella, estaba Lynette, el cabello y la ropa empapados. Mi madre estaba lívida. Golpeó la puerta y después, de acuerdo con lo que ella misma me contó más tarde, tiró un plato contra la losa del suelo de la cocina. Yo no había visto a mi madre tan enojada en muchos años, y esto le afectó su salud, dando lugar a episodios de palpitaciones y, en el transcurso de los próximos días, a un edema pulmonar y una larga hospitalización.

Su obsesión con el perfume no terminó ahí. Mientras estaba en el hospital, se dio cuenta de que una paciente en la cama junto a la de ella tenía un frasco del mismo perfume. Mi madre le ofreció intercambiar un par de zapatos por él. Yo no entendía por qué estaba haciendo tanto alboroto por un dichoso perfume. Berta ofreció ahorrar dinero para comprarle un frasco, pero mi madre se negó. Ella se sentía orgullosa de trabajar para obtener las cosas que quería. La mujer en el hospital inicialmente estuvo de acuerdo con el intercambio, sólo para retroceder un día después. Mi madre estaba enojada y estresada. A menudo me preguntaba por qué se había obsesionado tanto, y no fue hasta años después que entendí: este perfume había sido el último símbolo de su independencia económica.

Berta trabajaba durante el día y pasaba la noche en el hospital con mi madre, extrayéndole las flemas de los pulmones con un dispositivo que los médicos habían proporcionado. Yo trataba de ir al hospital lo más posible, pero era principalmente Berta quien se ocupaba de atenderla durante su estadía allí.

Por fin, mi madre salió del hospital. Cuando Berta la trajo a casa, todavía estaba pálida y había perdido casi veinte kilos, pero los niños estaban felices de tenerla a su lado. Ella les dio a mis hijas sus revistas de moda, que estaban entre sus pertenencias más preciadas. Las niñas estaban muy contentas. Hasta ese entonces, el acceso a esas revistas había estado estrictamente prohibido, ya que mi madre las utilizaba para generar ideas para sus proyectos de costura. Eran importantes para ella. No me percaté en ese entonces que cuando las regaló, había renunciado a parte de sí misma.

CAPÍTULO 9

EL BABALAO

El llanto de Gustavo me despertó esa mañana. Cuando me acerqué a su cuna y le toqué la frente, estaba ardiendo. Sus largas pestañas estaban agrupadas en secciones como si hubiesen estado sumergidas bajo el agua.

— ¿Te sientes mal, mi amor? —le pregunté.

Sus ojos de color carmelita brillaban mientras me miraba con tristeza. Dejó de llorar por un momento, como si estuviera esperando que yo aliviara su malestar, pero después de un tiempo, su cara se arrugó y las lágrimas comenzaron a correr de nuevo. Me puse una bata rosada y salí corriendo a pedirle a Berta que me ayudara. Mientras mi hermana iba a buscar un termómetro y un poco de hielo, regresé a mi habitación y mecí a Gustavo suavemente en mis brazos. Lynette, quien compartía mi cama, se despertó como molesta por el ruido. Le dije que volviera a dormir. Dobló mi almohada sobre los oídos para amortiguar el ruido y haló las sábanas sobre su cabeza.

Momentos más tarde, Berta entró y colocó el termómetro en la axila de Gustavo. Esperamos unos minutos, y notamos que el mercurio estaba por encima de 40 grados centígrados. Berta y yo intercambiamos miradas; no había tiempo que perder. Yo no creía que, en la condición de Gustavo, era una buena idea montar en un autobús lleno de gente, por lo que Berta pagó a un vecino para que nos llevara al Hospital William Soler. Envolví al niño en una colcha blanca de algodón antes de salir de la casa. Cuando llegamos al hospital, un médico en bata blanca examinó a Gustavo y le ordenó algunos estudios de laboratorio. Alrededor de una hora más tarde, llegaron los resultados. Sus glóbulos blancos estaban elevados, pero no sabíamos por qué. Los médicos lo ingresaron en el hospital y le recetaron inyecciones de antibióticos. Me quedé con él en una habitación compartida por otros cinco pacientes y pasé las dos noches siguientes durmiendo en una silla del hospital. No me había bañado y llevaba la misma falda negra y blusa azul clara con óvalos blancos de hacía dos días. Me sentía sucia. Más de cuarenta y ocho horas habían pasado desde la primera inyección de penicilina y no se había visto ningún progreso. Los médicos estaban perplejos. En el tercer día, Berta fue a visitar a Gustavo en su camino al trabajo. Ella lo cargó en sus brazos y le tocó la frente, dándose cuenta de que aún estaba caliente.

—Los médicos están tratando de bajarle la fiebre y nada parece funcionar. No sé qué hacer —le dije.

Ella se inclinó por un tiempo sobre la cama de Gustavo, acariciándole la frente. —Se ve pálido —dijo ella, y se frotó los ojos. Tras un momento de reflexión en silencio, se volvió hacia mí y añadió:

—Estar encerrada aquí todo el tiempo no es la respuesta. Si no descansas, te vas a enfermar. Te ves estropeada. Vete a casa a refrescarte y descansar.

Ella no me lo estaba pidiendo, me lo estaba ordenando. No podía evitarlo; era su naturaleza el ponerse a cargo de las situaciones, sin importar si podía o no resolverlas.

—¿Qué pasa si algo sucede cuando me vaya? —le pregunté.

—No puedes pensar de esa manera —dijo—. Tenemos que seguir pensando de manera positiva. No pasará nada.

Había en ella una convicción tan reconfortante, que me hizo creer en sus palabras. Necesitaba creerla y comprendí que tenía razón, por lo que salí del hospital para ir a casa por unas horas. Sería más valiosa para mi hijo si descansaba.

EL BABALAO

Mientras estaba en el autobús, no podía quitarme a mi hijo de mi mente. Él lloraba a menudo, y sus nalguitas tenían bolas causadas por las inyecciones de penicilina. Me miraba con sus grandes ojos, color carmelita, llenos de lágrimas, como esperando que hiciese desaparecer su malestar. Me sentía impotente.

Cuando llegué a mi casa, nuestra vecina Martina, estaba allí. Era una vieja amiga de mi madre, adentrada en los cincuenta que era nieta de esclavos. Martina y mi madre hablaban a veces sobre la época en que la esclavitud había existido en Cuba. Les enfurecía que algo así hubiese podido suceder. ¿Y a quién no? Una vez, oí a Martina expresar sentimientos negativos acerca de todos los españoles, no sólo los que trajeron los esclavos negros de África a Cuba. Mi madre le dijo que sólo un pequeño porcentaje de españoles había sido dueños de esclavos, y que ella no debía ni ponerle una etiqueta igual, ni despreciar a todo un grupo de personas por causa de las acciones tomadas por unos pocos. Esta conversación, y conversaciones similares que siguieron, me hicieron preguntarme si debía confiar en Martina. Después de todo, mi padre era español. Pero aparte de esas declaraciones ofensivas, ella me trataba amablemente. Al igual que mi madre, Martina no tenía una educación escolar y se ganaba la vida con el trabajo doméstico que hacía para otros. Cuando tuve a mi primera hija, mi madre le preguntó si quería trabajar en nuestra casa y ayudarme con la bebita, y ella estuvo feliz por la oferta. Desde entonces no sólo ayudaba en la casa, sino que me enseñó a cocinar y planchar la ropa. Mi madre me había preparado para ser la esposa bien educada de un hombre pudiente y no había pensado que el trabajo doméstico sería importante para mí.

—Una mujer casada, especialmente una madre, tiene que saber cómo hacer estas cosas —me dijo Martina un día cuando me mostraba cómo mezclar los condimentos para hacer arroz amarillo y pollo.

EL BABALAO

Ese día, Martina estaba planchando ropa cuando llegué. Al verme entrar, dejó lo que estaba haciendo cuando me vio y me preguntó por Gustavo.

—No entiendo, estaba bien y un día esta fiebre salió de la nada —le dije.

Martina se quedó mirándome, al lado de la tabla de planchar, y me percaté de como la frente se le estaba llenando de sudor. Le pregunté si le pasaba algo y ella hizo un gesto negativo con la cabeza, seguido de un largo silencio. Luego respiró profundamente.

—Hay algo que tengo que decirte —dijo ella—. Estoy avergonzada por lo que hice. No podré vivir conmigo misma si no te lo digo.

La miré, confundida. Ella inclinó la cabeza hacia el piso.

—Mi nieto había estado muy enfermo durante meses, dentro y fuera de los hospitales —dijo finalmente—. Los médicos se habían dado por vencidos y yo estaba desesperada sin saber qué hacer. Yo sentía que tenía que hacer algo para que no muriera. Mi hija me pidió ayuda y lo que hice, nunca debía haberlo hecho.

Los ojos de Martina se llenaron de lágrimas.

—¿Qué has hecho? —le pregunté con curiosidad.

—Mi hija me rogó que fuera a ver a mi padrino. Él es un santero. Me pidió que llevara a Gustavo conmigo. Yo no sabía lo que mi padrino estaba planeando, cuando arrebató a Gustavo de mis brazos, diciéndome que iba a usar santería para ayudar a mi nieto. Realmente no me dijo la verdad. Él no aclaró que su acto curaría a mi nieto, pero enfermaría a Gustavo. Cuando me di cuenta de lo que estaba pasando, pensé que no iba a funcionar. Más tarde, al ver la mejoría de mi nieto y la enfermedad de Gustavo, empecé a pedir que me tragara la tierra.

—¿Que sacaste a Gustavo de la casa? —le grité, mirándola con ojos llenos de cólera.

EL BABALAO

—Tienes que entender mi desesperación —ella dijo dando dos pasos hacia mí, con sus palmas abiertas hacia arriba.

—¡Yo te confié a mi hijo! —dije elevando mi voz—. Has traicionado mi confianza. ¿Cómo pudiste? ¿Quién te dio el derecho a sacar a Gustavo de la casa sin decirme nada y luego ocultar lo que hiciste?

Mi rostro se sentía caliente y tenso.

—No pensé que le iba a pasar nada. Te lo juro —dijo.

—¡No tenías derecho de llevar a Gustavo a alguien así! Y al esconderlo de mí, también me mentiste.

Podía sentir mi corazón acelerarse. Las lágrimas rodaban por el rostro de Martina.

—Sé que he cometido un error. Cuando vi que Gustavo estaba enfermo, hice algo para deshacer el daño que causé. ¡Por favor, escúchame!

—¿Qué más hiciste?

—Voy a traer a un babalao de Colón a tu casa. Ya se lo dije a tu madre —dijo.

—¿Un babalao? —le pregunté. Un babalao era considerado un sacerdote de brujería entre los santeros y tenía más conocimiento acerca de los secretos de la Santería. Martina me dijo que tenía poderes especiales. Ella le había pagado para venir de la provincia de Matanzas a La Habana para curar a mi hijo, y llegaría esa noche. Ya le había dado a mi madre la lista de los suministros que necesitaba: un pollo negro, una botella de ron, un crucifijo y velas. Martina me pidió que confiara en ella, aunque sabía que no merecía mi confianza, pero se dio cuenta de que yo no parecía convencida.

—Si no se hace esto, Gustavo morirá —dijo ella, mirándome a los ojos con convicción.

Esta afirmación no me dejó otra opción que colocar la vida de mi hijo en las manos de Martina. Trataría con su traición después. Me di una ducha, pero estaba demasiado nerviosa para comer o descansar. Estaba lívida. Si era cierto que esto había causado la enfermedad de mi hijo, ¿cómo podía

Martina haber hecho algo así? Traté de ponerme en su lugar, pero no lo logré. Corrí al hospital y les expliqué a los médicos lo que había ocurrido. Los médicos trataron de disuadirme de llevarlo a casa, pero no los escuché. A petición mía, dejaron que Gustavo saliera del hospital con instrucciones de volver al día siguiente si no mejoraba.

El babalao ya estaba allí con Martina y mi madre cuando entré en la sala con Gustavo en mis brazos. Le pregunté a mi madre por Berta. Ella dijo que estaba en su cuarto, que no se sentía bien. La forma en que mi madre me miró cuando dijo esto me dijo que mi hermana no estaba contenta con mi decisión. El babalao se sentó frente a Martina y a mi madre tomando una taza de café. Era un hombre viejo, moreno, vestido de blanco, y llevaba un collar de bolitas de diferentes colores. Traía un pequeño maletín, muy gastado. Martina me lo presentó ceremoniosamente.

—Laura, este es el hombre que va a salvar a tu hijo.

Terminó de beber el café y Martina lo llevó a la habitación donde ella y mi madre habían reunido algunos de los suministros solicitados. Martina fue a la cocina y cogió una botella de ron que estaba sobre el mostrador y un pollo vivo que tenía en una bolsa de papel carmelita, las patas del pollo atadas con una cuerda.

—El bebé necesita estar a solas conmigo. Nadie más puede estar en el cuarto. Es peligroso —dijo el hombre con una voz rasposa. Sus dientes amarillos y gastados me tenían nerviosa.

Mi madre se negó a dejar a Gustavo solo y decidió quedarse en la habitación a pesar de las advertencias. Nada que le dijeran la haría cambiar su decisión. El babalao cerró la puerta, tomó al niño de los brazos de mi madre y lo colocó sobre la cama. Mi madre observaba desde una silla. El hombre abrió su maletín, y casi al mismo tiempo Martina entró en la habitación con el pollo negro y el ron. El babalao encendió una vela, la colocó en el suelo. Luego encendió el tabaco con el fuego de la vela. El humo del tabaco se esparcía por toda la pequeña habitación, provocando que mi madre tosiera. Esperó a que ella se recuperara, entonces le quitó la bolsa a Martina y le señalo que saliera de la habitación.

El pollo agitaba sus alas, luchando por su vida; mi madre miró hacia otro lado con temor, anticipando lo que vendría a continuación. El babalao, con una maniobra muy rápida, torció el cuello del pollo varias veces hasta que éste estuvo muerto. Luego tomó un cuchillo y le cortó la garganta. Cuando la habitación estaba de nuevo en silencio, mi madre abrió los ojos, horrorizada. Su único consuelo era que mi hijo estaba profundamente dormido. El babalao frotó el pecho de Gustavo con la sangre del pollo y luego agarró un palo con cintas atadas al final. Sostuvo el palo por el mango y pasó las cintas a lo largo de la longitud del cuerpo de Gustavo mientras invocaba a los espíritus. El hombre torcía su cuerpo rítmicamente, como si estuviera en trance. Después de lo que pareció una eternidad, el hombre terminó su magia, que incluía «arreglar» (o dar una bendición especial) a la cadena de oro de Gustavo.

—Tome esta cadena y guárdela en un lugar seguro —el hombre le dijo a mi madre. El babalao empacó sus cosas y salió de la habitación.

Cuando lo vi, corrí hacia él ansiosamente.

—Bueno, y mi hijo, ¿se curará? —le pregunté.

—Sí —dijo el hombre, y se fue de mi casa sin decir adiós.

Martina se fue momentos después, y mi madre, todavía en estado de shock, explicó lo que había presenciado. La escuché mientras bañaba a Gustavo, lo cual hizo que se despertara. Le di un poco de leche, y luego de que se quedara dormido nuevamente lo coloqué en la su cuna. Lynette estaba dormida en mi cama. Berta y Tania habían estado durmiendo a su lado durante la visita del babalao. Después que mi madre y yo limpiamos la sangre y cambiamos las sábanas de la habitación donde el babalao había realizado su magia, ambas regresaron a sus camas.

EL BABALAO

Me fue difícil reconciliar el sueño esa noche, pensando en los acontecimientos de los últimos dos días. Pensé en Rio. Lo extrañaba. Extrañaba la sensación de seguridad que me daba. Di muchas vueltas en mi cama hasta que finalmente me quedé dormida.

Al día siguiente, me desperté temprano para ver cómo estaba Gustavo. La fiebre se había disipado. Le sonreí cuando abrió sus ojos. Parecía alerta y feliz. Si esto era una coincidencia o magia negra, sentí que había tomado la decisión correcta.

CAPÍTULO 10

MI MADRE, ANGÉLICA

Era el 7 de octubre de 1969 cuando los gritos de mi padre, pidiendo ayuda, me despertaron. Lynette y Gustavo seguían durmiendo, así que salí de puntillas de la habitación para no despertarlos. Casi al mismo tiempo, Berta salía del suyo, y juntas corrimos a la habitación de nuestros padres.

Mi padre estaba inclinado sobre mi madre, llamándola por su nombre, sacudiéndole su cuerpo para que ella respondiera, pero sus ojos estaban fijos y vacíos como los de una muñeca, con su boca torcida hacia un lado.

— ¿Puedes oírme, Mamá? —le pregunté.

Ella no respondió y estaba casi tan pálida como las sábanas de la cama. Berta y yo nos miramos, dándonos cuenta de que había sufrido un derrame cerebral. No había tiempo que perder. Me precipité fuera de la habitación sin decir otra palabra. Al otro lado de la calle, una mujer de cabello blanco que llevaba un vestido azul y el pelo recogido en rolos color de rosa, paseaba a su perrito blanco.

—Señora —le grité desde el portal sin pensar. No podía acostumbrarme a llamar a la gente «compañero o compañera.» —Por favor, ¡ayúdeme! Mi madre está grave. Creo que es un derrame cerebral. ¿Conoce a alguien que la pueda llevar al hospital?

En La Habana, en aquel tiempo, no había ambulancias. Había una estación de taxis a pocas cuadras de distancia, pero encontrar uno era difícil.

—No te preocupes, mijita —dijo, usando un término cariñoso—. No tengo carro, pero sé quién tiene uno. El hombre que conozco vive en la otra cuadra. Regresaré pronto.

—Por favor, dígale que se dé prisa —le dije con ansiedad.

Unos veinte minutos más tarde, un Chevrolet azul del 1950 estaba estacionado afuera de la casa. Entró un hombre calvo con gruesos espejuelos, y con la ayuda de los vecinos, que acudieron cuando oyeron lo que había pasado, levantó a mi madre y la colocó en el asiento trasero. Dos hombres trataron de acomodarla, pero aún parecía incómoda. Corrí de vuelta a la casa para buscar una almohada donde apoyar su cabeza. Mi padre estaba en su dormitorio, aún nervioso. Se sentó en la cama mientras Berta le pasaba la mano por la espalda tratando de asegurarle de que mi madre iba a estar bien.

Berta se fue al hospital con ella, y yo me quedé en casa con mi padre y los niños. Me senté en una silla de la sala, y las manos se me pusieron sudorosas al recordar las advertencias del babalao. Habían pasado dos semanas desde el día del ritual. Me pregunté si su magia negra había causado la gravedad de mi madre. Me sentía culpable, creyendo que podía haber evitado que se quedara en la habitación con Gustavo.

Berta no regresó del hospital hasta por la noche. Por la seriedad en la expresión de su cara cuando entró en la sala, comprendí que no traía buenas noticias.

—Lo siento, Laura. Es una cuestión de tiempo —dijo, y se fue a su cuarto. No me di cuenta de que se había ido para ocultar sus lágrimas.

Yo me había convencido de que nuestra madre se recuperaría y volvería pronto a casa, pero no había evaluado bien la gravedad de su estado, en parte, a causa del temor que la muerte me inspiraba. Berta era más realista y pidió tiempo libre en el trabajo. Ella pasó los días siguientes en el hospital viendo como nuestra madre jadeaba en su esfuerzo respirar, y notándola más débil cada día. Ella sólo tenía 58 años, demasiado joven para verla en esas condiciones. Una mañana, al reconocer que el final estaba cerca, Berta llamó al sacerdote para administrarle la extremaunción.

Por la tarde, el doctor, vestido con su acostumbrada bata blanca, vino a ver a nuestra madre y dijo que parecía estable. Momentos después de que él saliera de la habitación, Berta notó en ella la palidez del rostro, su respiración corta y rápida. Algo no estaba bien. Corrió detrás del médico, lo agarró por el brazo y le pidió que regresara. De regreso a la habitación, el médico le dijo que él había chequeado a nuestra madre y que estaba bien, pero Berta insistió. A los pocos minutos, nuestra madre exhaló un último suspiro y falleció. Berta me dijo después que había sido como si sólo hubiese quedado una cáscara de ella. El médico se disculpó y salió de la habitación, dejando a Berta sollozando sobre el cuerpo de nuestra madre.

El miedo a la muerte no me había permitido estar al lado de mi madre en el momento de su partida, algo que siempre lamentaría.

En el día del funeral, una vecina vino temprano a ayudar con el desayuno y el almuerzo de los niños. Otra mujer planchó la ropa de mis hijos. Yo me sentía inútil desde que supe de la muerte de mi madre. Todo lo que podía hacer era quedarme en la cama y mirar al techo. Berta tuvo que trabajar por la mañana, pero nuestros vecinos llenaron el vacío. Martina llegó antes del almuerzo y me encontró en mi habitación, las sábanas sobre la cabeza. Ella me destapó y encendió las luces.

—Laura, vamos. Levántate y arréglate. No lograrás nada quedándote ahí—dijo.

La miré sin emoción alguna en el rostro, como si estuviera entumecida.

—Siento como si una parte de mí se hubiera muerto —le dije sombríamente.

Se sentó en la cama y tomó mi mano entre las suyas.

—La vida es dura, mi niña —dijo cariñosamente—. Mi madre murió cuando tenía veinte años. Perdí a mi marido hace diez años. Estas cosas pasan, y no podemos dejar que estos golpes nos venzan. Tenemos que seguir adelante, no sólo para nosotros, sino para los que amamos. Tu pobre madre te hizo tanto daño.

Ella negó con la cabeza. Levanté la cabeza y la miré con curiosidad.

—¿Qué quieres decir? —le pregunté.

—Ella no te preparó para enfrentar la vida —dijo—. Ella trabajó muy duro para enviarlas a Berta y a ti a las mejores escuelas privadas, pero no te enseñó a cocinar o a planchar, nunca te dio ninguna responsabilidad en tu casa. Tuve que enseñarte estas cosas cuando nació Tania. Tu madre te trató como una princesa. No estás lista para todo lo que estás enfrentando. Tu hermana, en cambio, estuvo dentro y fuera de los hospitales, luchando entre la vida y la muerte, desde que era una niña. Esto la hizo fuerte, mucho más fuerte que tú.

—Pero yo también he ayudado. Trabajé de tutor desde que tenía catorce años para ayudar a mis padres —le dije.

—Sólo a causa de tu sentido de obligación, no porque tu madre te lo pidiera —ella dijo—. Siempre imaginó que te casarías con un hombre rico, que vivirías en una casa donde alguien se encargara de la limpieza. Me lo dijo. Discutimos sobre eso muchas veces.

Me quedé en silencio e imaginé a mi madre sentada junto a su máquina de coser por horas y horas para darle a mi hermana y a mí una educación adecuada. Me arrepentí de haber discutido con ella sobre las cosas pequeñas.

—La extraño, Martina. Primero se fue Rio y ahora ella —le dije mientras la abrazaba. Ella me sostuvo en sus brazos y besó mi cabeza.

—Levántate Laurita. Sé fuerte. Busca dentro de ti y encontrarás una mujer fuerte. Ya verás. Esto también pasará.

Martina acarició mi cabello. Cerré los ojos e imaginé que estaba en los brazos de mi madre. Poco a poco, esto me ayudó a sentirme mejor. Ella tenía razón. Tenía que ser fuerte, y sus palabras me dieron el empuje que necesitaba. Una ducha me haría bien.

Cuando el funeral comenzó, alrededor de las 8 de la noche, más de doscientas personas se habían reunido en la funeraria, la mayoría vestidas de negro. Los asientos eran escasos y muchos estaban de pie alrededor y hablaban entre sí. El cuerpo de mi madre estaba en una habitación separada, rodeado de unos cuantos sillones designados para la familia inmediata. Su ataúd era de color beige, cubierto de rosas rojas, y tenía un cristal a través del cual los visitantes podían ver la parte superior del cuerpo. Otros sillones estaban dispersos en la segunda sala de visitantes.

Mi padre llegó una hora después del inicio del servicio. Vestía un traje gris, y llevaba espejuelos con el marco del mismo color, plástico, con lentes gruesos. Caminaba lentamente, arrastrando los pies como de costumbre. Él tenía apenas cinco pies y tres pulgadas de estatura y había perdido casi veinte libras durante la enfermedad de mi madre. Era diecisiete años mayor que ella, y nunca se le ocurrió pensar que ella se iría antes que él. Había vivido una vida dura, pues sus padres murieron cuando él tenía trece años. Salió de España, el lugar donde nació, a vivir con un tío en Argentina. En el barco que iba de España a América del Sur, perdió un papel que llevaba con la dirección de su tío y terminó parando en casa del canciller español en Argentina. Vivió con el canciller hasta los dieciocho años, obtuvo un trabajo como marino mercante, y más tarde viajó a los Estados Unidos. La Primera Guerra Mundial había comenzado, y mi padre se unió a la Marina de los Estados Unidos, donde trabajó como maquinista en un gran barco. Poco antes de terminar la guerra, una granada detonó cerca de él y le dañó parte del cráneo, quedándole una placa de metal en la cabeza, pero estaba orgulloso de esa historia, que siempre compartía con todos en la familia.

Cuando terminó la guerra, se involucró en el comercio ilegal de visón. Un día se enteró que existía una orden de arresto contra él, y se marchó de los Estados Unidos hacia Cuba. Sus años en el mar habían curtido y oscurecido su piel. Dos ataques cerebrales, la arteriosclerosis, y la placa de metal fundida a su cráneo lo habían dejado como un robot.

Mi padre miró a mi madre, y por un momento, pareció recordar los buenos tiempos. Las lágrimas rodaban por su rostro mientras amorosamente acariciaba el cristal que separaba sus manos de la cara de la mujer a quien adoraba, la mujer que había dedicado su vida a cuidar de él y de sus hijos. Ella había trabajado durante años creando arte en su máquina de coser con sus manos suaves como el marfil. A él ella siempre le pareció muy refinada ya que representaba todo lo que él no pudo ser. Y ahora, estaba allí, su piel delicada y blanca, su rostro angelical. Él lloró y besó el vidrio entre ellos. Berta se puso de pie al lado de nuestro padre y lo abrazó en silencio.

—Vamos Papá, siéntate —dijo.

—La amaba tanto, y ahora. . . —Sus palabras se ahogaron en sus lágrimas.

—Vamos a ir a la sala del otro lado, Papá —dijo Berta.

Berta lo acompañó a la sala adyacente, donde estaba la mayoría de los visitantes, y lo ayudó a sentarse en un sillón.

Cuando llegué a la funeraria, después de esperar hasta después de la medianoche en la casa de Mayda para que los niños se durmieran, sólo quedaban unos parientes: un puñado de primos, una tía y un tío. Habían acompañado a mi hermana toda la noche. Ellos se acercaron a mí cuando entré y me dieron sus condolencias. Momentos más tarde, me dirigí a la sala donde descansaba el cuerpo de mi madre. En cuanto vi el ataúd, mis ojos se humedecieron de tristeza. Ahora que ella estaba muerta había pude en verdad entender lo mucho que significaba para mí, valorando, finalmente, su fuerza y determinación.

Berta, agotada por la larga noche, se acercó a mí y me puso su brazo alrededor de los hombros. Nos quedamos juntas al lado de nuestra madre, mirándola descansar en paz infinita.

Tenía las manos cruzadas sobre el corazón y un rosario envuelto alrededor de ellas.

—La perdimos, hermana —Berta dijo mientras lloraba. Nos abrazamos en silencio.

—Mamá, te prometemos que nos cuidaremos una a la otra mientras vivamos. Te queremos mamá —le dije.

Nosotras siempre cumpliríamos con esa promesa.

CAPÍTULO 11

LA BODA

Berta había estado saliendo con Antonio desde junio de 1967, más o menos dos años antes del fallecimiento de nuestra madre. Antonio era un ingeniero de seis pies de altura, con la cabeza siempre metida en los libros, introvertido, y excepcionalmente inteligente. Su herencia española era evidente en sus facciones, en su cabello negro y piel blanca. Trabajaba en la Universidad José Antonio Echevarría en La Habana, donde conoció a Berta que entonces trabajaba como asistente de un arquitecto y completaba sus estudios en la universidad. Inicialmente, cada uno de ellos estaba saliendo con otra persona, pero sus respectivas relaciones estaban pasando por períodos tumultuosos. Durante meses, Antonio visitaba a Berta casi a diario y le decía:

—Si rompes con tu novio dejaré a mi novia, para que seamos novios.

Berta le repetía invariablemente que no tenía intenciones de acabar su relación en curso, pero él perseveraba. Con el tiempo, su novia, al igual que muchos profesionales, se fue de Cuba hacia los Estados Unidos. Mientras tanto, Berta terminó su conflictiva relación, y comenzó su noviazgo con Antonio.

La primera vez que Antonio vino a nuestra casa, Tania se aterrorizó con su estatura, y desde entonces cada vez que veía a Antonio venir, salía corriendo a esconderse detrás de la puerta del cuarto. Lynette y Gustavo parecían tener más curiosidad por él. Durante sus dos primeras visitas, ellos se sentaban frente a él en la sala, observándolo y riéndose entre sí, y yo

LA BODA

tenía que llevármelos a jugar afuera. Mi madre, en cambio, no estaba muy contenta con Antonio. Aunque él tenía una educación que se adhería a los requisitos estrictos de mi madre, ella quería que Berta me acompañara a los Estados Unidos en cuanto existiera la posibilidad de salir, insistiendo en que yo no debería estar en un país desconocido sin mi hermana.

Berta estaba en el cuarto año de arquitectura en 1968– aproximadamente cinco meses antes de Rio partir a Europa–, cuando mi madre la obligó a abandonar sus estudios en la universidad y a prepararse para viajar conmigo. Antonio no tenía ni voz ni voto en el asunto. Berta y Antonio acordaron que si ella tenía que viajar, él la acompañaría, por lo cual él también completó los formularios de migración necesarios.

A Antonio le costaba descansar de los libros y siempre estaba leyendo. Un día, una mujer del barrio vino a nuestra casa y le dijo a Berta que lo había visto cruzando la calle mientras leía y que un carro casi lo había matado. Todos nos reímos de esta historia, que se convirtió en el hecho que lo definía como persona, la visión que la gente evocaba cuando lo describían. Berta habló con él, y le pidió que tuviera más cuidado, pero se dio cuenta que los libros eran su vida. Leía libros de ingeniería escritos en inglés y libros de política escritos en español. Uno de ellos se titulaba *La expansión territorial de los Estados Unidos*. Él con frecuencia leía pasajes a Tania, mi hija mayor, aunque ella era demasiado pequeña para entender. Pero ella se sentaba junto a él y Berta, prestando atención a cada palabra que decía. Me entristecía pensar que ella estuviera empezando a mirar a Antonio como un padre.

Berta era menuda, con el pelo negro y largo hasta los hombros, ojos negros, y una cara bonita. Medía alrededor de cinco pies de estatura, dos pulgadas menos que yo. Las enfermedades frecuentes que padeció durante su infancia habían afectado su crecimiento. Era muy realista y siempre decía que no vivía en las nubes como yo. Discutíamos cuando hablaba

estas cosas y nunca le dije que estaba de acuerdo con su eva-
luación. Yo era romántica y podía concebir posiciones contra-
dictorias. Me fascinaba tanto el capitalismo como algunas ideas
revolucionarias, era católica y me intrigaban las ciencias ocul-
tas, me preocupaba por otros, pero al igual era terca y cabe-
zona. Berta miraba la vida en blanco y negro. A ella, al igual
que a mí, le gustaba resolver problemas, pero no aprobaba
crear situaciones melodramáticas, incluso cuando se enfren-
taba a un momento difícil. Ella tomaba la vida como venía y no
se preocupaba por el hecho de preocuparse. A Antonio le gustaba su actitud realista y ese espíritu práctico los unía. Antonio
se había enamorado de Berta desde el momento en que la había
visto y aunque rara vez hablaba de sus sentimientos, demos-
traba su amor por ella siendo juguetón y actuando como em-
belesado a su alrededor.

Antonio y Berta se iban a casar en diciembre de 1969,
pero después de la muerte de mi madre, tuvieron que pospo-
ner su boda. Hasta entonces, las visitas de Antonio a la casa
habían sido restringidas y supervisadas debido al estilo anti-
cuado de mi madre (medida que siempre había sido menos
efectiva conmigo debido a mi personalidad rebelde). Después
de la muerte de nuestra madre, me pareció una tontería seguir
vigilando a mi hermana de veintiocho años cuando ésta salía
con su novio.

Un sábado por la noche, Antonio y Berta salieron al cine.
Berta se había soltado el pelo y llevaba un vestido rosado de
óvalos blancos que mi madre le había hecho, y que sólo se había puesto en ocasiones especiales. Había completado su vestido con tacones blancos. Antonio sonrió cuando la vio. Él también iba vestido con buen gusto, con una camisa azul de mangas largas y pantalones color canela.

Berta me relató los acontecimientos de esa noche que
ella y Antonio salieron juntos. Iban tomados de la mano mientras caminaban por las calles apenas iluminadas de Santos

Suárez en su camino hacia el cine Los Ángeles. Él la había abrazado y tratado de besarla, pero ella había apartado el rostro. Al igual que yo, había sido educada en una escuela católica. Ella no creía correcto que una mujer joven se dejara ver besándose con su novio en público. Ella seguía estos principios con mucha más disciplina que yo. Berta y Antonio pasaron por el parque Santos Suárez, donde la gente caminaba con sus perros y una pareja se besaba bajo una lámpara. Antonio le apretó la mano a Berta y le sonrió dándose cuenta de lo incómoda que ella se veía cuando vio a la pareja. Ella sacudió la cabeza en señal de desaprobación.

Después pasaron por la Pizzería Sorrento, donde la gente estaba esperando en cola para entrar. El olor a pizza fresca con queso de mozzarella derretido era tentador, pero, por muy llamativo que fuera, no tenían tiempo suficiente para hacerse preparar una pizza, ya que estaban atrasados para la película.

El cine Los Ángeles se encontraba en la calle Juan Delgado, aproximadamente a una milla de distancia de la casa. Mientras esperaban en la fila para comprar sus boletos, Antonio puso su brazo alrededor de Berta. Aunque ella se sentía incómoda sobre esta muestra pública de afecto, no quería avergonzar a Antonio, así que no se lo impidió. De repente, Berta escuchó una voz femenina familiar llamándola por su nombre. Dio la vuelta y quedó congelada.

— ¿Tía Sara? —preguntó.

La hermana de mi madre estaba parada frente a ella con una expresión de enojo. Nuestra tía tenía cincuenta y seis años, con pelo corto y rojo y un paraguas largo en su mano. Enseguida reprendió a Berta.

—Tú no le tienes ningún respeto a tu madre muerta, ¿verdad? ¿Qué diría tu pobre madre si te viera así? Dios mío, ¡se volvería a morir! —dijo y movió la cabeza de un lado a otro en señal de desaprobación.

LA BODA

—Tía Sara, Antonio y yo nos vamos a casar —susurró Berta—. ¿Podemos hablar de esto en otro momento, por favor?

—Ahora mismo voy a ver a tu hermana. ¿Cómo puede permitir que tú salgas sola? —preguntó la tía Sara.

Berta, en voz baja, trató de razonar con ella, diciéndole que no estaba haciendo nada malo. Nuestra tía le dio una mirada intensa y se alejó a toda prisa hacia nuestra casa. Antonio había notado que las parejas a su alrededor se estaban riendo de ellos. Estaba molesto con Sara, pero no iba a permitir que ella arruinara la noche. Le dijo a Berta que se olvidara del incidente y disfrutara de la película.

Tía Sara caminó lo más rápido que sus piernas le permitieron. A pesar de su edad, estaba acostumbrada a caminar largas distancias y era ágil como una tigresa. Ella llamó a la puerta varias veces cuando llegó.

—Laura, soy yo, Sara, ¡abre! —me ordenó.

—Ahora, ahora abro —le dije desde el interior.

Cuando abrí la puerta, me di cuenta de la indignación en su rostro, pero actué como si no me hubiera percatado. —¡Tía Sara, qué agradable sorpresa!

Yo sospechaba que algo andaba mal. Ella nunca había visitado nuestra casa después de las 9 de la noche, y era casi 9:30.

—Sorpresa, ¿eh? ¿Sabes dónde está tu hermana?

—Sí. Ella está en el cine. Pero, por favor entra —le dije, abriendo la puerta para dejarla pasar. Le pedí que se sentara y le ofrecí café. Ella ni quería café ni tenía deseos de sentarse. Estaba furiosa.

—¡Se estaban abrazando en público! ¿Lo puedes creer? Si mi hermana estuviera viva y viera a su hija así, se moriría de nuevo. ¿Cómo puedes permitir que esto suceda? Eres su hermana mayor. Deberías saber cómo manejar este tipo de situación —dijo.

LA BODA

—Ella tiene veinte y ocho años. Están planeando casarse —le contesté.

Ella no estaba de acuerdo con mi razonamiento, haciendo hincapié en que mi madre nunca hubiera permitido que mi hermana saliera sola, y que era una vergüenza que yo le había faltado el respeto al no honrar sus deseos, apenas unos meses después de su muerte. Supuse que nunca se había enterado de mi salida con Rio. La forma en que me hablaba me hacía sentir como si hubiera cometido un delito capital. Al darme cuenta de que no podría convencerla, le aseguré que hablaría con mi hermana cuando ella regresara. Sara apareció ligeramente satisfecha con mi promesa, pero me dijo que volvería otro día.

Cuando Berta regresó del cine con Antonio, yo los estaba esperando en la sala e intercambiamos nuestras historias de esa noche. Les sugerí que consideraran avanzar la fecha de la boda. No importaba lo que hicieran, alguien de la familia se ofendería, ya fuera por realizar la boda poco después de la muerte de mi madre o por salir Berta sola con Antonio. Me dieron la razón.

—Pues bien, vamos a empezar a planificar la boda —les dije.

Berta y Antonio sonrieron, y mi hermana me abrazó. Al día siguiente, empezamos a planear cada detalle.

La despedida de soltera fue programada para la última semana de marzo de 1970 en la Copa Room del Hotel Riviera en La Habana. La situación en Cuba afectó nuestros planes para la ceremonia de la boda, y tuvimos que planificar dos eventos separados: uno para los amigos que compartían la ideología del gobierno, y el otro para los que tenían creencias religiosas. Entre los dos eventos, enviamos invitaciones a más de doscientas personas. La boda civil se celebró en el Palacio del Matrimonio el primer sábado de abril de 1970 y la boda religiosa tuvo lugar al día siguiente en la Iglesia de los

LA BODA

Pasionistas de la Víbora. Una pequeña ceremonia para los amigos íntimos y familiares siguió a la boda religiosa.

Las ceremonias de la boda fueron muy diferentes. Las personas que asistieron a la ceremonia civil conducían autos pequeños fabricados en Rusia y vestían ropa casual. Las personas que asistieron a la ceremonia de la iglesia llegaron en Cadillacs y Chevrolets viejos y traían trajes elegantes o hermosos vestidos que habían comprado antes del triunfo de la revolución. Después de la pequeña recepción, el domingo por la noche, los recién casados se alojaron en el Hotel Sevilla en La Habana Vieja, y al día siguiente viajaron a la provincia central de Santa Clara, donde pasaron diez días.

Cuando regresaron de su luna de miel, Antonio se mudó a nuestra casa. Él y Berta tomaron el dormitorio en la parte trasera, y me mudé con mis hijos a la habitación al otro lado del comedor.

El primer mes que Antonio pasó en nuestra casa fue bastante difícil para él. Nuestro padre estaba empezando a perder el equilibrio y se caía con frecuencia. Pesaba más de 300 libras, y yo no lo podía levantar por mí misma. Cada vez que se caía, yo tenía que molestar a los recién casados para que me ayudaran a levantarlo del suelo.

En poco tiempo, Antonio se encontró con nueva esposa, tres «hijos adoptivos», un suegro senil y una cuñada, que, según él, veía el mundo al revés. A Berta le hubiera gustado vivir sola con Antonio, pero la escasez de vivienda hacía imposible que una pareja de recién casados viviera sola.

A Antonio le gustaba estar al tanto de la política y, a menudo escuchaba la estación de radio llamada la Voz de las Américas en la habitación sin ventanas que compartía con Berta. Cuando mi hija Tania se sentaba con él a escuchar esta estación en una radio de transistores, él le advertía que se mantuviera en silencio. —Las paredes tienen oídos —le dijo una vez. Ella no entendía el significado de sus palabras, y por un tiempo ella se tomó estas palabras literalmente. Cuando Tania era mayor, se dio cuenta que la Voz de las Américas era una estación de radio prohibida. En un corto tiempo, Antonio se había ganado el amor de mi hija, que empezó a quererlo como a un padre.

Un día, cuando Antonio y Berta estaban sentados en el portal disfrutando de la noche cálida, Lynette salió llevando una pequeña almohada bajo el brazo y vistiendo un camisón rosado que era demasiado grande para ella.

—Tío Antonio. No puedo dormir —dijo.

Se paró en frente de él, esperando, con su pelo oscuro cubriéndole la mayor parte de su cara. Antonio se sonrió, la cargó y la colocó en su regazo. Entonces, la meció en el sillón mientras que él y Berta se tomaban de las manos. Unos minutos más tarde, Gustavo, mi hijo menor, apareció vistiendo su piyama con estampado de animales. Le dio su almohada a Berta, señalando que lo cargara. Ella lo levantó y lo sentó en su regazo.

—Hasta aquí llegó nuestra tranquilidad —dijo Antonio.

—Lo siento. Echan de menos a su padre —dijo Berta.

—No te preocupes, cariño. Sabía en lo que me estaba metiendo antes de casarnos. Supongo que esto nos preparará para cuando tengamos a nuestros propios hijos.

Se quedaron en silencio y mecieron a los niños mientras miraban a los vecinos pasar. Cuando salí al portal, me encontré con los niños dormidos en los brazos de Antonio y Berta. Uno por uno, los llevé a sus camas.

Antonio y Berta se quedaron en sus sillones del portal, tomados de la mano mientras contemplaban a la luna llena y brillante y a un cielo lleno de estrellas.

CAPÍTULO 12

LA VISITA

No podía dormir y seguía pensando en Rio, preguntándome por qué no había escrito en un par de meses. Cansada de mirar al techo, me puse una bata y me fui a la sala. Tomé varias hojas de papel blanco y una pluma que había sobre la mesa de centro. Encendí una de las lámparas de mesa y empecé a escribir: —Querido Rio —hice una pausa, insegura de lo que ya le había dicho una semana antes cuando escribí mi última carta. Tomé un momento para organizar mis pensamientos, entonces empecé a escribir de nuevo. Ya había terminado la primera página cuando oí un golpe leve. Eran alrededor de las 7 de la mañana del sábado y todo el mundo en la casa estaba durmiendo.

—Buenos días —dijo una mujer extraña sonriendo cuando abrí la puerta. Podía oler su perfume floral. —Sé que es demasiado temprano para visitas, pero estoy en Cuba sólo unos días y tengo que hacer varias paradas. Traigo noticias de su marido.

Sorprendida, le pedí que entrara. A juzgar por su ropa y su acento, era evidente que no era cubana. Antes de cerrar la puerta, miré hacia fuera para asegurarme de que ninguno de los vecinos la había visto. No vi a nadie.

—Por favor, siéntese —le dije. Se sentó en el sofá—. ¿Quiere un café? —añadí.

—Sí, me encantaría un café.

Fui a la cocina y regresé con dos tazas pequeñas de café humeante. Mientras tomábamos el café, me di cuenta de su indumentaria: un vestido rosado con tirantes de una pulgada, y varias pulseras doradas, un poco juveniles para la medianía de edad que acusaba. Tenía el pelo negro (no natural, sino teñido) y labios y uñas carmesí. Podía oler su aroma floral desde donde yo estaba sentada en una silla frente a ella, con la mesa de centro entre nosotros.

— Tiene usted un lugar encantador —ella dijo mientras miraba alrededor de la habitación.

Un par de años antes, yo misma había restaurado los muebles de la sala. En ese momento, la única tela disponible era una de rayas azules y blancas, la cual no era particularmente atractiva, por lo que tomé su comentario como una amabilidad.

—Oh, gracias —le dije. Miré al suelo junto al sofá y noté la muñeca morena de Lynette sin uno de sus brazos y un carrito azul de Gustavo.

Tomamos el café lentamente a sorbos pequeños. Me preguntó por los niños.

—Las niñas están muy bien, creciendo tanto. Gustavo, mi hijo menor, por otro lado, siempre está enfermo. Son sus alergias. No sé si es la humedad en esta casa lo que lo hace toser. También les tiene alergia a ciertos alimentos.

Ella respondió con simpatía. Entonces la conversación se volvió a Rio, pues ese era el propósito de su visita. Ella conocía muchos detalles sobre su vida. Durante los primeros doce meses después de salir de Cuba, se quedó en Madrid haciendo cualquier trabajo que hubiese, limpiando pisos, paseando a perros, llevando paquetes de un lado a otro. Luego de un tiempo, y a través de unos amigos, se enteró de que una actriz cubana (hija de la mujer que estaba ahora en mi sala) vivía en el centro de Madrid y buscaba a alguien para cuidar a sus dos hijos y hacer otros quehaceres mientras ella trabajaba. La posición pagaba adecuadamente. A Rio le gustaban los niños, y necesitaba el dinero. Su hija inicialmente había querido una mujer para el trabajo, pero cuando Rio, el único hombre que se presentó a la entrevista, le contó su historia, ella pensó que podía confiar en él. Rio sabía cómo vender sus servicios. Además de cuidar a los niños y hacer mandados, Rio podía arreglar cosas que rompieran en la casa. En un lugar tan grande como en el que vivía su hija siempre había algo que arreglar. Rio era carismático y encantador. No fue difícil para su hija tomar la decisión de darle el trabajo.

Para facilitar el cuidado de los niños, Rio tuvo que mudarse a la casa de su hija.

—Ella es divorciada. Le conviene tener a un hombre en la casa —dijo la mujer, metiendo la mano en su bolsa y sacando varias fotos de su hija, de Rio, y los niños. Ella me las entregó. Miré a cada una de ellas. Rio parecía feliz.

Mientras la mujer hablaba tan elocuentemente de Rio, me quedé pensando en el hecho de que él se hubiera mudado para el piso de una mujer divorciada. Yo era muy celosa, y ¿quién no estaría al enfrentarse con una situación similar? Sentía envidia de la belleza de la actriz. Tenía el pelo largo y negro, ojos verdes, piel impecable. Rio era muy guapo también, con una personalidad alegre y llevadera. Estaba segura de que cualquier mujer se enamoraría de él. Mis celos me hacían imaginármelos juntos. Me sentía molesta y herida, pero me mostré agradable. Le devolví las fotos. Las puso en su bolso y extrajo cinco billetes de veinte dólares que Rio me había enviado. También me dio una bolsa plástica de color rosado.

—Mi hija compró algunas ropas para sus hijos basado en las tallas que Rio le dio. Es el regalo de mi hija para Ud. Ella sólo puede imaginarse lo que usted está pasando —dijo.

Le di las gracias. La mujer se quedó unos minutos más diciéndome lo mucho que Rio quería a nuestros hijos y a mí.
—Solo sabe hablar de ustedes —dijo ella, mientras me preguntaba si ella lo decía al darse cuenta de que eso es lo que yo necesitaba oír. Cuando se fue, dejé el dinero y la ropa en la mesa del comedor. No me podía quitar las imágenes de las fotos de mi mente. Fui a mi habitación y me puse a llorar.

LA VISITA

Un par de días después, por la tarde, hice un viaje a la compañía telefónica para llamar a Rio al nuevo número que la madre de la actriz me había dado. A diferencia de otros días, cuando había tenido que pasar horas tratando de hacer una llamada, esta vez me conecté pronto con él. Debido al límite de tres minutos, necesitaba ser breve. Rio respondió.

—Rio, soy yo, Laura.

—Laura, qué gran sorpresa. Por fin logramos hablar. Te extraño mucho a ti y los niños. ¿Cómo están todos? —preguntó.

Escuché una risa de niños a través del teléfono.

—Tania está en la escuela. Lynette y Gustavo se quedaron en la casa con mi padre, pero no tengo tiempo para hablar de ellos ahora. Dime, Rio, ¿por qué? ¿Por qué te fuiste a vivir con una mujer divorciada? Vi tus fotos con ella y sus hijos. Allí estas, encantado de la vida, mientras yo estoy aquí criando a nuestros hijos en este lugar infernal.

Estaba dolida, pero debía tener cuidado con la elección de mis palabras. Me habían dicho que el gobierno escuchaba las conversaciones de manera rutinaria, especialmente aquellas al exterior. No quería que me desconectaran.

—Te adoro y juro no ha pasado nada —dijo de manera convincente—. ¿No ves que estoy tratando de hacer todo lo posible para acelerar el proceso? Estas cosas toman tiempo.

—¿Estás seguro que estás tratando? —le pregunté.

— ¿Qué estás sugiriendo?

—Rio, no sé qué pensar —le dije. Me arrepentí de haber colocado la llamada sin primero haber tomado un tiempo para calmarme. Yo estaba haciendo acusaciones injustas sin fundamento.

—Estoy loco por verte a ti y los niños —dijo—. Tú eres la única mujer en mi vida, y te amo.

La seriedad de su tono me dijo que él era veraz, y me sentí avergonzada.

—Es tan difícil estar lejos de ti. Estoy muy cansada, Rio. —hice una pausa.

LA VISITA

Siguió un largo silencio, interrumpido por su voz.

—Te quiero, Laura —dijo.

—Yo. . . —dije y escuché el tono de marcar. Se me habían acabado los minutos. Respiré profundamente mientras caminaba hacia afuera de la cabina.

Salí de la compañía telefónica con una expresión de derrota. Me sentía como una prisionera. Tenía la sensación de estarme ahogando y no estaba segura de cómo salvarme.

Unos meses después de la mudanza de Rio a casa de la actriz, cumplió finalmente con los requisitos necesarios para poder viajar a los Estados Unidos y se marchó de España. Eso hizo que yo recuperara las esperanzas. Nuestra oportunidad de salir de Cuba ahora estaba más cerca que nunca. Rio presentó los documentos necesarios; las visas y el dinero llegarían pronto. Estaba contenta de que Rio hubiera sido fiel a su palabra, pero ninguno de los dos podríamos haber predicho lo que ocurriría después. El 31 de mayo de 1970, a menos de dos años de la partida de Rio de Cuba, el gobierno había decidido suspender abruptamente los permisos de emigración a los ciudadanos cubanos. Las visas y el dinero llegaron el 3 de junio, tres días muy tarde. Si Rio no le hubiese dado su puesto al hijo de Ana cuando lo hizo, habríamos recibido el dinero a tiempo. Ahora, nuestro futuro era incierto. El puente invisible que podría reunirnos se había derrumbado.

Para entonces, muchos profesionales ya habían abandonado la isla. Desde 1959 hasta 1970 aproximadamente 500 mil personas habían salido de Cuba, muchas de ellas en vuelos directos hacia los Estados Unidos. En un país de aproximadamente 10 millones de habitantes, esta emigración masiva fue un factor importante en el deterioro de la economía. Castro pensó que la eliminación del permiso de los cubanos para salir de Cuba lo ayudaría a retener el capital humano necesario para permitir la prosperidad de su revolución. Esta medida destruyó mi sueño de reunirme con Rio. También cambió para siempre la vida de miles de cubanos cuyas familias quedarían separadas sin esperanza de reencuentro.

Después de este nuevo hecho, me di cuenta de que no había nada que pudiera hacer para controlar la vida de Rio, o la mía. Tuvimos una discusión honesta sobre nuestra situación.

—Esto podrá tomar años, Rio. No puedo pedirte que te quedes solo. No es justo para ti —le dije.

— ¿Es eso lo que quieres?

—Sabes que no. ¿Es que nos queda otra opción?

—Nunca pedí esto. Mi único deseo era tener una familia. Tú lo sabes. No podré ser feliz hasta que no te tenga a ti y los niños de nuevo a mi lado.

—Ninguno de nosotros pidió esto —le dije con tristeza.

—Todavía no entiendo por qué está bien que yo vea a otras mujeres. Siempre estás pensando en los demás. ¿Y tú qué? ¿No te sientes sola?

—Estás en un país grande y no tienes a nadie. Yo tengo a los niños.

—No dejaré de buscar una manera de sacarte. No importa lo que pase, el momento en que puedas salir de Cuba, tú serás la única mujer en mi vida. Esa es la promesa que te hago. Sólo te pido que, si decides estar con otro hombre, lo mantengas alejado de los niños.

Me quedé en silencio. Los dos sabíamos que eso no iba a suceder. Mi educación, mis valores tradicionales y la devoción a mi familia no me permitirían pensar en salir con otros hombres. Mis hijos estaban primero, y nada iba a cambiar eso. Mientras tanto, yo haría cualquier cosa para poder salir de Cuba. El futuro de mis hijos dependía de ello.

Estábamos a principio de agosto de 1970, aproximadamente dos años después de la salida de mi esposo. En la superficie, La Habana, con su música, su gente colorida, religiones, palmeras majestuosas y aguas verde-azules parecía un paraíso a los ojos de los extranjeros. Sin embargo, una inspección más cercana revelaba una realidad muy diferente. Muchos de sus habitantes se sentían traicionados y sufrían otra etapa oscura en sus vidas. La libertad de prensa, de expresión, de movimiento y religión eran ahora parte del pasado de Cuba. Las tarjetas de racionamiento limitaban cada vez más las cuotas de alimentos disponibles para cada persona. La frecuencia de los cortes de electricidad aumentó. A menudo, mi familia y yo nos sentábamos en el portal bajo la luz de una lámpara de queroseno esperando que restituyeran el servicio. A veces, el agua no salía de las pilas, y el suministro de agua a la vecindad comenzó a hacerse por medio de camiones cisterna. La gente tenía que formar una línea, cada persona con dos cubos vacíos, a esperar que llegara su turno para llenarlos. Cuando al fin los llenaban, tenían que equilibrar los cubos cuidadosamente, uno a cada lado, para evitar derramarlos de vuelta a casa.

La toma de posesión de industrias por el gobierno frenó prácticamente por completo el desarrollo del comercio y de la economía. Ahora más que nunca, la realidad económica y social hacía imperativa nuestra necesidad de marcharnos.

CAPÍTULO 13

DESESPERACIÓN

Era los primeros días de septiembre de 1970. Me desperté temprano un lunes por la mañana y me vestí elegantemente con un vestido azul con óvalos blancos, un collar de perlas de Berta, y zapatos de tacón, tan diferente a otras veces, cuando me ponía una blusa blanca simple, pantalones cómodos y zapatos bajos para ir a trabajar. Con pocas ganas, le había pedido a Martina que cuidara a los niños, pero le dije a Tania, quien era muy responsable para su edad, que vigilara a sus hermanos. No tenía otra opción. Mi padre era muy viejo, y Berta y su marido estaban en el trabajo. Martina llegó a las 9 de la mañana como estaba previsto. Le di las gracias por haber venido tan rápido. Ella me recordó que le había prometido a mi madre en su lecho de muerte que iba a cuidar a su familia.

—Tú y tu hermana son como mis propias hijas —dijo ella, abrazándome.

Sonreí y le di las gracias, pero en el fondo, las acciones previas de Martina no me permitían que confiara en ella. Noté la hora en el reloj de la pared. Esperaba que Mayda recordara la cita en la Oficina de Inmigración o llegaríamos tarde. Caminé con impaciencia alrededor de la casa hasta que al fin llegó mi suegra.

Mayda parecía muy joven para su edad, con un vestido blanco que acentuaba sus curvas y unas gafas oscuras que protegían sus ojos del sol. Caminamos juntas unas cuadras hasta la estación de taxis y tomamos uno hacia Miramar, una zona elegante de La Habana, donde vivían muchos dignatarios extranjeros. El taxi era un Chevrolet viejo de los años 1950 que olía a aceite quemado y era conducido por un conductor poco amigable, pero estaba agradecida de que al menos hubiéramos encontrado uno.

— ¿Adónde en Miramar se dirigen? —preguntó el conductor.

—A la Oficina de Inmigración —le contesté.

El conductor escribió algo y nos fuimos de la estación.

En el camino Mayda me preguntó sobre el propósito de la cita. No veía la razón después de tres visitas anteriores, todas infructuosas. Le dije que no quería resignarme a quedarme, pero en el fondo, regresar con las manos vacías después de cada visita me había afectado emocionalmente. A veces me sentaba durante largos ratos mirando al suelo, sin ganas de comer ni hacer nada, deseando más qu/e nada poder tener alas para volar lejos.

— ¿Crees que exista una oportunidad? —preguntó, con tal de decir algo.

—Francamente, no sé más. . .

Permanecimos en silencio durante el resto del viaje.

Cuando el taxi nos dejó frente de Inmigración, miré en torno mío para ver si había manifestantes, pero la calle parecía tranquila, a excepción de un carro que pasaba de vez en cuando. En los últimos tiempos, las manifestaciones, organizadas por el gobierno en frente del edificio de Inmigración para intimidar a los que querían salir, eran un hecho común.

Nos paramos en línea esperando nuestro turno. Casi dos horas más tarde, un hombre alto de mediana edad y vestido con un uniforme azul se acercó a nosotros. Debido a su apariencia impotente, concluí que se trataba de alguien con autoridad para tomar decisiones.

— ¿Cuál es su nombre? —preguntó dirigiéndome una mirada coqueta. No estaba segura de por qué me estaba sacando de la línea, pero yo le di mi nombre. — ¿Y usted es? — añadió, dirigiéndose a Mayda.

—Ella es mi suegra, Mayda —le contesté antes que ella tuviera oportunidad de responder.

—Buenos días, señoras —el hombre dijo gratamente—. Por favor, síganme a mi oficina.

Le hicimos caso mientras escuchábamos a otras personas en la fila, susurrando y probablemente preguntándose por qué nos habían elegido a nosotras. Nos llevó a una pequeña oficina que contenía un escritorio y dos sillas.

—Por favor, siéntense —nos pidió cortésmente.

Le expliqué nuestra situación, pero él parecía ocupado en otra cosa. Hice una pausa y esperé a que el oficial me explicara cómo podía proceder con mi caso.

—Usted es una mujer muy bella y joven, Laura —dijo mientras jugaba con una pluma azul—. Tal vez podríamos hacer algún trato.

— ¿Qué quiere decir? —le pregunté.

—Escúcheme, le voy a dar mi número de teléfono —dijo, garabateando algo en un pedazo de papel y entregándomelo. —Podríamos cenar juntos una de estas noches.

Coloqué el papel sobre su escritorio.

— ¿Qué sugiere? ¿Qué clase de mujer cree que soy?

Me puse de pie con rabia, sentí mi corazón palpitar con fuerza y la sangre corriendo a mi cabeza.

—Creo que algunas cosas mejor se discuten sobre una buena cena. Eso es todo —dijo manteniendo su forma tranquila, como si ésta no fuera la primera vez que hubiese estado en esta situación.

—¡Me está insultando! Nunca me reuniré con usted fuera de esta oficina. Ésta es la carta que escribí explicando mi situación —le dije dejando el sobre encima de su escritorio—. Si no me resuelve este problema, voy a encontrar a alguien que lo haga. Vamos, Mayda.

DESESPERACIÓN

Salí de la oficina abruptamente, seguida de mi suegra. Poco después, salimos del edificio de Inmigración, agradecidas por que al menos no hubiera manifestantes en la calle. Sentía que mi presión arterial aumentaba, el rostro acalorado, mientras caminábamos hacia la estación de autobús más cercana.

— ¿Puedes creer lo que acaba de pasar? —le pregunté a Mayda.

—Bueno, Laura. Creo que necesitas calmarte. Si estuviera en su situación. . . —Mayda vaciló—. Él parecía un hombre educado. No veo nada malo que si pudieras resolver tu situación. . .

— ¿Cómo puedes sugerir algo así? Me conoces. Amo a mi familia, pero nunca haría eso. ¿Hablas en serio?

—Haz lo que creas que es mejor. No estoy sugiriendo nada —dijo.

Esperamos en la parada por veinte minutos bajo el sol abrasador hasta que llegó un autobús, tan lleno que la gente estaba colgando de las dos puertas.

—¡No podemos entrar a esa guagua! —Protestó Mayda.

—No tenemos otra opción —le dije—. ¿Has visto algún taxi en los últimos veinte minutos? Vámonos.

Estaba tan enojada que fui capaz de transformar mi ira en fuerza para lograr meterme dentro de un autobús tan repleto de gente, halando a Mayda conmigo. Por último, pudimos llegar a un lugar seguro y nos aferramos a los rieles. Muchos cuerpos sudorosos nos rodeaban y el olor agrio de sudor era nauseabundo. Mi cabello estaba arruinado, mi ropa arrugada; mis zapatos pisoteados. Esperaba que el autobús se fuera vaciando en cada parada, pero eso nunca sucedió porque mientras más personas salían, más entraban.

Cuando regresamos a casa, Tania ya estaba de regreso de la escuela y se encontraba en su habitación. Lynette y Gustavo estaban tomando una siesta. Ni Mayda ni yo habíamos almorzado. Como Martina había preparado almuerzo para los niños, también dejó un poco de arroz y frijoles en la estufa para nosotros. En cuanto nos vio, preguntó que cómo nos había ido. Negué con la cabeza y cerré los ojos.

—Bueno, me voy para mi casa. Come y trata de descansar antes de que Lynette y Gustavo despierten.

—No tengo hambre —le dije.

La acompañé hasta el portal. Una vez afuera, cerré la puerta detrás de nosotros para tener la oportunidad de hablar con Martina en privado y pagarle por sus servicios. Martina tomó el dinero de mala gana. Le conté sobre la propuesta del hombre de Inmigración y sobre la insinuación de Mayda. Ella claramente tenía ideas más modernas que yo, pero lo último que yo quería era hablar mal de mi suegra. Además, no importaba lo diferentes que éramos. Ella hacía más por los niños que muchas abuelas y ellos la adoraban.

—No sé qué más hacer, Martina. Veo mi vida desmoronarse, y no hay nada que pueda hacer —dije mirando al suelo.

—Hay que seguir luchando. Mañana será otro día.

—Yo no sé dónde voy a encontrar las fuerzas para hacerlo —le dije con tristeza, mis ojos se llenaron de lágrimas.

Martina me abrazó antes de irse y aquel gesto me hizo pensar en mi madre. Me senté en un sillón a reflexionar sobre los acontecimientos del día. No quería juzgar a Mayda. Ella también se había enfrentado a una vida difícil. Había perdido a su marido cuando tenía treinta y cinco años y él cincuenta y uno. Su hijo mayor había muerto unas semanas más tarde. Sólo podía imaginar el dolor que debía haber sufrido, y su desolación, cuando decidió que ya no podía ser una madre para Rio y lo dejó en el orfelinato. La pérdida de las personas que más había amado la habían dejado vacía. Ella no tenía nada más que dar, y nunca se volvió a casar. Su repentino éxito en los negocios y la pequeña fortuna que había construido la hacían sospechar de cualquier hombre que se le acercaba. Ahora que mi vida era tan incierta, entendía mejor a Mayda. Yo comprendía cómo una se sentía cuando perdía control de su vida.

DESESPERACIÓN

Sin ninguna energía, caminé hacia el interior de mi casa con pasos pesados mientras trataba de contener las lágrimas. Me sentía desesperada y muy triste.

CAPÍTULO 14

MANIFESTANTES

Tres meses después de mi última visita a Inmigración, decidí volver, pero esta vez con los niños. Me vestí de manera simple: pantalones holgados de color beige y una blusa blanca, zapatos planos, ningún maquillaje. A medida que el viejo Chevrolet en donde íbamos se acercaba a la sección de Miramar, noté que el estado de decadencia que ahora consumía la mayor parte de la ciudad no había llegado a esta bella sección de La Habana. Antes del triunfo de Castro, Miramar había sido un barrio de lujo con residencias espectaculares habitadas por la clase social más acomodada. Era un lugar tan hermoso que, después de 1959, cuando las propiedades residenciales de Miramar fueron confiscadas por el gobierno, muchas fueron distribuidas a funcionarios de alto rango o designadas para dignatarios extranjeros.

El conductor no habló mucho durante el camino, por lo que tomé el tiempo para organizar mis papeles. El tráfico era ligero, como era habitual, ya que la gente utilizaba el transporte público principalmente. Lynette y Gustavo jugaban con sus juguetes, pero Tania parecía más absorta contemplando el entorno, el parque lineal en medio de la 5ta avenida bordeado de palmeras y con bancos esparcidos en varias partes, los edificios de dos y tres pisos bien cuidados y las casas blancas a lo largo de ambos lados de la avenida y la gente caminando en el parque.

Por último, el conductor se detuvo en frente al edificio de Inmigración. Una vez dentro, me incorporé a una larga fila de personas que, de pie, esperaban su turno. A Tania y a

MANIFESTANTES

Lynette les di instrucciones de quedarse sentadas y vigilar a Gustavo. La espera de dos horas hizo que los niños se inquietaran, especialmente Gustavo, quien comenzó a reorganizar las sillas vacías. A medida que las personas salían del edificio, observé sus rostros decepcionados y los hombros caídos. Por fin, llegó mi turno. Llamé a los niños para que vinieran conmigo y tomé a Gustavo de la mano, mientras que mis hijas se colocaron a mis flancos.

—Buenos días, señor —le dije. Sin darme cuenta, había utilizado la palabra "señor," palabra que ya no era bienvenida en la nueva Cuba—. Nuestras visas y el dinero para nuestro viaje llegaron tres días después de la fecha límite. Espero que usted pueda hacer una excepción. Tengo tres hijos que necesitan a su padre —le dije. Mis hijas levantaron la cabeza tratando de ver al hombre detrás del mostrador, mientras que yo le entregaba nuestros papeles. Examinó los papeles brevemente.

—Laura, ¿verdad? —Hizo una pausa y miró de nuevo a los papeles de nuevo para verificar mi nombre—. ¿Por qué se fue su marido de Cuba?

—Nosotros. . . —dudé—. El nuevo sistema no es lo que esperábamos. Queremos lo mejor para nuestros hijos.

Terminé de decir lo que estaba pensando y me di cuenta, aunque demasiado tarde, que había sido más franca que lo que requería la situación.

El oficial respondió en un tono vulgar. —Mire, en primer lugar, no estamos permitiendo a nadie irse. En segundo lugar, ¿cree que el salir de Cuba será bueno para sus hijos? ¡Métase esto en la cabeza! A su marido no le interesan usted o sus hijos. ¿Cree que si le interesaran se hubiera ido sólo?

Respiré profundo. —No fue idea suya. Él hizo lo que le pedí que hiciera —le dije, sintiendo cómo se iba calentando mi rostro. El oficial sonrió sarcásticamente.

—Señora, entienda esto de una vez. ¡Le saldrá pelo a la rana antes que usted pueda salir de Cuba para estar con su marido!

Sus palabras me detuvieron, me hicieron sentir como si una pared de ladrillo se hubiera levantado de repente delante de mí. Respiré profundo y cambié de táctica. Le rogué que nos permitieran salir de Cuba. Me di cuenta de que se estaba poniendo más enojado. Sin importarle mis súplicas, llamó al turno siguiente. Recogí mis papeles y nos fuimos. Mientras caminábamos hacia la salida, pensé, otra vez, sobre las consecuencias no previstas de la acción desinteresada de Rio el día en que originalmente estaba programada su salida de Cuba. El oficial lo había dejado todo claro. Nunca podríamos irnos de Cuba.

Al salir del edificio, me di cuenta de que un grupo de mujeres se bajaban de un camión de la Federación de Mujeres Cubanas. Las mujeres se reunieron al frente de la avenida, justamente en paralelo al edificio de Inmigración. Llevaban carteles, palos y otras cosas que no pude identificar. Cuando se dieron cuenta de que mis hijos y yo estábamos saliendo del edificio, comenzaron a gritarnos obscenidades y términos despectivos. No les hice caso y me alejé a toda prisa del edificio de Inmigración. Miré hacia atrás y vi que las mujeres habían cruzado la calle para seguirnos; poco después, comenzaron a tirarnos palos y piedras. Una roca casi nos había alcanzado. Yo estaba aterrorizada.

—¡Gusanos! ¡Traidores! —gritaron.

Las mujeres se estaban acercando. Apremié a mis hijas para que corrieran lo más rápido posible. Asustadas, las niñas obedecieron. Llevaba a mi hijo en mis brazos, protegiendo su cabeza y su cuerpo de las rocas mientras corría; él se asustó y comenzó a llorar. Mire hacia atrás. Las mujeres continuaban siguiéndonos y caminaban aún más rápido que antes.

Un taxi se detuvo delante de mí y el conductor me gritó:

—Señora, apúrese y entre. ¡Rápido!

Abrí la puerta trasera, y dejé que las niñas entraran primero. Cuando estábamos adentro del vehículo, el conductor se alejó.

—¡Son animales! —grité. Estaba agitada, sin aliento.

—Usted no es la primera persona que recojo de esta manera. Estoy de acuerdo. Son salvajes.

De camino a casa, le conté al joven taxista nuestra historia y lo que había ocurrido durante mi visita. Él sacudió la cabeza.

—Señora, todo va a estar bien. No pueden mantenerla aquí para siempre. Estoy seguro de que su marido va a hacer algo.

—No estoy segura de que nadie pueda hacer algo por nosotros ahora —le dije, mirando vacíamente a las calles.

Cuando el taxi llegó a la casa, le di un billete de veinte pesos al conductor.

—No se preocupe. Úselo para sus hijos —dijo.

Insistí, y de mala gana lo tomó. Me deseó suerte y se fue. Entré en la casa y encontré a Berta en la cocina, pues había salido temprano del trabajo. Le hablé del fracaso de mi visita a Inmigración. —Lo siento mucho, Laura —dijo Berta, incapaz de encontrar palabras para consolarme.

—Estoy ya sin opciones. No hay nada que se pueda hacer —dije sin emoción, con una sensación de vacío interior. Berta no dijo nada. No había nada que pudiera decirme.

Les serví el almuerzo a mis niños y me fui a mi habitación sin comer nada. Una inmensa tristeza me invadía, y empecé a llorar. Me sentía como si parte de mí se hubiera erosionado y no quedaba casi nada. Necesitaba estar sola.

CAPÍTULO 15

PUNTO DE EBULLICIÓN

Me encontraba en la cocina machacando ajo cuando unos pensamientos oscuros corrieron por mi mente, mucho más oscuros que otros días. Estaba sola y me sentía muy cansada. No había dormido durante tres días, y cada día que pasaba me hundía más profundamente en la depresión. El cartero no había dejado ninguna carta de Rio hacía más de un mes. Lo extrañaba a él y a mi madre. Me sentía como si estuviera cayéndome lentamente en una grieta en el fondo del océano y que todo se había oscurecido a mi alrededor. Tantas veces había deseado tener alas para volar lejos de este lugar.

Varias visitas sin éxito a la Oficina de Inmigración me habían llevado a comprender lo que debí haber entendido desde mi primera visita. Me lo había estado negando desde el principio, pero ahora lo veía todo con más claridad. Nunca saldríamos de Cuba. Nunca llevaría a mis hijos a tierras de libertad. Mi esposo seguiría adelante y se olvidaría de su familia. ¿Por qué esperar por alguien como yo? Yo ya no era la persona que había sido cuando él se fue. Mi cabello se había comenzado a poner blanco y la tristeza me consumía.

No podía respirar. Había intentado salvarme del fuego del pesimismo tantas veces, pero de nada me había servido. Nadie me podría ayudar. Había fracasado. También era obvio que los niños no me necesitaban. Sería mejor si Berta y Antonio los criaran. A los niños les gustaba pasar tiempo con ellos. De hecho, parecían más cómodos y a gusto con ellos que conmigo.

PUNTO DE EBULLICIÓN

Me sentía inútil. Ni siquiera podía ser una buena madre para mis hijos.

A diferencia de otros momentos en que la tristeza me invadía, esta vez no lloré. En su lugar, una inmensa sensación de temor me sacudió. Pensamientos horribles se apoderaron de mí y como si estuviera controlada por una fuerza que no era yo, busqué una botella de luz brillante (keroseno) que mantenía debajo de la meseta de la cocina y me fui a mi habitación, lentamente, con pasos pesados y monótonos. Empujé mi cama y me senté en el suelo de baldosas frías. Ya estaba cansada de luchar.

Cuando Tania, mi hija de seis años, entró en mi habitación, yo tenía una caja de fósforos en la mano y una botella de luz brillante vacía a mi lado. Tenía el cabello y la ropa empapados. No esperaba verla tan temprano. Yo no quería que ésta niña dulce y hermosa me viera así. Quería que se fuera. Le pedí que saliera de la habitación. Ella no me escuchó. Se quedó allí, con su uniforme escolar empapado en sudor luego de una larga caminata a casa. Su sonrisa se había convertido en tristeza, una tristeza que mantendría por dentro por años y que afectaría todos los aspectos de su vida. Me sentía como si nada de lo que estaba sucediendo en mi alrededor fuera real, como si estuviera fuera de mi cuerpo mirando una película de mí misma. Empecé a temblar.

—Lo siento. No puedo más —le dije mientras mis ojos se llenaron de lágrimas.

Con lo pequeña que era, ella creció ante mis ojos. Corrió hacia mí, agarró la caja de fósforos de mi mano y salió corriendo. Me senté en la cama y hundí mi cara en mis manos. ¿Qué había hecho?

Minutos más tarde, varios vecinos se apresuraron a mi habitación. Mantuvieron a Tania afuera. Insistieron que debía ir al hospital y pedir ayuda. Necesitaba tratamiento. Yo había tratado de enfrentarme con todo lo que estaba pasando en mi vida, pero ya no podía hacerlo sola. Estaba agotada; todos los músculos de mi cuerpo me dolían.

Los vecinos me ayudaron a limpiar el cuarto. Una vecina llamó a Berta al trabajo y le contó lo que había sucedido. Otra vecina se quedó con Tania, mientras que otra me acompañó al hospital. Cuando llegué, mi presión arterial estaba muy elevada. Varias pruebas siguieron. Los médicos querían mantenerme en el hospital durante la noche. Les expliqué que no podía dejar a los niños solos. Me retuvieron durante unas pocas horas después de darme un sedante. Mi presión arterial, aunque había mejorado, no había vuelto a la normalidad. Tras un diagnóstico de depresión e hipertensión, un médico me dio de alta con una receta de medicamentos para la presión arterial y un frasco de Meprobamato para los nervios. Volví a casa tarde en la noche luego de haber dormido durante unas horas en el hospital. Todavía estaba muy cansada, pero me sentía más relajada.

Berta no me regañó, solo me abrazó cuando llegué. Mi hija mayor todavía estaba despierta y corrió a mis brazos con los ojos llenos de lágrimas. Le prometí que iba a estar bien y que siempre estaría a su lado. Ella esa noche no quiso dormir en su propia cama y se quedó dormida en mis brazos. La llevé a mi habitación, la puse en mi cama, y besé su frente. Mi pobre ángel. Ahora necesitaba más que nunca que Dios me perdonara. Oré porque pudiera encontrar la fuerza para seguir luchando por la libertad de mi familia y para poderle hacer frente a la vida que nos esperaba.

Durante los días y meses que siguieron, Tania se mantenía al tanto de cada uno de mis movimientos. A veces, cuando estaba en el comedor escribiéndole una carta a su padre, yo la veía asomando su cabeza fuera de la habitación para asegurarse de que yo estuviera bien. Yo trataba de sonreír lo más que podía para tranquilizarla. Ella se volvió más introvertida e introspectiva y tomó la escritura como una manera de entretenimiento. Un día escribió un cuento de un príncipe y una princesa que vivían solos en una isla lejana cuando llegó una tormenta poderosa. Subieron al pico más alto de la isla a medida que el nivel del agua seguía subiendo a su alrededor.

Por los cuentos que escribía mi hija, pude darme cuenta de que las experiencias que había sido obligada a vivir tendrían un efecto grande en ella, uno que yo nunca podría deshacer.

CAPÍTULO 16

INNOVAR

Mis tratamientos para los nervios y la hipertensión me dieron el control que necesitaba para explorar mis opciones con mayor claridad. Berta y Antonio estaban pensando en tener una familia, y era importante que yo los ayudara financieramente. Me enfermaba el estar dependiendo económicamente de mi hermana y su esposo. Yo tenía que trabajar, hacer algo, aunque no estaba segura qué. Mis hijos eran pequeños, y la salud de mi padre continuaba empeorando. Me sentía atrapada.

Le recé a la Virgen de la Caridad, patrona de Cuba. Mis oraciones fueron respondidas. Estaba terminando el almuerzo una mañana cuando escuché que alguien tocaba. Abrí la puerta lentamente y vi a un hombre alto, de piel morena, con pelo de color gris.

—Buenos días —dijo con una amplia sonrisa, sus dientes blancos brillaban. Le devolví el saludo con una mirada inquisitiva.

—Siento molestarla, compañera. Mi nombre es Raúl —dijo.

—¿Lo conozco?

—No, no me conoce. Yo vivo a un par de cuadras en la calle Zapote. Me preguntaba si usted estaría interesada en comprar unos lápices de ojos que vendo —dijo.

Raúl me mostró tres lápices de diferentes colores envueltos en un papel brillante y colorido.

—Son preciosos. ¿Los hizo usted? —le pregunté.

—Sí, los hice yo. Son baratos. Sólo un peso cada uno —dijo con orgullo en sus ojos carmelita oscuro.

—¿Puedo probarlos? —le pregunté.

—Por supuesto.

Raúl me dio uno de los lápices, y tracé una línea gruesa en la parte superior de mi mano. Al instante me enamoré de ellos.

—Son muy suaves y bonitos —le dije y se me ocurrió una idea—. Déjeme guardar estos tres. Vuelva dentro de una semana con más. Ahora le traigo el dinero para estos.

Entré en la casa y regresé con los tres pesos. Después de esto, era necesario que encontrara clientes. La oportunidad llegó esa misma tarde. Mientras barría el portal, Lucía, una mujer que vivía en el edificio de apartamentos del lado, pasó por mi casa. Le hablé de los lápices. Ella se mostró interesada y me siguió hacia dentro de mi casa. Me esperó en la sala mientras yo iba a mi habitación para sacar los lápices de mi mesita de noche.

—Son bellos —me dijo ella cuando se los mostré—. Se ven como algo hecho en los Estados Unidos. ¿Son de allá? —Lucía añadió con los ojos abiertos.

No era una buena idea revelar mi fuente. Decidí responder con una pregunta,

—¿Por cuánto crees que debería venderlos?

—Por lo menos diez pesos. Estoy segura de que encontrarás a mucha gente que los compre por ese precio.

— ¿De verdad? —le pregunté.

—Sí. Incluso, déjame comprarte uno. Quiero el azul. Ahora regreso con el dinero —dijo.

Antes de que tuviera la oportunidad de decir nada, Lucía se fue y volvió momentos después con diez pesos. A través de rumores, vendí los otros lápices, y cuando Raúl regresó la semana siguiente, le pedí diez más. Yo le dije que quería que solo hiciera negocios conmigo y que no le vendiera a nadie en Santo Suárez. Él estuvo de acuerdo.

Tres semanas después de mi primera transacción, las ventas aumentaron. Por fin, me sentía como un miembro productivo de la familia, aunque me estaba arriesgando. El gobierno había nacionalizado todas las empresas, y en nuestro vecindario existían poca evidencia de empresas libres. Había un vecino que adquiría guayaba y azúcar de fuentes cuestionables para hacer mermelada de guayaba. La vendía por dos pesos el pomo. Él había contraído tuberculosis, y aunque a la gente le preocupaba comprar de él, lo hacían de todos modos ya que todos estaban vacunados contra esta enfermedad. Otro vecino vendía melcocha, un dulce hecho con melaza, y otro pirulí, un caramelo duro en forma de cono, generalmente de color naranja o rojo, con un pequeño palito en la base. Durante un tiempo, uno de nuestros vecinos vendía cucuruchos de maní, y otro hacía zapatos, pero estas empresas no duraron mucho tiempo. Oí que el vendedor de maní y el zapatero habían sido encarcelados con cargos de robo al gobierno.

La nacionalización de todas las empresas privadas significaba que ninguno de los empresarios que aún quedaban tenía acceso fácil a los materiales, que ahora pertenecían al gobierno. El azúcar, al igual que otros productos básicos, estaba restringida a la cuota prescrita por las tarjetas de abastecimiento, y al público no se les vendía ni el maní ni la melaza. Para fabricar estos productos, alguien tenía que comprar los materiales robados por alguien que trabajara para las fábricas del gobierno, o robarse los materiales ellos mismos. Todo el mundo lo sabía, pero a nadie le importaba. La necesidad de sobrevivir tiró al comportamiento ético por la ventana y aumentó la innovación de baja tecnología. Este espíritu innovador explicaba por qué los carros que habían existido antes de la revolución aun funcionaban. La gente encontraba maneras de crear sus propias piezas en sus casas, siempre con materiales robados. Cuba se había convertido en la isla del invento.

CAPÍTULO 17

VISITA A GÜIRA

Mi nuevo negocio estaba generando grandes ganancias, pero necesitaba encontrar una forma más segura de comprar los alimentos que la dieta de Gustavo requería. Conocía a un hombre llamado Arturo, quien había sido amigo de mi madre y compartía nuestro apellido. Era dueño de una pequeña granja en Güira de Melena (o Güira, como mucha gente la llamaba), un pueblecito al este de la ciudad. Los esfuerzos de nacionalización de Castro habían reducido su granja por dos tercios, pero Arturo aún tenía algunos animales y suficiente tierra para plantar frutas y vegetales para él y su familia.

Un sábado por la mañana, desperté a los niños muy temprano y les dije que se prepararan para ir a un viaje a casa de Arturo. Les advertí que no le dijeran a nadie a dónde íbamos. Los niños estaban contentos. Tania, quien entonces tenía seis años, vistió a su hermano mientras yo preparaba el desayuno. Crucé la calle y fui al apartamento de Martina para pedirle que se mantuviera al tanto de mi padre.

Tomamos tres autobuses. Uno nos dejó en el Paradero de la Víbora, una de las terminales de autobuses más importantes de la Habana, en la cual había un gran número de rutas. De ahí tomamos otro a Santiago de las Vegas, y desde Santiago uno a Güira. Los niños se dieron cuenta que éste último autobús estaba cubierto por tierra color rojizo y eso los entusiasmó. Ése era el color de la tierra del campo. Era la primera vez que ellos visitaban la parte campestre de La Habana. Siempre habían vivido en la ciudad, donde el concreto reinaba.

VISITA A GÜIRA

—En Santiago de las Vegas llueve todos los días más o menos a la misma hora —les expliqué a mis hijos.

Gustavo y Lynette sonreían y observaban con asombro los campos extensos, mientras que Tania parecía pensativa, con sus ojos perdidos en la verde inmensidad que se extendía afuera del autobús. La tierra roja, la vegetación verde y el cielo azul profundo eran impresionantes.

Entre cada pueblo pequeño descansaban hectáreas de tierras de cultivo, algunas rociadas con palmeras majestuosas, la mayoría palmas reales. Estos árboles inspiraban a los pintores o a cualquier persona que los miraba, y contenían el alma de la isla. En los pueblos de vez en cuando se escuchaba el punto guajiro —una mezcla única de poesía improvisada y guitarra— desde algunas de las casitas modestas que bordeaban la carretera estrecha ¡Qué diferente a La Habana, con su enorme cantidad de concreto y su música de salsa!

Después de un par de horas, llegamos a Güira. Cuando nos bajamos del autobús, Lynette, mi hija de cinco años, se limpió el polvo rojo de los zapatos y me dijo que tenía sed. Le expliqué que tenía que esperar. Momentos después, Tania y Gustavo me dijeron que tenían que ir al baño. Les pedí que fueran pacientes. Caminamos por la acera estrecha mientras mirábamos las casitas a lo largo de la carretera. Muchas tenían portales pequeños con pisos de concreto, y a menudo notábamos las ventanas y las puertas abiertas. De algunas, el punto guajiro, el sonido del campo, se derramaba a las calles. Un framboyán, alto y orgulloso, lleno de flores anaranjadas nos sorprendió. Tania se quedó mirándolo y me preguntó cómo se llamaba. Ella había visto uno similar cuando se paraba en el portal de nuestra casa en Santos Suárez. A veces se sentaba en un sillón cuando el árbol estaba en plena floración, papel y pluma en mano, y escribía sus cuentos como si estuviera inspirada por en el encanto sosegado de su belleza. El árbol era muy bello, como si un pintor lo hubiera creado. Todo a su alrededor parecía mediocre en comparación.

VISITA A GÜIRA

Las niñas disfrutaban del cambio de escenario, pero el niño estaba inquieto. Después de tres cuadras a pie, bajo un sol feroz, su rostro se puso rojo y el sudor resbalaba por su cuello delgado. Un Chevrolet azul del 1950 pasó por la calle, levantando tierra roja de la carretera, causando que Gustavo tosiera un poco.

—¿Me puedes cargar, Mamá? Estoy cansado y tengo sed —dijo Gustavo con los hombros caídos; su entusiasmo de horas atrás se había desvanecido.

—Pararemos en esa casa a pedir un poco de agua. ¿De acuerdo? —le dije.

Gustavo asintió.

Entramos en el portal de una de las casitas, y yo llamé con un hola desde la puerta totalmente abierta. Un minuto después, una anciana agradable que llevaba una bata de casa blanca de algodón, y el pelo recogido en rolos plásticos, apareció.

—Buenos días —dijo la mujer con una sonrisa de bienvenida.

—Buenos días —le contesté—. Siento molestarle, compañera. Vivimos en Santo Suárez, en la ciudad. El viaje fue muy largo y los niños tienen sed. ¿Le importaría darnos un poco de agua?

—Por supuesto que no —dijo—. Por favor entren. Pónganse cómodos.

La manera encantadora de aquella extraña me hizo sentir como si estuviera visitando a una pariente. La señora desapareció hacia la parte posterior de la casa, dejándonos en su sala simple y acogedora, la cual consistía en un pequeño sofá de tela floral, un par de sillas de madera y una mesa de madera hecha a mano. La casa olía a café recién colado y a jazmín. Cuando la mujer regresó con un rostro amistoso traía dos vasos de agua fría.

—Voy a ir a buscar más —dijo ella después de que me entregara los vasos fríos y húmedos.

115

—No, esto es suficiente. Vamos a compartirlos. Gracias por su amabilidad —le dije.

Una vez más ofreció traer más agua, pero reiteré que teníamos más que suficiente. Vi a mis hijos beber el agua rápidamente y dejar solo un poco para mí en la parte inferior de uno de los vasos. Tania me entregó el vaso con ojos culpables, como si la cantidad de agua que me había dejado no era suficiente. Le sonreí, bebí, y le di las gracias a la mujer de nuevo. Coloqué los vasos vacíos sobre la mesa.

—Así que, ¿tienes familia aquí? —preguntó.

—Se podría decir que sí —le dije.

Gustavo estaba sentado en el sofá junto a mí, Tania del otro lado, y Lynette a su lado. Con un puntapié suave, Gustavo intentó recordarme que necesitaba ir al baño, pero yo sólo había estado esperando el momento adecuado para decirlo. Lo miré brevemente y asentí para reconocer que no se me había olvidado.

—Bueno —dijo la mujer— si viene por alimentos, tenga cuidado. Veo a los guardias revisando las bolsas en la estación de autobuses todos los días. Si tiene un pariente que vive aquí, es más fácil justificar su visita. Por cierto, hay una restricción a la cantidad en libras que puede llevarse. Creo que son veinticinco libras. Puedo estar equivocada.

Nerviosamente miré a la mujer arrugada y me pregunté cómo sabía el propósito de mi visita.

—No te preocupes. Entiendo —me tranquilizó. Ella dijo que a veces otras personas como yo venían a Güira de hacer negocios con los campesinos, pero que no tenía que preocuparme de nada. Mi secreto estaba a salvo con ella.

Gustavo, visiblemente aburrido por la conversación, no podía esperar más y pidió permiso para ir al baño. Me disculpé por su comportamiento, pero la señora sonrió y dijo que entendía ya que ella tenía nietos. Señaló hacia donde se encontraba el baño, y Gustavo corrió de puntillas en esa dirección. Estaba hablando con la señora cuando escuché el tanque vaciarse y volverse a llenar.

Gustavo regresó del baño con una sonrisa en su rostro. Entonces mis hijas y yo tomamos nuestro turno una a una. Todo estaba impecablemente limpio. El baño, como la casa, olía a jazmín fresco. Por fin, un poco de alivio. Antes de irnos, le agradecí a la mujer por su hospitalidad, y continuamos nuestro viaje hacia la granja de Arturo.

Cuando estábamos en el extremo final del pueblo, caminamos por un camino largo y estrecho, rodeado de palmas y vegetación tropical. Tuve que cargar a Gustavo por intervalos cortos porque insistía que las piernas le dolían mucho. Al final del camino había una casita vieja pero bien cuidada. Toqué a la puerta y me salió la cara redonda y sonriente de Arturo.

—Laura, como me alegra verte —dijo, con la calidez de un padre que no había visto a su familia por un tiempo—. ¡Y tus hijos están aquí también! ¡María Santísima! Mira qué grandes están. Adelante. Déjame decirle a mi esposa que estás aquí. Pónganse cómodos.

Arturo tendría probablemente unos setenta y algo. Era bajito y grueso, con una cara rojiza de trabajar en la granja, y pelo blanco como la nieve. Nos dejó en la sala y se fue hasta la parte posterior de la casa mientras que anunciaba: —Marcia, ¡no vas a creer quién está aquí!

Miré alrededor de la salita una vez que él hubo desaparecido en el fondo de la casa. La foto en blanco y negro de bodas de Arturo y Marcia estaba colocada en un lugar prominente encima de un sofá con estampado floral. La mesa estaba adornada con un florero de cristal lleno de flores frescas que se encontraba encima de una mesa de centro de madera color miel. Había dos sillones de madera justamente en frente del sofá.

Podía escuchar los pasos de Arturo y su esposa, cada vez más fuertes, a medida que se acercaban a la sala. Ella abrió los brazos y me abrazó mientras decía: —Pero oye chica. No lo puedo creer. ¿Éstos son tus hijos?

Asentí con la cabeza y presenté a cada uno de los niños. Ella los miró, y ellos correspondieron con miradas curiosas. Ella era de la edad de Arturo, con pelo blanco y ondulado que le llegaba hasta los hombros, y usaba espejuelos. Llevaba un vestido azul modesto, y olía como si hubiera estado cortando cebollas.

—Los niños están grandísimos —dijo.

— ¿Y cómo está Rio? ¿No vino contigo? —preguntó Arturo.

Me di cuenta de que no sabían lo que había pasado. Mi sonrisa desapareció. Miré hacia el piso de cemento azul.

— ¿Qué pasó? —preguntó Marcia mientras se sentaba en uno de los sillones y Arturo en otro junto al de ella, y con un gesto me invitó a sentarme también.

Tania se sentó a mi derecha y Lynette y Gustavo a mi izquierda. Luego de respirar profundamente, les conté sobre la salida de Rio, la pérdida de mi madre, y el rechazo de mi petición para salir de Cuba. Gustavo bostezó y empezó a dormitar mientras yo hablaba. Lynette columpiaba los pies suavemente.

—Lo siento, Laura. Tu madre fue una buena amiga —dijo Marcia. Para cambiar el tema, agregó: —Todos ustedes deben estar muy cansados y hambrientos después de un viaje tan largo. Déjenme hacerles algo de comer.

Le dije que no se molestara, pero ella insistió. No recibía muchos visitantes y se alegró de cocinar para los niños. Habían pasado años desde la última vez que mi madre y yo los habíamos visitado. Ellos sabían de mi matrimonio con Rio, y sobre el nacimiento de los niños a través de cartas que mi madre les había escrito.

Me pidió que la siguiera a la cocina para que la actualizara mientras que ella cocinaba.

118

—Niños —dijo Arturo ceremoniosamente, con una sonrisa grande en su rostro—. ¿Les gustaría probar un poco de mamey?

—Arturo, necesitan comer primero —Marcia protestó.

—Vamos, Marcia —dijo Arturo—, deja que se diviertan. Probablemente sea ésta la primera vez que ven un mamey.

Arturo se portaba como un abuelo con nuevos nietos. Ella sacudió la cabeza con cierta reticencia.

—Es cierto; nunca han visto un mamey —le dije—. Niñas, vayan con Arturo. Gustavo, quédate conmigo. No puedes comer frutas que no estén cocinadas.

Arturo salió apresuradamente de la casa, seguido de las niñas, y Marcia y yo nos fuimos a la cocina con Gustavo. Arturo llevó a las niñas a un establo situado detrás de la casa. Él les mostró con orgullo una fruta de color carmelita con forma de pelota de fútbol americano y con piel áspera.

— ¿Saben lo que es esto? —preguntó.

Las niñas respondieron que no con sus cabezas.

—Es un mamey. Mira lo hermoso que es. Es de color rojizo-anaranjado en su interior. ¿Quieres verlo?

—Sí —dijo Tania, volviendo la cabeza tímidamente.

Arturo tomó un cuchillo grande que mantenía encima de un largo mostrador de madera y cortó una rebanada. En el interior, la fruta era carnosa, con un color rojo anaranjado brillante y la consistencia de un mango. Le quitó la piel dura y carmelita y le dio a Tania la primera tajada. Más tarde, Tania me dijo que era el fruto más sabroso que había comido en su vida, y que no podía esperar a tener la oportunidad de comerlo de nuevo. Cuando Lynette vio la expresión de su hermana, ella le pidió una tajada. Tania la reprendió por pedirla. Arturo sonrió y corto otro pedazo para Lynette. Ella devoró la fruta ansiosamente. Las niñas estaban muertas de hambre.

Después de que las niñas comieron un par de tajadas de mamey cada una, Arturo les dio un recorrido por su granja. No pasó mucho tiempo antes de que la timidez de las niñas se evaporara, y felizmente comenzaran a perseguir a los pollos por todo el patio. Después de más de treinta minutos de exploración curiosa, Arturo y las niñas regresaron a la casa.

—Era hora de que regresaran —dijo Marcia cuando entraron—. La comida está lista. Mira que sucios están. Vayan a lavarse las manos.

Los tres obedecieron y luego se sentaron con nosotros alrededor de la mesa de madera hecha a mano, localizada en un pequeño comedor adyacente a la sala. Marcia había hecho ajiaco, una sopa espesa que contenía papas, yuca, boniato, y carne de res. Acompañó el ajiaco con arroz y plátanos. ¡La comida olía deliciosa! El modesto entorno y la hospitalidad de Arturo y su esposa hicieron que los niños y yo nos sintiéramos como si estuviéramos en casa.

Marcia era una gran cocinera. Las niñas devoraron la deliciosa comida rápidamente como si hiciera días que no hubieran comido. Tania dijo que la comida en el campo era mucho mejor que en la ciudad. Esto fue sorprendente. A diferencia de su hermana, a quien le gustaba comer y era mucho más saludable, a Tania no le gustaba comer mucho y era muy delgada. Me complació que a ella le gustaran estos tipos de alimentos. Ya se había cansado de la dieta estándar de arroz y chícharos de La Habana.

—Arturo, quiero proponerte un trato —dije después de que terminara de comer—. Hay cosas que puedo comprar en la ciudad y traérselas a usted a cambio de verduras y vegetales para los niños. Como tú sabes, las tarjetas de abastecimiento no dan mucha comida, y las alergias de Gustavo le ocasionan problemas de estómago.

—Tú no me tienes que dar nada, Laura. Tú puedes venir aquí todas las veces que quieras, y yo te daré lo que necesitas. Por favor, chica —Arturo protestó.

—Insisto, Arturo —le dije—. De lo contrario, no voy a aceptar nada de ti.

VISITA A GÜIRA

Arturo sacudió la cabeza. —Bien, Laura. Eres tan cabeza dura como era tu madre.

Ante mi insistencia, Marcia me dio una lista de productos que eran escasos en el campo. Arturo luego me llevó al establo, donde llenó dos sacos grandes con plátanos, yuca, frijoles colorados, y boniatos. Le di algo de dinero por las verduras, y Arturo a regañadientes lo aceptó.

—Laura, ten cuidado por ahí —dijo—. No quiero que ni tú ni yo tengamos problemas. Si un policía te detiene, e insiste en que le digas de dónde sacase la comida, dile que tienes parientes en Güira que están ayudando a criar a tus hijos. Si te presionan, como último recurso, le puedes decir que eres mi sobrina. Compartimos el mismo apellido, así que nadie lo cuestionará. No le des ninguna otra información. No lo olvides.

Arturo me hablaba como un padre dándole consejos a una hija.

—No lo olvidaré. Gracias por todo, Arturo. Si tú y tu familia van a la Habana, no te olvides de pasar por allá. Puedes quedarte en mi casa siempre que lo deseen. —Le sonreí, luego miré mi reloj—. Oh, es tarde. Mejor me voy. Nos espera una larga caminata a la estación de autobuses y con los niños y las bolsas, no va a ser fácil.

—Laura, yo ofrecería ir contigo. . .

—No te preocupes. No hay necesidad. Me encargo de todo. Me estoy acostumbrando a estar sola.

Recordé a Rio de nuevo con melancolía.

—No sé qué decir, Laura. Debes saber que nuestra casa siempre estará abierta para ti y tus hijos.

Abracé a Arturo como a un padre o a un tío querido. Había envejecido desde la última vez que lo vi. Él nos había visto a Berta y mí crecer durante las frecuentes visitas de mis padres a Güira. Le entristecía que él y su esposa nunca hubieran podido tener sus propios hijos.

—Mejor me llevo a mis diablitos. Marcia debe estar volviéndose loca con los alborotos de Gustavo.

VISITA A GÜIRA

Arturo cogió las dos bolsas y las llevó dentro de la casa, mientras yo lo seguía. Les di las gracias a él y a Marcia. Ella besó a los niños y a mí. Arturo abrazó a cada uno de nosotros.

—Déjame al menos llevar las jabas hasta la entrada de la finca —Arturo ofreció.

Le dije que no era necesario, pero Arturo insistió y me sentí aliviada. Nos despedimos de él de nuevo cuando llegamos a la entrada de la finca, y le di las gracias por su ayuda.

No había caminado mucho cuando me di cuenta de que no podría llevar las jabas hasta la parada del autobús sin un poco de ayuda. Eran demasiado pesadas. Eso, y el hecho de que estaban sobre el peso máximo, me dieron una idea. Les dije a las niñas que cargaran la más ligera entre los dos. Lynette era más gruesa y mucho más fuerte que su hermana y estaba dispuesta a ayudar. Tania me ayudó sólo porque era muy responsable. Les expliqué a las niñas que debían permanecer a una media cuadra detrás de mí. Yo les di instrucciones en caso de que fueran detenidas por la policía.

Arturo me había dicho que los reglamentos permitían aquellos con familiares en Güira viajar en el autobús con un máximo de veinticinco libras de productos agrícolas, lo que confirmó lo que la señora que nos había dado agua me había dicho. Entre las dos bolsas, teníamos un total de aproximadamente cincuenta libras. Si dividíamos la carga, podríamos tener una menor probabilidad de que la comida fuera confiscada por la policía.

Llegamos a la parada de autobús en dos grupos separados, minutos de diferencia el uno del otro. Un policía vestido de azul estaba revisando las jabas de las personas que abordaban el autobús. Me di cuenta del nerviosismo de Tania. Nos miramos una a otra. Tendría que seguir mis instrucciones y todo estaría bien. En un tono bajo de voz, Tania le recordó a Lynette que deberían actuar como si no estuvieran relacionadas conmigo.

El policía se acercó a mí primero.

—¿Qué tiene ahí? —preguntó. Sin esperar mi respuesta, abrió mi bolsa intrusivamente.

—Mi hijo está enfermo y yo estoy trayendo un poco de comida para él de vuelta a la ciudad —dije nerviosamente.

Me miró con suspicacia. Luego utilizó una escala de mano para pesar los alimentos.

— ¿Tiene parientes aquí? —preguntó.

—Sí, mi tío vive aquí.

Traté de mantener la calma.

—Bien, puede subirse al autobús.

No sabía qué hacer. No quería entrar en el autobús sin todos mis hijos, pero yo no quería que la comida se confiscara tampoco. Me moví lentamente hacia el autobús. Mis hijas trataron de seguirme, pero el policía las detuvo.

—¿Dónde están tus padres? —les preguntó.

No estando preparada para responder a esta pregunta, Tania se congeló. Me miró con miedo en sus ojos.

—Son mis hijos —declaré sintiéndome derrotada.

Ahora me vería obligada a dejar una de las bolsas. Respiré profundamente mientras intentaba una estrategia más.

—Compañero, por favor. Estoy criando a mis tres hijos sola. No puedo trabajar porque tengo a mi padre enfermo en casa. Mi tío me dio suficiente comida para que no tenga que venir a Güira tantas veces. Tuvimos que tomar tres autobuses para llegar hasta aquí, y es muy difícil con tres hijos. . .

El policía me miró con duda en sus ojos y pensé que había perdido mi batalla.

— ¿No sabe que tenemos una restricción en la cantidad que puede llevarse en el autobús? — dijo el hombre con autoridad. Me di cuenta de la creciente línea de personas detrás de nosotros. Me avergonzaba que estaba interrumpiendo el flujo de la línea y el hecho de estar siendo regañada públicamente.

—Lo siento, no lo sabía —mentí.

El hombre dudó por un momento. Luego Gustavo tocó su mano.

—Mi estómago y los pies me duelen. ¿Puedo entrar a la guagua? —dijo inocentemente.

Le sonreí a mi hijo.

—Lo siento. No está acostumbrado a caminar tanto. Bueno compañero, ¿podemos subir?

Le pregunté.

El hombre reflexionó por un momento.

—Está bien, entre, pero no se olvide. La próxima vez, ¡todo en exceso de veinticinco libras será confiscado! —dijo con firmeza.

—Muchas gracias. Niños, apúrense y suban.

Unos minutos después que nos sentamos en el autobús, finalmente, partió de la estación. Me sentía pisoteada. Mi dignidad había sido aplastada, y mis emociones cambiaron rápidamente de humillación a ira mientras miraba a la nada, más allá de los campos verdes y rojizos. Gustavo estaba sentado a mi lado, su carita roja del sol. Acaricié su pelo castaño y sus ojos comenzaron a cerrarse lentamente. Trató de mantenerse despierto, pero había de perder esa batalla. Se apoyó en mi hombro y se quedó dormido. Mi ira persistió por un tiempo, pero una vez que dejamos el campo y la ciudad de concreto comenzó a aparecer, empezó a disiparse lentamente, y luego, por completo cuando miré dentro de los sacos llenos de comida para mi familia. Al menos, tendríamos lo suficiente para comer durante las próximas dos semanas.

CAPÍTULO 18

SIGUIENDO ADELANTE

La mujer a cargo del CDR, Carmen, vino a mi casa y me dijo que, a partir de ese día, podríamos usar su teléfono. Ya no tendría que hacer viajes a la compañía de teléfonos cada vez que tuviera que hablar con Rio. No teníamos un teléfono propio porque esto era un lujo que sólo unos pocos podían permitirse. Aunque apreciaba su amabilidad, sospeché que esto podía ser una manera de escuchar mis conversaciones. Rio nos llamaba una vez al mes. Las niñas guardaban sus composiciones escolares y se las leían a su padre. Le cantaban y le recitaban poemas durante las largas conversaciones desde el teléfono de nuestra vecina. La forma en que Tania sonreía y le decía a su padre lo mucho que lo quería cuando ella hablaba con él, y se encogía de hombros cuando yo le preguntaba si me quería, me hizo darme cuenta de lo mucho que mi intento de suicidio la había afectado. Era casi como si tuviera temor de acercarse demasiado a mí por miedo de perderme también.

Tania estaba en el primer grado cuando contraté a un profesor de piano en el barrio para que le enseñara a tocar. Quería que Lynette aprendiera a tocar también, pero ella se aburrió después de unas cuantas lecciones. El profesor, quien vivía a tres cuadras de nuestra casa, me aconsejó que no malgastara mi dinero. Era delgado, joven, de una piel blanca pálida y cabello negro. Como era un hombre amable, sofisticado y con estilo, algunas personas en el barrio chismeaban sobre su orientación sexual, pero eso no era asunto que me preocupara. Lo importante es que era un pianista fantástico, que le enseñaría a mi hija cómo sentarse correctamente y tocar como una profesional.

—Tania, la espalda recta, la cabeza alta, no cruces las piernas —repetía una y otra vez.

El profesor vivía en una hermosa casa con su madre y su hermana y tenía una sala dedicada exclusivamente a su piano de cola negro. Tocaba profesionalmente y era instructor en el Conservatorio de Música de La Habana. Instruyó a Tania en la música clásica, desde Bach a Beethoven, así como en los clásicos tradicionales cubanos.

Los pianos eran muy caros, pero Tania necesitaba practicar. A través de mis conversaciones con varias personas, encontré a alguien que me vendió uno muy antiguo. Era un modelo vertical, fuera de tono, con algunas teclas rotas. Con todo, Tania se emocionó mucho cuando un día, al regresar de la escuela, lo encontró en nuestra sala.

También pagaba por clases de costura y lecciones de canto para las niñas. La idea era mantenerlas ocupadas, darles una educación completa, y prepararlas para la vida en el extranjero.

Nuestro barrio era un lugar áspero. Algunas niñas trataban de buscar pleitos con Tania cuando ella salía a llevar recados para mí. Al principio, ella llegaba a casa asustada.

—Ana le dijo a su hermana que me golpeara sin razón —me dijo en más de una ocasión sobre una niña del barrio. También le hacían comentarios despectivos o la empujaban. Un día, mientras Tania estaba estudiando en el portal, una niña arrojó un huevo podrido contra la pared. Tania estaba comenzando a frustrarse con estos actos de intimidación y comencé a alejar a mis niños de los otros del barrio cuyos valores yo no compartía.

Al comenzar la década del 1970, ya no había educación privada en Cuba. Muchos profesores emigraron, y a mujeres que previamente trabajaron en el servicio doméstico se les proporcionó capacitación especializada para elevar rápidamente su nivel educativo, lo suficiente para que pudieran fungir como maestras en escuelas primarias. Estas educadoras no habían sido capacitadas suficientemente en los métodos de enseñanza o desarrollo infantil. La formación escasa de los maestros afectó a muchos niños, incluyendo a Lynette.

Cuando Lynette estaba en el primer grado, era muy tímida y callada en la escuela. Un día, su maestra le pidió que leyera en la clase en voz alta. Lynette prácticamente les susurró el párrafo a sus compañeros de clase. La profesora insistió varias veces en que Lynette elevara su voz, pero fuera por timidez o miedo, ella no lo hizo lo suficiente, haciendo que la maestra perdiera su compostura y la bofeteara sin compasión un par de veces. Cuando mi hija llegó a casa esa tarde, vestida con su uniforme rojo y blanco, su rostro estaba todavía rosado e hinchado. Yo le pregunté qué había pasado, pero ella no quería decirme y jugaba nerviosamente con sus dedos. Su llanto, seguido de una súplica para que no la enviara más a la escuela, validó mi sospecha.

Me senté con ella en el sofá y acaricié su pelo largo, de color carmelita oscuro. Ella y Tania parecían claramente hermanas, pero eran a la vez muy diferentes. Lynette se parecía a Rio, con una mezcla de chino e indio taíno en sus ojos y su tez. En nuestra cuadra, en la calle Zapote, vivía una familia china que gestionaba una tintorería desde su casa. A veces, cuando llevaba a Lynette a su casa, el dueño ofrecía lavarme la ropa gratuitamente. Creo que hacía esto porque Lynette se parecía tanto a ellos. Nunca tomé ventaja y siempre les pagué por su trabajo, pero me gustaba la familiaridad con la que trataban a Lynette. Su herencia le había dado una apariencia exótica única. A diferencia de su hermana, quien era delgada como un palo, Lynette tenía más carne en sus huesos, aunque no en exceso. Su abuela paterna, Mayda, me decía que tanto Lynette como Tania tenían apariencias especiales, pero parecían ser de dos continentes diferentes: Tania, con su tez blanca, ojos color de oro y pelo castaño claro, parecía francesa, según Mayda. La exquisita mezcla de linajes antiguos le daba a Lynette una apariencia asiática.

Después que hube tranquilizado a Lynette y hablado con ella pacientemente, finalmente me confió lo que había pasado. Respiré hondo, la abracé y le dije que no se preocupara. Contacté a la escuela y expliqué la situación. La directora me dio permiso para llevarla a un hospital para ser atendida por un psicólogo. Después de un extenso interrogatorio, el especialista confirmó mi versión de los hechos, y la profesora fue despedida. Lynette estaba traumatizada y durante algún tiempo requirió la ayuda de un psicólogo.

En la escuela, los estudiantes eran separados teniendo en cuenta el desarrollo escolar. Tania tuvo la suerte de contar con excelentes calificaciones y fue elegida para inscribirse en un plan de estudios avanzados.

Los años de escuela primaria fueron especialmente difíciles para niños como los míos. Los maestros decían a sus alumnos que los que habían elegido viajar a los Estados Unidos eran traidores, y mis hijos entendieron rápidamente que su padre estaba incluido en esa definición. Con el fin de evitar dificultades adicionales, y a pesar de mi desacuerdo con la ideología comunista, les permití a mis hijos usar la pañoleta que era parte del uniforme escolar y simbolizaba la alianza de Cuba al comunismo. Les expliqué a mis hijos que, mientras estuviéramos en Cuba, necesitábamos ajustarnos a las normas del gobierno para evitar el acoso y la humillación.

Cada mañana, antes de la clase, los niños tenían que recitar consignas comunistas como: "Pioneros por el comunismo: seremos como el Ché". Estas consignas eran parte de un sistema diario de adoctrinamiento en el modo de vida comunista. Ernesto "Ché" Guevara fue un líder guerrillero argentino quien había luchado como miembro del ejército de Castro desde 1956 hasta 1959. Ayudó a dar forma a la estrategia de la revolución y entre 1961 hasta 1965 ocupó varios puestos importantes en el nuevo gobierno cubano. Sin embargo, él estaba más interesado en la expansión del comunismo en América Latina, y en el 1966 se fue a Bolivia para entrenar a una fuerza guerrillera. Casi al año de su llegada a Bolivia, el Ché fue capturado y asesinado. Los comunistas del mundo entonces le asignaron estatus de héroe, y su nombre fue tejido en la fibra misma de la revolución cubana. La Habana estaba inundada con carteles gubernamentales con las fotos del Ché, Castro y Camilo Cienfuegos. Al igual que el Ché, Camilo había muerto. El gobierno le había dicho a la gente que Camilo se había ido en un vuelo nocturno y que su avión había desaparecido. Sin embargo, muchos creían que Castro lo había mandado a asesinar. Después de haber luchado en las montañas de la Sierra Maestra por la revolución de Cuba, él había logrado una gran popularidad, aún más que la de Castro. La muerte de Camilo satisfacía la necesidad de otra leyenda revolucionaria. En el aniversario de su muerte, el gobierno organizaba actividades en las escuelas en recordatorio de este gran "héroe" de la revolución.

Además de que se requería que los niños recitaran consignas comunistas, también ellos eran obligados a participar en obras de teatro designadas a promover la agenda del gobierno. Se les enseñaban canciones rusas y canciones tradicionales cubanas, aunque algunas de artistas, como Celia Cruz, quienes se habían ido de Cuba, eran prohibidas. Después yo me daría cuenta de que eso había sido una masacre a la cultura cubana. Cualquier discusión contra el gobierno era ilegal, una continuación de la censura que se había iniciado en 1959 con el control de la radio, la televisión y cualquier otra forma de comunicación escrita y oral. A los niños se les enseñaba que debían reportar a sus padres si ellos participaban en actividades contrarrevolucionarias.

SIGUIENDO ADELANTE

El espíritu del país había sido decapitado por las garras de un sistema político ansioso de aferrarse a un sueño imposible, un sueño incapaz de tener éxito, ya que iba en contra de la necesidad de ser libre de un ser humano. En este hermoso lugar «encantador» llamado Cuba nos quedamos. . . A medida que el paraíso robado se desvanecía, muchos de los edificios históricos de Cuba se deterioraron o se desmoronaron. El pueblo había perdido el derecho más preciado del ser humano: la libertad.

CAPÍTULO 19

RACIONES

Una vez que mis tres hijos habían alcanzado la edad escolar, empecé a trabajar. Cinco años ya habían transcurrido desde la salida de Rio. Yo había aprendido a estar sola. A veces me preguntaba si valía la pena seguir esperando un milagro. La espera y el anhelo por mi marido eran una carga grande para mí. Las hebras de plata que comenzaron a adornar mi cabello largo y negro mostraban mi envejecimiento prematuro. Los jabones de detergente con los que solía lavar la ropa a mano habían arruinado mis uñas y mi piel estaba seca, pero mi apariencia ya no me preocupaba.

Con el tiempo, tuvimos la oportunidad de comprar una lavadora. En Cuba, la gente no podía ir a la tienda a comprar productos electrodomésticos. Tenían que procurar el derecho de comprarlos a través de sus puestos de trabajo. Adquirimos una lavadora de modelo ruso (el único modelo disponible). Nunca funcionó bien, pero era mejor que lavar a mano. Fue muy oportuna, porque llegó cuando mi padre se ponía más enfermo cada día y se orinaba en la cama o en su ropa con frecuencia, pues ya le costaba llegar al baño a tiempo.

Mi educación me permitió obtener un trabajo de inmediato. Yo recogía y depositaba el dinero de varias bodegas — tarea que implicaban caminar cuatro o cinco millas cada día. Mi educación me permitía hacer un trabajo mucho más intelectual, pero en el entorno político y económico de aquel momento, el que trabajara en una tienda de comestibles tenía ventajas. Me ofrecieron un horario dividido, de 8 de la mañana al mediodía y de 4 a 8 de la tarde. Este horario me permitía alternar con otro trabajo, que consistía en enseñarles gramática y matemáticas a estudiantes adultos en un aula pequeña, hecha de madera, localizada a tres puertas de mi casa. Los fines de semana, seguí vendiendo lápices de pintarse los ojos, pero en los últimos dos meses, el negocio había disminuido significativamente. Un día, el hombre que me vendía los lápices dejó de venir y nunca volví a verlo.

Los bajos salarios y la eliminación de la propiedad privada trajeron como consecuencia el robo desenfrenado, especialmente en las tiendas de comestibles. Me sentía incómoda al notar la cantidad de robos que ocurrían en los lugares asignados a mí, pero el sistema de racionamiento de alimentos y la poca comida que le tocaba a cada persona creaban las condiciones para que esto ocurriera. La cuota mensual para una persona incluía cinco libras de arroz, veinte onzas de frijoles, media libra de carne de res, media libra de pollo, media libra de pescado, dos libras de papas, cinco libras de azúcar, dos onzas de café (por semana), una libra de manteca de cerdo, media libra de aceite vegetal, un mazo pequeño de lechuga, dos tomates, cuatro huevos (por semana), un jabón de baño, y un jabón detergente, entre otras restricciones. La leche de vaca se reservaba estrictamente para los niños menores de siete años. Después de los siete años, cada persona tenía derecho a tres latas de leche condensada cada mes. Diariamente, una familia de cuatro podría comprar una barra de pan. El pan se hacía temprano por la mañana y se ponía duro rápidamente. Para hacer que durara, enseñé a los niños a colocar las sobras detrás del refrigerador, entre los barrotes de su parrilla de metal. La parte trasera de la nevera estaba siempre caliente y tostaba el pan. Todas las raciones estaban sujetas a disponibilidad. A veces la carne de res no aparecía.

Los trabajadores de las tiendas de alimentos alteraban las pesas siempre que podían para quedarse con una fracción de cada onza de los alimentos que vendían. Una fracción de onza aquí y allá se acumulaba. Los trabajadores se quedaban con la comida que robaban. A esta práctica se le empezó a llamar sobrevivir.

Mi supervisor era un hombre de buen corazón de unos cincuenta años, calvo, con espejuelos y una sonrisa amistosa. Él simpatizaba con mi situación y adoptó una actitud paternalista hacia mí. En cuanto se dio cuenta de que podía confiar en mí, él me inició en el negocio del engaño que envolvía el sistema económico de Cuba. Mi jefe tenía amigos en las tiendas de productos lácteos y avícolas y me los presentó. Aunque siempre pagué por la comida que llevaba a casa, tenía acceso a más alimentos que los de mi cuota asignada, un beneficio de trabajar en las tiendas de comestibles.

Un día, me excusé de la clase por la tarde y me fui a casa para enviar a Tania, después de su llegada de la escuela, a una tienda avícola. Berta y Antonio estaban en el trabajo, y mi padre descansaba en su habitación después de haber comido el almuerzo que Martina vino a prepararle. Le di a Tania instrucciones específicas de lo que debía hacer. No podía ir yo misma porque estaba siendo vigilada por la gente del CDR.

—Tania, ve a esta dirección —le dije, entregándole una hoja de papel—. Lleva a tu hermana contigo. El encargado de la tienda te dará una bolsa con un pollo vivo. Dale el dinero y la tarjeta de abastecimiento. Ella no va a marcar nada en la tarjeta. No digas ni una palabra. Después que te den el pollo, vuelve a casa y no hables con nadie. ¿Entendido?

Ella asintió con la cabeza. Tenía casi nueve años, pero era madura para su edad. La forma en que me miró con sus hermosos ojos color ámbar me recordó mucho de Rio. Yo sabía que estaba asustada. Era una niña buena que había aprendido a no mentir, a creer en Dios, y sin embargo la forzaba a hacer esto. Sólo podía imaginar el conflicto que sentía.

Las niñas caminaron apresuradamente a la tienda, ambas vistiendo ropa idéntica que les había mandado a hacer con una de mis primas: un par de pantalones cortos blancos y una blusa amarilla de mangas cortas. Ambas tenían el pelo recogido con bandas elásticas y cintas amarillas en un rabo de mula. El cielo estaba lleno de nubes grises y les había dado dos pedazos grandes de plástico transparente para cubrir sus cabezas si llovía.

Como la hermana mayor, Tania agarró a Lynette por su mano. Lynette tenía una personalidad juguetona que contrastaba con la conducta reservada y seria de Tania. Parecían equilibrarse entre sí. Tania más tarde me relataría lo que pasó después.

Cuando habían caminado una cuadra, Lynette le dijo con total naturalidad: —Le tengo miedo a los pollos.

Tania le advirtió abriendo sus ojos. —¿No escuchaste lo que Mamá nos dijo antes de salir de la casa? ¿Tú quieres que ella se meta en problemas?

—No. —Lynette inclinó la cabeza—. No me gustan los pollos. Eso es todo.

Tania intentó tranquilizar a su hermana, y mientras lo hacía, ella se imaginaba que las dos estaban persiguiendo el pollo por la calle.

La encargada de la tienda avícola estaba parada detrás del mostrador cuando llegaron. Era una mujer madura con las uñas cortas y sucias y el pelo blanco sostenido con ganchos de pelo. El lugar no parecía ni una tienda, con apenas suficiente espacio para el mostrador de dos metros de largo. Cuando Tania dijo quién era, la señora le preguntó sin emoción:

—¿Puedo ver tu tarjeta de abastecimiento?

Tania le entregó la tarjeta y el dinero que yo le había dado. Aunque no había nadie más en la tienda avícola, la mujer actuó como si estuviera garabateando algo en la libreta de abastecimiento. Tania se dio cuenta de que ella no había escrito nada. La mujer puso el dinero en la caja registradora, le devolvió la tarjeta a Tania, y le dijo:

—Vuelvo ahora.

Entonces, la señora desapareció en la parte trasera de la tienda. Las niñas se miraron con los ojos asustados. Minutos más tarde, la mujer reapareció trayendo una bolsa.

—Llévale esto a tu madre y ten mucho cuidado —le dijo.

Tania le dio las gracias y salió de la tienda seguida de Lynette. Cuando caminaban de regreso a casa, Tania dio cuenta de que las nubes se habían puesto casi negras y el viento estaba aumentando.

—Apúrate, Lynette. Va a llover.

—¡Estoy cansada! —protestó Lynette.

De repente, el pollo empezó a aletear dentro de la bolsa. Tania miró a su alrededor para asegurarse de que nadie estaba mirando y alejó la bolsa de su cuerpo. Ella también le tenía miedo al pollo.

—Ven y ayúdame con la bolsa —dijo Tania.

—¡Le tengo miedo! —gritó Lynette alejándose de su hermana y de la bolsa.

—Te digo que regreses o se lo voy a decir a mamá. ¿Quieres buscarle problemas?

Lynette regresó lentamente hacia su hermana y dijo con una expresión resignada:

—Bien, te voy a ayudar.

Las niñas aseguraron la bolsa girando la parte de arriba un par de veces más y continuaron su viaje. Aunque el pollo chasqueó esporádicamente después de eso, las niñas llegaron a casa sin más problemas. Yo estaba esperándolas en el portal cuando llegaron y dieron un suspiro de alivio.

Tania me entregó la bolsa.

—¿Alguien te hizo alguna pregunta en el camino? —le susurré.

—No, Mamá. No hablé con nadie. No te preocupes —Tania me tranquilizó.

—Tú eres una buena chica, Tania.

La abracé, pero Tania no mostró ninguna emoción ni me devolvió el abrazo.

La frialdad de Tania y la pared impenetrable que me encontraba cuando trataba de conectar con ella me entristecían. Llevé el pollo adentro, abrí un pequeño agujero en la bolsa para que pudiera respirar, y besé a mis hijas antes de volver a mi clase. Había dejado a mis estudiantes trabajando en una tarea y no quería abusar de su bondad. Ellos me apoyaban porque muchos eran padres o abuelos y entendían mi situación.

Esa noche después de la cena, Tania se sentó en el comedor y escribió estas palabras en su diario: "Hoy, mi hermana y yo compramos un pollo fuera de nuestra tarjeta de abastecimiento porque nuestra familia no tenía lo suficiente para comer. Si, como dice Mamá, hay un Dios que lo sabe todo, espero que no me castigue por hacer esto".

Tania puso su diario debajo de la almohada y se acostó. Al día siguiente, cuando se fue a la escuela, leí sus palabras y lloré.

CAPÍTULO 20

AURORA

En 1970, por fin pude salir de Madrid y viajar a la ciudad de Nueva York, lo que hizo que me convirtiera en inmigrante una vez más. Cuando estaba en España, mi conocimiento del idioma me había permitido encontrar trabajo; en los Estados Unidos, no hablar inglés limitaba mis opciones. Encontré un trabajo en una tienda de comestibles en Brooklyn que pagaba 120 dólares por semana. Trabajaba desde el amanecer hasta el atardecer, seis días a la semana. Vivía en el sótano de la tienda, en una pequeña habitación que había alquilado al propietario. La vivienda era cara. Sabía que, si no me buscaba otra cosa, no podría tener un lugar listo para mi familia. No podía traerlos a esta basura. Cuando estaba en Madrid, había ahorrado lo suficiente para presentar la documentación de las visas de mi familia y enviarle el dinero a Laura. Tenía la esperanza de que pronto pudieran salir de Cuba. Mientras trabajaba en la tienda de comestibles, ahorraba todo lo que podía para buscarme un apartamento más grande y los muebles necesarios. No necesitaba mucho para mí.

En los días que no trabajaba, tomaba el tren M hacia el Lower East Side de Manhattan, y desde allí, subía en un autobús a Midtown. El autobús era una forma barata de ver la ciudad. Manhattan era diferente a cualquier otro lugar que hubiera visitado, con rascacielos altísimos que parecían llegar hasta las nubes. Me encantaban las luces de neón, la gente caminando en todas las direcciones, las calles llenas de carros día y noche, y el olor a perro caliente (un embutido que se vendía dentro de un pan suave y largo) procedente de los carritos de vendedores ambulantes. La locura que veía alrededor de mí y los personajes pintorescos en las calles, a veces me distraían de mis preocupaciones. Otras veces, me sentaba en un banco en el Parque Central y al ver la gente pasar pensaba en mi familia. Era difícil ver los padres jugando a la pelota con sus hijos o ver parejas caminando con los suyos en el parque, mientras envidiaba sanamente su felicidad.

No le escribía a Laura tanto como desearía haberlo hecho. Lo intenté tantas veces mientras estaba sentado en el Parque Central. —Querida Laura —empezaba a escribir. Y entonces me ponía a ver como las parejas felices y los niños pasaban por allí. Derrotado por la ira y la frustración, arrugaba el papel y lo tiraba a la basura. Estar en esta ciudad me había enseñado muchas cosas, entre ellas que la felicidad debe ser compartida con las personas que amas. Aprendí que volver a casa a un apartamento vacío o caminar en calles muy transitadas sin Laura o mis hijos a mi lado me hacía sentir más solo que nunca.

En junio, Laura me llamó por teléfono con la mala noticia. Las visas habían llegado un par de días después que el gobierno prohibiera la emigración. Todas las horas que trabajé para guardar el dinero que requería para estar con mi esposa e hijos, habían sido en vano. Todo estaba en suspenso de nuevo, y Laura no sabía por cuánto tiempo. Fui a las oficinas de representantes políticos a explicar mi caso. Escribí cartas a toda persona que pudiera ayudarme, pero nada funcionó. Me sentía enojado y frustrado. Un día, me detuve en un bar y me tomé un par de copas. Hice lo mismo al día siguiente, y el día después de ése. Me volví hacia el alcohol como una forma de adormecer mi vacío. También podía confiar en los cigarrillos para calmar mis nervios. Me convertí en alcohólico funcional, pero alcohólico, no obstante. Guardaba las cartas de Laura y los sellos de los sobres en que venían con la esperanza de algún día darles la colección de sellos a mis hijos y esas estampillas me conectaban a Laura en una manera que no podía explicar.

En 1972, un hombre que conocí en un bar me habló de un trabajo en una fábrica en Newark, Nueva Jersey, que pagaba mucho más de lo que ganaba en aquel momento. Dejé mi trabajo y me mudé a Jersey. Una noche, después del trabajo, me encontré con una mujer que había trabajado como bailarina en el cabaret Tropicana en La Habana y ahora lo hacía en un bar de mujeres desnudas. Su nombre era Aurora. Los dos éramos extraños en esta ciudad oscura y desconocida y los dos estábamos solos. Hablé con ella sobre mi esposa e hijos, y ella encontró en mí a un ser más confiable y seguro que a los hombres con pocos valores con los que solía andar.

—Soy libre como un pájaro —me dijo.

Le dije que me gustaba que fuera así. No quería complicaciones. Ella comprendió que nadie podría interponerse entre mi familia y yo.

Después de estar compartiendo la cama con ella por un par de meses, casi siempre en su apartamento, me pidió que me mudara con ella. Lo hice, pensando que eso me permitiría ahorrar dinero. El día que me mudé, mientras estaba fumando un cigarro al lado de la plataforma de metal de la escalera de escape, le recordé: —Si mi esposa logra salir un día, voy a tener que ponerle fin a esto.

Tomé una bocanada de mi cigarro y miré a la calle. Me di cuenta de un vagabundo que estaba buscando algo entre los contenedores de la basura. Oí los pasos de Aurora detrás de mí y luego su abrazo mientras susurraba en mi oído seductoramente. —No te preocupes. No soy celosa.

Entonces ella hizo que me virara y me besó en los labios.

—Eres tremenda —le dije.

Entró en el apartamento, sus caderas moviéndose de un lado al otro seductoramente. Levantó sus codos y su largo cabello rubio y ondulado y luego lo dejó caer sobre su espalda y sus hombros, haciendo que rebotara suavemente. Dio media vuelta y se humedeció los labios con la punta de la lengua y llevó el dedo índice a los labios, jugando con él sugestivamente. Cuando llegó junto a la cama, se desnudó lentamente, seduciéndome, mostrándose, y luego cubriéndose. Cada vez, ella revelaba más y más de su cuerpo hasta exponerlo por completo. Entonces bailó para mí como bailaba en el club y me invitó a que me acercara. Jugaba consigo misma para atraerme. La miraba hacerlo, la sangre corriéndome en las venas, mi mirada siguiendo sus manos a medida que ella se daba placer mientras gemía y cerraba sus ojos en éxtasis. Sacudí la cabeza, tiré el cigarrillo al suelo, lo pisé con fuerza para que se apagara, y fui a ella.

Ella sabía cómo relajarme, cómo hacerme olvidar. Creo que ambos nos usamos, necesitándonos por razones distintas. Éramos como dos animales salvajes, sin restricciones, tomando toda la ira que teníamos dentro y transformándola en calor y sudor, mis dedos enterrados en su piel, lastimándola, llenándola de placer y dolor. Después que todo había terminado y yacía exhausto en la cama, el éxtasis se prolongaba durante un rato más, y poco después el vacío regresaba.

No me gustaba lo que ella hacía para ganarse la vida, pero no era mi lugar juzgarla. Después de todo, yo era un huésped en su apartamento. A veces, después de bailar en el club, se iba con algunos de sus mejores clientes. Se reunían en moteles. Ella quería mantener su negocio separado de su vida personal. A principio, no dije nada, pero después de estar unos seis meses juntos, discutimos al respecto, y ella accedió a dejar de acostarse con sus clientes. Una noche, compartí con Aurora algunas fotos de mi esposa e hijos. Supongo que me entusiasmé transmitiéndole demasiados detalles. Levanté la mirada para preguntarle si ella tenía fotos que deseara enseñarme, pero se había quedado dormida en el sofá.

Dos o tres veces fui al club donde ella trabajaba y me enfurecía ver a aquellos hijos de puta junto a ella, pegándole dólares en las bragas o entre los senos. Cerraba los puños y golpeaba la mesa. En especial detestaba los bailes privados que ella hacía. Los clientes no debían tocarla, pero las mujeres pagaban a los hombres a cargo de la seguridad del club para que miraran hacia otro lado. Cuanto más los hombres le pagaban, más de ella se llevaban. Cada vez que la veía irse con un hombre a la parte trasera del club para darle un baile privado sabía lo que pasaría. Me iba del bar enojado y frustrado. Al día siguiente, cuando yo tocaba el tema, ella, para apaciguarme, bailaba para mí, aún más sensualmente de cómo lo hacía para los hombres en el club. En esas ocasiones, a ella no la restringían ningunas reglas y estaba completamente a mi disposición.

Por más que traté de ocultar esta relación, Laura se enteró a través de familiares. Una de sus primas en New Jersey me había visto en una tienda de víveres con Aurora. Inmediatamente, ella había notificado a Laura, pero no se mostró sorprendida. Después de todo, fue ella la primera en sugerirme que necesitaría alguna mujer, pero sabía que en el fondo debía estar muy celosa y enojada. Yo amaba a Laura y no quería hacerle daño y cuando discutimos por teléfono, le juré con toda sinceridad que no estaba enamorado de Aurora, y que era ella, Laura, la única mujer a la que amaría toda mi vida.

Laura era una buena mujer, mucho mejor de lo que yo merecía. Ella no podía entender cómo dos personas podían dormir juntas sin amarse, no importa de cuántas maneras yo se lo explicara. Le prometí ser más discreto. Ninguno de nosotros sabía cuánto tiempo la vida nos mantendría a uno lejos del otro. Ya habíamos estado separados durante cuatro años. Le recordé nuestra conversación. Le dije que entendería si ella también se juntaba con otro hombre, siempre y cuando lo mantuviera alejado de los niños. Nunca quise que ella diera ese paso, pero de ocurrir, estaba dispuesto a mirar hacia otro lado. Mientras tanto, continuaría haciendo todo lo posible para sacar a mi familia de Cuba, pues no quería nada más que estar con mi esposa e hijos.

CAPÍTULO 21

PLAYA SANTA MARÍA

Estaba lavando unos platos en la cocina, mientras el arroz se cocinaba en el fogón, cuando oí la voz de Tania:

—Mamá, ya llegué.

Había tomado el día libre para llevar a Lynette y Gustavo al médico para un chequeo regular. Cuando Tania llegó, ellos no estaban en casa. Los había enviado a comprar un frasco de mermelada de guayaba a uno de nuestros vecinos, quien afirmaba hacerla con las guayabas más grandes y dulces que había visto durante todo el año. Bajé la temperatura de la estufa y salí a recibirla. Ella llevaba el uniforme de la escuela: blusa blanca, una falda de color mostaza, y una bufanda roja alrededor de su cuello. Cuando la abracé, ella notó el sobre que había dejado sobre la mesa. Lo recogió y al abrirlo vio una foto que su padre había enviado.

Rio estaba en un barco. Llevaba una camisa veraniega de muchos colores y el sol brillaba en las entradas de su cabello. Una mujer rubia, un poco más joven y con un vestido rojo sin tirantes, estaba parada cerca de él. Había otros dos hombres en la foto que parecían ser parte de su grupo. No estaba segura. La mujer miraba a Rio de forma provocativa y coqueta, y no con los ojos de una amiga. Ambos tenían sonrisas amplias y llevaban copas de bebida en la mano, pero también lo hacían otros hombres de la foto. Cuando la vi antes, yo me había dado cuenta inmediatamente que él y esta mujer eran más que amigos. Por mucho que me lastimara, yo misma había abierto esa puerta, dándole la opción de salir con otras mujeres. . . pero eso no lo hacía menos doloroso. Decidí eliminar esos pensamientos de mi mente. Tenía que cocinar.

—¿Quién es esta mujer, mamá? —preguntó Tania.

—No lo sé. Tal vez una amiga de tu padre.

Corría el año 1977, cinco meses después de que Tania cumpliera doce años. Ella era muy inteligente, llevaba un historial excelente en la escuela, y era muy perspicaz.

—Ella no parece una simple amiga —dijo.

Tiró la fotografía en la mesa y se fue a su habitación sin decir una palabra más.

Al día siguiente era sábado. Berta me informó inesperadamente que llevaría a Tania y a Lynette al parque. Me pareció muy inusual. Era prácticamente el único día que tenía para lavar su ropa y la de su marido, y no tenía sentido que ella desperdiciara el poco tiempo que tenía para llevar a mis hijas al parque. Me ofrecí a llevarlas, pero ella insistió en que quería pasar un tiempo a solas con las niñas. Yo sospechaba que escondían algo de mí.

Gustavo estaba afuera esperando que un avión pasara por encima de nuestra casa, algo que había convertido en su nuevo entretenimiento. Quería desesperadamente tener un padre y había desarrollado una imaginación activa. A veces le gritaba a los aviones: —¡Adiós, papá!— Había hecho una cita con el psicólogo para hablar de esto. Por mucho que había tratado de hacer la vida de mis hijos lo más normal posible, los recuerdos de su padre ausente estaban siempre allí, afectando de diferentes maneras todos los aspectos de sus vidas.

Las niñas se habían ido ya hacía un par de horas y me empezaba a preocupar que algo hubiera pasado. Finalmente, llegaron cargando una bolsa plástica. Tania y Lynette se reían con picardía cuando entraron. Era una risa que era más propia de Lynette que de Tania.

—Así que ¿dónde fueron? Pero díganme la verdad —les pregunté.

PLAYA SANTA MARÍA

—La Habana Vieja —dijo Berta—. Las niñas querían sorprenderte.

La Habana Vieja era la parte más antigua de la ciudad de La Habana.

—¿Sorprenderme? —les pregunté.

Tania me entregó la bolsa y tanto ella como Lynette me miraron ansiosas.

—Bueno, ábrelo —dijo Tania.

Abrí la bolsa y saqué sus contenidos uno por uno: el ajustador de un bikini de color verde, la parte inferior del bikini haciendo juego con el ajustador, y una botella de peróxido. Este último, según supe más tarde, lo habían comprado a una vecina.

—¿Para qué necesito todo esto? —les dije—. ¡No me puedo poner esto! Soy una mujer casada. ¿Y también quieren que me decolore mi pelo? Berta, ¿cómo se te pudo ocurrir esto?

—No me mires a mí. —dijo Berta dijo elevando sus manos—. Fue idea de Tania.

— No puedo usar un traje de baño de dos piezas —dije, mirando el bikini.

—Todavía eres joven y tienes buena forma —dijo Berta—. Esas caminatas diarias han hecho maravillas por tu cuerpo.

—¿De verdad estás sugiriendo que me ponga esto?

—¿Por qué no? —Dijo Berta—. Ya hace nueve años que Rio se fue. ¿Por qué no puedes sentirte y verte atractiva de nuevo? ¿Por qué no puedes tú también vivir tu vida?

Sabía lo que la palabra "también" quería decir, pero yo tenía valores muy arraigados. No creía que fuera apropiado que una mujer casada saliera vestida así si no iba acompañada de su marido. Pero, ¿era yo una mujer casada? Después de estar sola por nueve años a veces me sentía como si estuviera casada con la idea de un hombre. No quería ponerme el bikini, pero el brillo en los ojos de Tania me dijo que debía complacerla. No lograría nada comportándome como si no apreciara su gesto.

—Está bien —le dije después de ver el traje de baño una vez más.

Lynette y Tania saltaban repetidamente llenas de alegría. Me gustaba ver a Tania sonreír. Ella entonces puso sus brazos delgados alrededor de mí y me dio las gracias por haber estado de acuerdo en usar el bikini. Habían pasado años desde que me había abrazado tan espontáneamente. Miré a Berta y sonreí con tristeza, entonces mis ojos se volvieron a Tania. Le acaricié el pelo largo y castaño. Mi hermoso ángel. Ella llevaba su amor hacia mí por dentro, enterrándolo tan profundamente que a veces ni ella misma sabía cómo descubrirlo. Ella tenía tanto miedo de perderme (al igual que había perdido a su padre) que sus temores se elevaban y se transformaban en ira y resentimiento contra cosas que no podía controlar.

—Te quiero, Tania. Tú eres una niña buena —le dije con una sonrisa agridulce y mi voz quebrada.

—Te quiero mamá —dijo Tania, pero luego miró hacia otro lado como si estuviera avergonzada de decírmelo.

—¿Y a mí? —preguntó Lynette, colocando sus manos en su cintura.

—Por supuesto que te quiero también. Quiero a todos mis hijos por igual —le dije.

Las niñas me pidieron que las llevara a la playa el fin de semana siguiente. Gustavo no estaba contento cuando se enteró de lo que sus hermanas estaban haciendo. Me dijo que se lo iba a decir a su padre, y esto hizo reír a Berta.

Había pasado una semana desde que las niñas me habían comprado el traje de baño; esperaban con ansiedad nuestro viaje a la playa. Ese sábado, las alergias de Gustavo lo estaban molestando, pero Berta, afectada por la alegría de sus sobrinas, accedió a quedarse en casa con él. Tomamos dos autobuses para llegar a la Playa Santa María, ambos repletos de gente apretada como sardinas, piel contra piel, y las manos asiendo las barras de metal. El sudor, el calor y el calor del verano se mezclaban de manera sofocante en los vehículos de metal.

—Mamá, ¡no puedo respirar! —protestó Lynette cuando un par de nalgas muy desarrolladas de una mujer alta y grande la inmovilizaron contra el vientre de otra mujer regordeta.

Halé a Lynette hacia mí para liberarla.

—Debes tener más paciencia, mi amor. Ya casi llegamos —mentí.

Todavía estábamos muy lejos de la playa. Sabía que mientras más nos acercáramos a nuestro destino más se llenaría el autobús. Los autobuses públicos eran el medio principal de transporte y no había suficientes, lo que era más grave en los meses de verano, cuando muchas personas se dirigían a la playa.

Los carros de alquiler eran caros para el salario promedio y casi nadie poseía automóviles. Los pocos autos en la carretera eran modelos americanos de la década del 1950 u otros más nuevos de la Unión Soviética, pero los rusos estaban reservados principalmente para funcionarios del gobierno, y las piezas para los modelos americanos no estaban disponibles. Así que aquí estábamos, a la merced de esta sauna de metal, sudando profusamente, rezando por un poco de aire fresco.

Nosotros llevábamos nuestros trajes de baño debajo de las ropas que consistía una blusa sin mangas y pantalones cortos. Nuestras chancletas no eran ideales para las condiciones, y perdimos la cuenta de las veces que nos pisaron los pies. Yo llevaba una bolsa grande con nuestra merienda, agua, y ropa interior para cada una de nosotras. En un momento, pensé que iba a perder mi bolsa debido a los persistentes empujones.

El autobús prácticamente se vació en la parada de la Playa Santa María. Aseguré mi bolsa cuando nos bajamos, y nos dirigimos a los baños. Las casillas estaban todas ocupadas, pero eso no importaba. Algunas mujeres cambiaban a sus hijos delante de todos. Nosotras no tuvimos que esperar a que una casilla se abriera. Nos quitamos nuestras blusas y pantalones y nos quedamos en trajes de baño. Cuando las chicas me miraron, no podían creer lo que veían. Dejé mi pelo suelto y me lo peiné. Mi cabello decolorado complementaba mi tez blanca y el bikini verde.

—Mamá, ¡te ves muy bien! —dijo Tania.

—Sí, Mamá. Te ves muy bonita —confirmó Lynette.

—¿Ustedes creen? ¿No les parece demasiado pequeño? —les pregunté.

—Oh, no, Mamá. Está perfecto. Vamos, vámonos a la arena —dijo Tania.

Las hermanas me empujaron suavemente hacia la salida de los baños. Me sonrojé, avergonzada por mi atuendo. Habíamos caminado pocos pasos en la arena blanca y caliente cuando me di cuenta que algunos hombres me miraban. Fingí no darme cuenta. En vez de fijarme en eso, centré mi atención en la playa. A lo lejos, las aguas verdosas del mar, el cielo azul y la arena blanca bailaban juntos en un arreglo espectacular. Respiré el salitre del mar.

—Dios la bendiga, señora —un hombre con el pelo grisáceo y un acento español dijo de repente mientras que caminaba hacia mí. No era un cumplido ocasional, era más directo. Era un poco más alto que yo y llevaba un anillo de bodas en el dedo, y una cadena de oro alrededor del cuello. Seguí caminando, pero él no se daba por vencido.

—¿Puedo invitarte a una copa? —preguntó.

Este comentario me disgustó.

—¿Me puede dejar en paz? Soy una mujer casada y madre de tres hijos —declaré, visiblemente ofendida por las declaraciones del hombre. Agarré a mis hijas por sus brazos y seguí caminando. Él me siguió.

—No hay nada de malo en admirar el cuerpo de una mujer —dijo.

Me di la vuelta de nuevo, insultada por su insistencia.

—Voy a pedir ayuda si continúa siguiéndome. Vamos, niñas—. Agarré a mis hijas de las manos otra vez y caminé más rápido. Las niñas se rieron, divertidas por la atención que había generado. Eso no me hizo gracia.

—Usted no tiene que estar tan molesta. No le dije nada malo —dijo el desconocido, sin dejar de caminar detrás de mí. No lograba quitármelo de encima y estaba consiguiendo que cada vez me pusiera más molesta y agitada.

—Disculpe —escuché una segunda voz detrás de mí y me volví—. Mejor que deje a esta señora tranquila. Ella está conmigo.

Un hombre alto, sin camisa, de buena forma, con la piel bronceada, ojos verdes, y un par de shorts blancos estaba parado al lado del hombre con el acento español. Pensé que lo conocía de alguna parte. Era mucho más alto que mi admirador.

—Lo siento. No fue mi intención molestarla. Lo felicito por tener una mujer como ella. Tiene mucha suerte —dijo el hombre más bajo mientras se alejaba a paso apresurado.

—Gracias —le dije mientras miraba al hombre de ojos verdes con una mirada inquisitiva—. ¿Lo conozco?

—Sí, nos conocemos. Soy Roberto —dijo—. Yo trabajo con Antonio en la firma de ingeniería y he estado en su casa un par de veces. ¿No te acuerdas de mí? –Se detuvo y me miró con una sonrisa.

—Siempre estoy tan ocupada con los niños —le dije.

—Entiendo —dijo—. Siento que hayas tenido que tratar con alguien así. Por su acento, veo que es un extranjero. Algunos extranjeros vienen a Cuba y piensan que pueden acosar a cualquier mujer que ven.

—Tienes razón, Roberto. Así están las cosas. Lo siento, no te reconocí al principio. Ahora sí creo que recuerdo haberte visto, pero claro, tenías ropa de oficina. —Me sonrojé.

Yo había visto a muchos de los compañeros de trabajo de mi cuñado, pero no había hablado mucho con ninguno de ellos. Ahora que este señor me había dicho su nombre y había conectado los recuerdos, me di cuenta de que lo había visto en la casa con más frecuencia que a sus otros compañeros de trabajo. Berta mencionaba su nombre a menudo, pero no le había prestado mucha atención. Todo lo que sabía era que él era un buen amigo de Antonio.

—¿Y éstas son tus niñas? —preguntó.

Asentí con la cabeza y las niñas sonrieron. Él dijo que no podía creer lo mucho que las niñas habían crecido.

—Mamá, quiero ir cerca del agua y construir castillos de arena —Lynette protestó.

Me disculpé y le dije a Roberto que tenía que acompañar a las niñas.

—Mamá, no te preocupes. No tienes que venir con nosotros. Puedes hablar y vernos desde aquí —dijo Tania.

Tania era generalmente muy responsable, yo sabía que podía confiar en ella. Sin embargo, ella me había puesto en una situación difícil. ¿Qué pensaría Roberto? Ella no esperó a que yo respondiera, tomó a Lynette de la mano, y se alejó mientras le susurraba a su hermana: —Es perfecto para Mamá.

Las niñas caminaron hacia la orilla del mar y yo las seguí con la mirada.

—Lo siento, debo ir con ellas. No quiero que estén solas —les dije.

—¿Te importa si nos sentamos y hablamos por unos minutos? Te prometo que estaré al tanto de ellas y no dejaré que nada les pase —dijo Roberto.

Mis ojos seguían nerviosamente fijos en las niñas. Esperé hasta que se sentaran a la orilla del mar antes de responder.

—Bien, pero solo por unos minutos —le dije, mirando a Roberto brevemente y enfocándome en mis hijas de nuevo.

—Tienes una hermosa familia —dijo Roberto.

—Gracias —le dije—. Me da pena con ellas. No han visto a su padre desde hace años. No sé si Antonio le dijo. Mi marido está en los Estados Unidos, pero no nos han permitido salir.

PLAYA SANTA MARÍA

Había decidido explicar mi situación por adelantado, para impedir que Roberto no tuviera una idea equivocada.

—Sé lo de tu marido —dijo—. Mi esposa y mis niños también están en los Estados Unidos. Mi padre se estaba muriendo, así que ella se fue primero. Entonces se prohibió la emigración y aquí estoy. Han pasado nueve años.

Me di cuenta de la tristeza en su voz.

—Lo siento mucho —le dije—. No creo que Antonio haya mencionado eso antes. ¡Qué casualidad!

—No me parece tanta casualidad como piensas —me dijo—. Muchas familias quedaron separadas. Me sigo diciendo a mí mismo que todo sucede por una razón. ¿No te parece?

—Aún no he podido encontrar la razón para todo lo que hemos pasado. Debes sentirte frustrado.

—¿Frustrado? No, lo superé después de los primeros viajes a la Oficina de Inmigración. Entonces, me enfrenté a la realidad. Ahora, me pregunto si esta espera absurda tiene sentido. ¿Cuándo terminará? ¿Cuáles son las posibilidades de que una pareja pueda tener una relación después de tantos años de separación? —Roberto suspiró, se detuvo brevemente, y luego continuó. —La gente cambia con los años. A veces me pregunto por qué sigo engañándome a mí mismo.

Me di cuenta de lo derrotado que se sentía y de la tristeza en su expresión. Él no me miraba, sino que sus ojos estaban perdidos lejos en la distancia.

—Ah, pero no debes pensar de esa manera. Tienes una familia —le aseguré.

—Los niños pronto se olvidarán de mí. Son más o menos de la misma edad que tus hijos ahora. Mientras más años estén alejados de mí, menos relevante seré para ellos. Así son las cosas.

—Estoy seguro de que te extrañan. Tu esposa probablemente siempre les habla de ti.

Sentía lástima por Roberto.

—Tal vez tengas razón. Es bueno hablar con alguien que entienda la situación de uno.

Miré en la dirección de la playa y noté que mis hijas todavía estaban jugando en la arena. Roberto parecía darse cuenta de mi preocupación por las niñas.

—Ellas están bien. Estoy al tanto de ellas —dijo—. ¿Has pensado en volverte a casar, Laura?

—No, por el amor de Dios. Nunca. Jamás les daría un padrastro a mis hijas. Además, amo a mi marido y mis hijos necesitan a su padre. También —hice una pausa por un momento y luego bajé la voz—, yo no quiero esta Cuba para mis hijos. Quiero que tengan oportunidades. ¿Y tú, has pensado en volverte a casar?

—El pensamiento ha cruzado por mi mente. He pensado que si encontrara a una buena mujer, y si mi esposa encontrara a un buen hombre, ¿por qué no? ¿Por qué seguir agotando nuestra juventud luchando por algo que nunca puede ser? ¿Y tú, hasta cuándo lo vas a esperar? ¿Qué pasa si nunca puedes salir? ¿Entonces qué?

Me puse de pie. Nunca creí que quedarme sería una opción.

—Creo que es mejor que me vaya a ver a las niñas —dije nerviosamente. Me sentía demasiado vulnerable para continuar esa conversación.

—Ellas parecen estar bien —dijo Roberto mientras permanecía de pie y miraba en dirección a la playa, tratando de bloquear el sol de sus ojos.

—Fue un placer hablar contigo.

Traté de seguir siendo cordial y extendí la mano para estrechar la suya.

Tomó mi mano y la besó suavemente.

—El placer ha sido mío, Laura —dijo Roberto, mirándome a los ojos—. ¿Puedo verte de nuevo? ¿Quieres salir conmigo a un buen restaurante uno de estos días?

—Gracias, pero no creo que sea apropiado —le contesté.

—Lo sé, eres una mujer casada. Ya has dejado eso muy claro. Pero ¿podemos salir como amigos? ¿Cuándo fue la última vez que fuiste a un buen restaurante? —sonrió.

—Hace años —le confesé—, pero no creo que una mujer casada deba salir con un hombre que no es su marido.

Roberto, apreciando mi honestidad, dijo con una sonrisa: —Yo entiendo. Espero que tú y tus hijas disfruten el día en la playa —me dijo.

—Gracias —le dije—. Te agradezco mucho lo que hiciste por mí hoy.

Dejé a Roberto parado debajo de las palmeras y caminé en dirección a la playa. Cuando estaba cerca de mis hijas, miré atrás y me di cuenta de que todavía estaba donde lo había dejado, mirando en mi dirección. Me volví hacia la playa y centré mi atención en el castillo de arena de las niñas.

Las niñas y yo nos quedamos en la playa un par de horas. Luego, de regreso a casa, mientras estaba dentro del autobús, me sentía llena de energía. La idea de que un hombre pudiera sentirse atraído a mí me entusiasmaba. Sin embargo, tenía que actuar con precaución. Lo único que me importaba era sacar a mis hijos del país.

Cuando llegamos a casa estábamos agotados. Tania y Lynette se comieron un pedazo de pan duro y tostado que estaba detrás del refrigerador y se fueron a sus habitaciones.

Le pregunté a Berta sobre las alergias de Gustavo.

—Él tosió un poco, pero le di Benadrilina y se sintió mejor —dijo ella.

Berta parecía preocupada. Le pregunté si había pasado algo.

—Es nuestro padre. Se está poniendo peor —dijo Berta—. No sé cuánto tiempo le podremos hacer frente a esta situación. Su colchón está desintegrándose de todas las veces que se ha orinado en su cama. El suelo al lado de su cama se ha desgastado, y ahora, no vas a creer lo que pasó ahora. -Berta parecía avergonzada.

—¿Qué hizo? —le pregunté.

—Bueno, cuando te fuiste, Gustavo todavía estaba en la cama, así que me fui a mi habitación. Cuando me levanté, Papá estaba caminando desnudo por la casa. Está perdiendo el juicio.

Hizo una pausa por un momento.

—Es un problema tras otro. El otro día cuando estaba en el trabajo, los vecinos lo trajeron. Estaba perdido, y lo encontraron a un kilómetro de distancia de casa. Me da lástima con él, pero tú trabajas tantas horas y yo. .

—¿Tú qué? —le pregunté.

—Tengo cuatro meses de embarazo, Laura —dijo con una sonrisa agridulce.

—¿Por qué no me lo dijiste antes? ¿Lo sabe Antonio? —le dije, abrazándola.

—Él sabe que yo no he estado sintiéndome bien —dijo—. Soy tan delgada y pensaba que la hinchazón en mi estómago estaba relacionada con problemas femeninos. Quería decírtelo a ti primero. ¿Qué vamos a hacer?

—En primer lugar, vamos a decírselo al padre del bebé. Entonces, tú dejarás de estar parada y me dejarás a mí el asunto de la cocina. Tienes que cuidarte —le dije con una sonrisa.

—¿Qué haremos con papá, Laura? ¿Quién lo va a cuidar en esas condiciones? Ni siquiera está seguro cuando dormimos. Con su demencia, temo que pueda lastimar a uno de los niños.

Era obvio que Berta había estado pensando en la situación de nuestro padre desde hacía mucho tiempo. Yo estaba tan ocupada, trabajando doce horas al día y nunca teníamos tiempo para hablar.

—¿Qué quieres hacer?

—Tenemos que ponerlo en un hogar de ancianos —dijo Berta—. Sé que esto es difícil. No estoy sugiriendo esto sin haber considerado otras opciones. No hay ninguna. Los dos necesitamos trabajar. Nuestro padre estará mejor en un lugar

153

donde haya enfermeras que lo puedan atender. Es por eso que no estoy contenta por mi embarazo. Incluso estaba considerando un aborto.

—Oh, Berta, no digas eso de nuevo —le dije mientras la abrazaba—. Buscaremos una manera de resolver esta situación. Siempre lo hemos hecho. —Hice una pausa y me aparté de ella. —En lo que se refiere a Papá, la idea me parece horrible. No sabía lo que estaba pasando.

—Tal vez deberíamos esperar un poco más —dijo Berta—. No necesitamos tomar una decisión apresurada. No sabes lo mucho que me duele sacarlo de su propia casa.

Yo estaba de acuerdo en que debíamos esperar. Un hogar de ancianos era el último lugar adonde querría llevar a nuestro padre.

Más tarde esa noche, Berta comunicó la noticia de su embarazo a su esposo. Él tenía sentimientos encontrados sobre la noticia. Por un lado, la idea de convertirse en padre lo alegraba, pero por otra, sabía que un niño complicaría sus vidas en ese momento, sobre todo si la oportunidad de salir de Cuba se hacía realidad.

CAPÍTULO 22

MI PADRE

Aproximadamente un año `después de la primera conversación que mi hermana y yo tuvimos de mudar a nuestro padre a una residencia de ancianos, con gran pena nos vimos forzadas a tomar esta decisión. Para entonces, él pesaba más de 300 libras y apenas podía caminar. Cada día, era más difícil para mi hermana y para mí cuidarlo, especialmente por la exigencia de nuestros horarios. Berta ya había dado a luz a una niña de ocho libras. Para hacer la transición menos difícil, Berta, mis hijos, y yo lo acompañamos a su nuevo hogar.

La institución gubernamental era deprimente — se percibía el olor a amoniaco de la orina y podían verse hombres y mujeres de edad avanzada cubiertos con sábanas sucias. Tania escondió el rostro entre las manos cuando vio a un anciano caminando por los pasillos, casi desnudo. Yo quería dar la vuelta y llevarme a nuestro padre a casa, pero Berta al notarlo en mis ojos, me recordó que no teníamos otra opción. Me sentía incómoda porque no había hecho las paces con esta decisión. Él merecía terminar sus días con dignidad, pero no sabía cómo contribuir a que esto sucediera.

Pasamos un par de horas con mi padre, ayudándolo a adaptarse a su nuevo hogar. Berta habló con dos enfermeras:
—Por favor, asegúrense de que se mantenga limpio y cómodo —les dijo—. Cuando regrese mañana, les voy a traer mermelada de guayaba para ustedes y para su familia. —Las mujeres se miraron entre sí, con los ojos abiertos y acordaron que tomarían cuidado extra con él.

MI PADRE

Cuando llegó el momento de irnos, mi padre, con los ojos llenos de lágrimas, nos miró con tristeza desde su silla de ruedas.

—¿Ya se van todos y me dejan aquí? —preguntó.

Fue uno de los raros momentos de los últimos meses en que parecía lúcido. Él había sido un hombre vibrante de vida alguna vez. Le di un beso en la frente, tratando de contener las lágrimas.

—Regresaremos mañana, Papá. Te queremos —le dije.

Uno por uno, lo besamos y nos alejamos dejándolo en su silla de ruedas.

Volví a verlo al día siguiente. Todos en la familia regresamos, pero después que mi padre entró en el asilo de ancianos, ya nunca fue el mismo. Parecía que se estaba deteriorando más rápidamente y estaba visiblemente deprimido. Berta no estaba de acuerdo con mis observaciones y me dijo que me estaba imaginando esas cosas. Dijo que él estaba bien, como evitando admitir que al mudarlo para este lugar lo habíamos empujado a la depresión.

Un año después de haber colocado a nuestro padre en la residencia de ancianos, él falleció. Les dije a los niños que murió de neumonía. Tania pensaba que había muerto de tristeza.

CAPÍTULO 23

LA BICICLETA

Mis visitas a Inmigración se convirtieron en un ritual, sobre todo después que las protestas patrocinadas por el gobierno habían desaparecido. Estos viajes eran el hilo que me conectaba con mi sueño de reunir a mi familia. Tania se daba cuenta de mi tristeza cada vez que yo regresaba, pero era incapaz de expresar sus emociones. Era como si ella no tuviera sentimientos o se hubiese vuelto inmune a la desesperación de mi rutina. Le preguntaba de vez en cuando si ella me quería, y cada vez me respondía con un silencio impenetrable y se alejaba. Distanciarse de mí y mi evidente dolor se convirtió en su forma de sobrevivir.

Tania disfrutaba de su escritura y su música. Tocaba el piano durante horas, no sólo haciendo sus tareas, sino también interpretando música que escuchaba en la radio. Podía tocar de oído casi cualquier canción que escuchaba. Pensé que esto era una muestra de talento, pero el profesor de piano estaba en desacuerdo. —Mientras continúes tocando de oído, nunca te convertirás en una pianista seria —le dijo. Tania era terca. Cada vez que el profesor le presentaba una nueva pieza de música, ella se negaba a tocarla hasta que él no la ejecutara en el piano primero. Una vez que él lo hacía, ella podía tocar la pieza con poco esfuerzo.

Me había costado mucho esfuerzo convencer al profesor de piano de que continuara enseñando a Lynette después que él me aconsejó no malgastar mi dinero en lecciones para ella.

Ella asistió a clases durante varios meses, pero se burlaba del porte elegante de su profesor, sobre todo cada vez que él salía de la sala de música. Ella se ponía a hacer ademanes exagerados con las manos sobre el teclado, como si fuera a volar lejos, actitud con la que él se enojaba mucho.

—Si tu hija insiste en este comportamiento, no la voy a enseñar más —me dijo el profesor en un par de ocasiones.

Hablaba con Lynette cuando llegábamos a casa, la castigaba cuando no se portaba bien, pero era inútil. A diferencia de Tania, quien usaba las clases de piano como otra salida creativa, a Lynette le eran una fuente de comedia, encontrando humor en todos los aspectos de la vida. En esa manifestación de ser se parecía mucho a su padre.

Unos meses después de la muerte de mi padre, Berta quedó embarazada de su segunda hija, cuando la primera acababa de cumplir un año. En aquel entonces, nuestra casa estaba en tan mal estado que durante el embarazo de Berta un pedazo grande del techo le cayó encima y casi la mata. Desafortunadamente, los materiales de reparación y la pintura eran difíciles de conseguir. Un par de meses después de que Berta diera a luz, compró unas trozas de madera en el mercado negro para reforzar el techo. Era como si todo lo que nos rodeara se fuera desmoronando mientras tratábamos de aferrarnos a nuestra humanidad.

Antonio continuó escondiéndose en su cuarto sin ventanas para escuchar la estación de radio La *Voz de las Américas*, y Tania se sentaba con él frecuentemente. Tal vez escuchar esta emisora de radio de los Estados Unidos la hacía sentirse más cerca de su padre. Ella nunca me lo dijo, pero un día encontré una de las fotos de Rio oculta en su diario. Ella lo quería a pesar de estar enojada con él por su relación con otra mujer.

Mis hijos me preguntaban a menudo sobre la vida que les esperaba en los Estados Unidos. Les relataba las historias que Rio me había compartido acerca de la ciudad de Nueva

York, un lugar vibrante lleno de gente de todo el mundo, la cantidad de carros, música, restaurantes, y los altos rascacielos, que según Rio, llegaban hasta las nubes. Les dije que era un lugar donde los sueños se hacían realidad, enseñándoles una fotografía de la Estatua de la Libertad. —Un día, iremos a este lugar todos juntos —les decía.

En su diario, Tania imaginaba un lugar mágico, un lugar donde ella no tendría que esconderse para expresarse o para escuchar la Voz de las Américas, en el que pudiera viajar a cualquier parte del mundo sin restricciones o sin que nadie del CDR le preguntara adónde había ido; un lugar donde nadie pudiera decirle que su padre era un traidor.

Cuanto más leía sus diarios, más me daba cuenta del imperativo de irnos. No podía arriesgarme a que se convirtiera en una mujer en Cuba. Ella tenía mucha amargura; la vida que se había visto obligada a vivir le había hecho demasiado daño. Sentía que ella era como una olla de presión a punto de estallar, una bomba de tiempo. Cualquier adulto a quién el gobierno descubriera escribiendo las cosas que Tania escribía terminaría en la cárcel.

Nuestro barrio se había convertido en un lugar difícil para vivir, especialmente para mi familia. Con la excepción de la familia de en frente, que incluía un miembro de alto rango del Partido Comunista, y la familia a cargo del CDR, vivíamos mejor que la mayoría. Muchos en el barrio se habían dado cuenta de las diferencias y nos resentían, sobre todo sabiendo que Rio era, por definición, un traidor.

Tres profesionales vivían en nuestra casa, y a pesar de nuestro desacuerdo con el sistema y nuestra falta de participación en los trabajos voluntarios u otros deberes llamados revolucionarios, habíamos podido salir adelante, ya que los trabajos de Berta y Antonio tenían mucha demanda. Como arquitecto, Berta trabajaba para los rusos y diseñaba sus casas. Berta nos dijo que no podríamos decirle eso a nadie. Teníamos que mantenerlo en secreto, tal vez porque el gobierno les daba a los rusos casas hermosas, bien pintadas, mientras que los hogares de los cubanos se deterioraban día a día sin materiales disponibles para arreglarlos. Pero los rusos estaban agradecidos por el trabajo de Berta y mostraban su gratitud a través de regalos, como latas de galletas y pomos de perfume. A Tania le encantaban los regalos que Berta traía a casa.

Con los ingresos de tres adultos, yo podía comprar bienes en el mercado negro y alimentos del campo. Aunque económicamente, nuestra familia tenía acceso a más bienes de consumo que muchos, social y políticamente, nuestras vidas estaban más restringidas.

Los juguetes podían comprarse una sola vez al año, en el mes de enero. El que llegaba primero a los almacenes se llevaba el mejor juguete. Las cantidades y tipos de juguetes variaban. No solamente era difícil ahorrar dinero para comprarlos, con tantas otras prioridades como la comida, sino que el proceso de hacer esta compra anual era además una experiencia terrible. Uno tenía que pasar la noche esperando en línea junto a cientos de personas. El secreto para conseguir los mejores juguetes entre una oferta tan limitada era ser el primero en entrar a la tienda cuando abría. En años anteriores, yo había llegado a la línea demasiado tarde y no me había quedado otra alternativa que comprar los juguetes que nadie quería. Me entristecía ver la decepción en los ojos de Lynette y de Gustavo, porque Tania ya no se preocupaba por los juguetes, no desde que tenía siete años.

Ese año, yo fui una de las primeras en la línea, y mi esfuerzo fue recompensado. Unos minutos después la tienda abrió, yo tenía en mis manos una bicicleta roja y reluciente. Me abrí camino entre la multitud que seguía esperando su turno, evadiendo las miradas celosas de los padres que trataban de llegar al mostrador para escoger sus juguetes. Fue la única bicicleta disponible ese año y me llenaba de emoción pensando en el momento de llegar a casa y mostrársela a Gustavo. Le compré una muñeca nueva a Lynette, y después de eso se me acabó el dinero que tenía disponible para juguetes.

Los ojos de Gustavo brillaban cuando llegué con la bicicleta roja. Nunca lo había visto tan feliz. —¿Puedo montar? ¿Puedo? —Estaba brincando de alegría.

—Debes tener cuidado allá fuera. ¿De acuerdo? —Yo le advertí ya que él nunca había montado una bicicleta.

—Tendré cuidado. Te lo prometo. Gracias, Mamá.

Me dio un beso y salió con su bicicleta.

—Tania, por favor, vigila a tu hermano —le dije—. Me voy a bañar y a tratar de dormir por un par de horas. Estoy agotada.

Me fui al baño y me miré en el pequeño espejo sobre el lavabo. Tenía bolsas debajo de los ojos de la noche sin dormir, y mi ropa estaba sucia de estar sentada en el suelo y recostada contra las paredes sucias.

Era domingo por la mañana. Berta estaba en la cocina preparando el desayuno para todos. Unos niños del barrio, muchos sin camisa en una mañana fría de enero, jugaban béisbol con una pelota hecha en casa. Cuando vieron a Gustavo y su bicicleta, todos se reunieron alrededor de él como una manada de lobos rondando alrededor de carne fresca.

—¿Puedo montar? ¿Puedo montar? —Los niños gritaron casi al unísono.

—Mamá me compró la bicicleta. Quiero montarla alrededor de la cuadra —dijo Gustavo, mirando a los niños con nerviosismo. Gustavo tenía nueve años, pero era bajito y delgado, y carecía de la inteligencia callejera necesaria para sobrevivir en este barrio. Los niños tenían la tez oscura de estar al aire libre sin camisa bajo el sol. Gustavo pasaba la mayor parte de sus días adentro de la casa lo cual lo hacía lucir pálido y debilucho.

LA BICICLETA

—Muchachos, váyanse a jugar y dejen a Gustavo tranquilo —Tania gritó desde el portal cuando se dio cuenta que su hermano estaba rodeado.

Los niños se dispersaron sin muchas ganas, sólo para reunirse a unos pasos de distancia. Gustavo entonces intentó montar su bicicleta, pero se cayó un par de veces, lo que provocó la risa maliciosa de los niños. Gustavo estaba avergonzado.

—Gustavo, espera. Yo te ayudaré —gritó Tania, y corrió hacia él.

Ella sostuvo su bicicleta en su lugar, mientras trataba de mantener el equilibrio. Los niños se siguieron riendo de él, y Tania los miró desafiante. Finalmente, después de algunos intentos, Gustavo despegó con éxito. Su rostro se iluminó con orgullo, pero los niños le tiraron palos al verlo triunfar.

—Basta, o se lo voy a decir a sus madres —Tania les advirtió a los niños.

Siguieron riéndose, pero dejaron de tirar palos. Gustavo montó su bicicleta alrededor de la cuadra un par de veces. Tania se dio cuenta que los niños se habían sentado en el borde de la acera y parecían tristes al verlo pasar.

—Gustavo, ven aquí ahora —le ordenó a su hermano la próxima vez que pasó cerca de ella.

—¿Me está llamando Mamá? —preguntó. Tenía la cara roja y sudorosa.

—No, pero creo que debes dejar que los otros niños monten un rato. ¿No te parece? —le preguntó Tania.

Gustavo a regañadientes se bajó de la bicicleta. Tania les señaló a los niños que se acercaran, y ellos caminaron lentamente hacia ella con cierta aprensión. Cuando Tania les habló de sus intenciones, sus rostros se iluminaron.

—Sólo pueden montar en esta cuadra, ¿de acuerdo? —les advirtió.

LA BICICLETA

Tania le permitió a cada niño montar la bicicleta. Al igual que Gustavo, tenían dificultad al principio, pero finalmente lograron mantener el equilibrio. Todos estaban felices, incluyendo a Gustavo. Por fin, se sentía como uno de los chicos del barrio.

La felicidad de Gustavo no duró mucho. Una semana después que le compré la bicicleta, corrió dentro de la casa llorando.

—Mi bicicleta. ¡Alguien se la llevó! —exclamó.

Tania estaba ocupada en la máquina de escribir en el comedor. —¿Pero cómo? ¿Quién se la llevó? —le preguntó.

—Los niños del barrio se la robaron —dijo, con lágrimas rodando por sus mejillas.

Tania estaba furiosa. Corrió hacia la puerta de entrada y vio a Mónica, una chica de piel oscura de su misma edad, que vivía a un par de casas de nosotros al frente de la calle. Sus dos hermanas estaban con ella, y cuando vieron a Tania, comenzaron a reírse entre sí, mientras que apuntaban en la dirección de Tania. Era claro para Tania que ellas sabían algo de la bicicleta.

—Mónica, ¿sabes quién se llevó la bicicleta de Gustavo? —Tania le preguntó.

—No —dijo ella. —Incluso aunque lo supiera, no te lo diría. Me alegro de que se la hayan robado. Me alegro.

El placer de Mónica era evidente. No era la primera vez que ella había ridiculizado a Tania. Ella era una de las chicas que le decía a menudo que su padre era un traidor. Tania no pudo contenerse. Corrió hacia ella y de nuevo le preguntó dónde estaba la bicicleta. Mónica empujó a Tania y Tania y la agarró por el pelo, tirando de sus trenzas lo más duro posible, con tanta fuerza, que el pelo le estaba cortando las manos.

— ¿Te llevaste la bicicleta de mi hermano? ¡Dime dónde está! Dímelo —gritó Tania.

Dos hermanas de Mónica se metieron en la pelea y comenzaron a darle patadas a Tania. Otra hermana, que vio la pelea se unió a Mónica. Ahora, eran cuatro hermanas contra Tania. La patearon, empujaron y abofetearon, pero Tania parecía no sentir ningún dolor. Era como si su rabia la hiciera inmune al dolor. La gente en el barrio salió de sus casas, pero nadie intervino. Todos se miraban.

Tania no podía pensar. Tenía a Mónica agarrada por el cabello con una mano y continuaba golpeando a sus hermanas con la otra. Pateaba a Mónica furiosamente y parecía inmune a los golpes y patadas que estaba recibiendo, como si la cegara la adrenalina y le dictara cada movimiento. Quería que Mónica confesara, quería que se disculpara por reírse de ella y que le devolviera la bicicleta a su hermano. Ella quería que pagara por toda la humillación que su familia había sufrido.

—Deténganse todos ahora mismo —dijo la voz de una mujer detrás de ella.

Tania todavía estaba aferrada al pelo de Mónica. Una mujer alta se acercó por detrás de Tania y le agarró los brazos hasta que ella soltó el pelo de Mónica. Con los brazos inmovilizados no podía defenderse y las cuatro chicas le daban patadas y se reían.

—Así que eres la hija de ese traidor —dijo la mujer. Tania se dio cuenta de que la mujer era la madre de las niñas. —¡Mírenla, la muy perfecta!

Tania detectaba odio en su voz. Las chicas siguieron dándole patadas donde podían. Tania estaba cansada, pero aun así, se echó hacia atrás, y con sus brazos todavía sujetos por la madre de las niñas, empujó hacia adelante para tratar de liberarse, pero la mujer era más fuerte que ella. Finalmente, Tania escuchó la voz familiar de mi hermana, Berta.

—¿Qué está pasando aquí? —gritó Berta—. ¡Dejen a mi sobrina en paz! ¿Qué están haciendo?

—Tienes que enseñarle a tu sobrinita algunos modales —la madre de las cuatro chicas gritó mientras soltaba a Tania.

LA BICICLETA

La cara, los brazos, y las piernas de Tania estaban magullados y ensangrentados. Su ropa estaba rota, su pelo en desorden. Berta miró a las chicas y a su madre con disgusto, agarró a Tania de la mano, y se la llevo hacia dentro de nuestra casa. Tania iba con la cabeza en alto. Ella no quería admitir derrota. Aunque esa pelea nunca devolvió la bicicleta de Gustavo, cambió la reputación de Tania en el barrio. A partir de entonces, los niños pensaban dos veces antes de llamarle cosas feas a Gustavo.

Los rumores sobre la pelea de Tania circularon a través de su escuela. La gusana despreciable había demostrado finalmente sus verdaderos colores. A Tania no le importaba. Nunca la castigué por fajarse en la calle. Yo sabía que, si Tania no hubiera defendido a su hermano, otros niños lo hubieran seguido fastidiando por considerarlo débil. Sólo me hubiera gustado haber estado allí para defenderla.

Las contusiones de Tania no desaparecieron por unos días y fue una fuerte no haber salido de esa pelea con algún hueso roto.

CAPÍTULO 24

LOS CAMPOS

Las palmas de mis manos sudaban con anticipación cuando el autobús nos dejó a Lynette y a mí al lado de la carretera desierta. A cada lado de nosotras había campos verdes con tierra colorada y palmas reales dispersas que se perdían en la distancia. Una vez que el autobús había desaparecido, sólo quedó el silencio, interrumpido por nuestros pasos y el canto de los cucús. Yo no sabía qué camino tomar, ya que no había carteles para guiarme ni nadie a quien preguntar.

Decidí cruzar la calle e ir en la misma dirección que el autobús. Caminamos casi dos kilómetros bajo el sol ardiente, que ahora estaba alto en el cielo. Era mediodía. Habíamos perdido mucho tiempo en este viaje. Mis hombros estaban adoloridos de la carga que llevaba, y ahora no sabía a dónde iba, o si podría encontrar a Tania. Las direcciones que el personal de la escuela había proporcionado no eran lo suficientemente detalladas.

Lynette dijo que tenía sed y necesitaba ir al baño.

Respiré profundo y le pedí que esperara un poco más. Seguimos caminando sobre parches de hierbas salvajes y tierra en el lado de la carretera, levantando polvo colorado con nuestros zapatos. La vegetación se hacía más densa mientras caminábamos. Lynette empezó a caminar de una manera cómica y dijo que no podía esperar para ir al baño. Le dije que hiciera sus necesidades detrás de un arbusto y que yo me pondría delante de ella para que nadie la viera. Esa era la única opción. Una vez que terminó, continuamos caminando.

LOS CAMPOS

Después de otros cinco minutos, me pareció ver algo en la distancia. El resplandor del sol hacía difícil confirmarlo, pero parecía que había un pequeño camino de tierra, un poco más adelante, que nacía de la calle principal pavimentada. Compartí mis sospechas con Lynette y ella estuvo de acuerdo. ¡Era un camino! El verlo nos dio energía y empezamos a caminar más rápidamente. La vegetación en la carretera ahora era gruesa, como un bosque. Por fin, llegamos a la intersección. Discretamente clavado en el tronco de un gran árbol de higuera, debajo de su sombra, había un cartel de cartón improvisado con las palabras «Escuela al Campo» y una flecha apuntando hacia el camino de tierra. Lynette y yo nos sonreímos. El alivio de saber dónde estábamos, hizo que las bolsas se sintieran más ligeras que antes.

Era el segundo sábado después de la salida de Tania para la escuela al campo. Anualmente, todos los estudiantes del séptimo al duodécimo grado eran separados de sus padres y enviados a este programa durante cuarenta y cinco días. Durante este período, el gobierno obligaba a los estudiantes a trabajar en el campo aproximadamente de ocho a diez horas al día, cinco días a la semana. El Departamento de Educación requería que las escuelas mantuvieran un cierto porcentaje de asistencia, que en la escuela de Tania significaba el 100%. No asistir a esta actividad obligatoria era una marca negativa en los registros, tanto para los estudiantes como para la administración.

Lynette y yo caminamos alrededor de un kilómetro por el camino de tierra. No habíamos visto nada más que arbustos, almendros, higueras y otros árboles que no reconocía. No había señal del campamento y yo me comenzaba a impacientar, pero seguíamos caminando.

Por fin, al cabo de unos minutos más, vimos un portón de metal que marcaba la entrada del campamento. Cuando nos acercamos, nos dimos cuenta de los estudiantes que estaban dispersos en diversas áreas en el otro lado del portón, unos

LOS CAMPOS

sentados, otros de pie, sobre una ladera cubierta de hierba. No pude ver a Tania cuando entramos, aunque muchos estudiantes miraron con curiosidad en nuestra dirección. Por fin, en la distancia, me di cuenta de una mano que nos saludaba. ¡Era ella! Lynette y yo corrimos hacia Tania y ella corrió hacia nosotros. Nunca habíamos estado separadas una de la otra, y se sentía como si Tania hubiera estado fuera mucho más que diez días. La abracé primero, y ella correspondió con entusiasmo, a diferencia del modo desinteresado que tenía a menudo. Luego las hermanas se abrazaron. Lynette alzó su mano para frotar la cabeza de su hermana mayor y le dijo lo que normalmente acostumbraba:

— ¡Mi hermanita!

Era su manera de decirle a Tania que la quería.

Tania nos llevó a una serie de bancos largos, y me senté a su lado, mientras Lynette ocupaba el otro lado. Puse mis bolsas en la hierba y miré a Tania. Estaba más delgada, su piel se había bronceado por la exposición al sol. Llevaba un par de pantalones de color beige y una blusa rosada de mangas cortas. Su ropa parecía demasiado grande en ella. Le acaricié el pelo largo y castaño. Al darme cuenta de las sombras oscuras debajo de sus ojos, le bajé el párpado inferior para verificar si tenía anemia. Tania no se veía bien. Algo le estaba pasando. Ella no dijo nada al principio. Primero se quejó de la dieta diaria de chícharos con arroz. Encontraba gorgojos muertos en el arroz en cada comida. El primer día, ella no quiso comer. Al día siguiente, se dio cuenta de que, si no comía, no tendría energías para trabajar en el campo una larga jornada. Aprendió entonces a apartar los gorgojos y comerse el resto. Sus ropas de trabajo estaban todavía sucias y esperaba lavarlas el domingo, cuando se sintiera mejor.

—El doctor me dijo que tengo neumonía —dijo.

—¿Neumonía? —le pregunté—. ¿Cómo te pueden hacer trabajar con neumonía?

168

LOS CAMPOS

Ella se encogió de hombros. Negué con la cabeza y le toqué la frente. Ella no parecía tener fiebre. La enfermera le había inyectado penicilina. Me sentí muy molesta porque nadie me había llamado y decidí darle las quejas al administrador antes de irme del campamento.

—¿Cómo es la vida aquí? —le pregunté.

Ella dijo que no le gustaba. Los estudiantes dormían en literas dentro de una estructura rectangular con piso de tierra y un techo y paredes de metal. Por la noche, los mosquitos reinaban en el campamento. Se alegró de que yo le hubiera traído un pomo de repelente. A quienes no tenían este líquido para repeler mosquitos no les iba nada bien. Nos contó Tania que a una de sus compañeras de clase la picaron tantos mosquitos que tuvo una reacción alérgica grave y parecía que tenía varicela.

Los estudiantes tenían que estar de pie a la cinco de la mañana. A Tania y sus compañeros les concedían aproximadamente quince minutos para vestirse y estar listos para la inspección. Los que no pasaban la inspección eran avergonzados públicamente. Por miedo a que los ridiculizaran, muchos estudiantes en el campamento dormían en su ropa de trabajo. Los dos pares de pantalones de trabajo que Tania tenía estaban sucios de tierra reseca, ya que había llovido dos días de esa semana. Ella le dijo a su hermana:

—Mis pantalones están tan llenos de tierra seca que se pueden parar por sí solos.

Eso no estaba muy lejos de la verdad.

Ella presentaba problemas para conciliar el sueño, en parte porque se ponía sus pantalones de trabajo para dormir y eran incómodos, y en parte porque no quería dejar pasar la orden de levantarse (sin considerar el tiempo empleado para cuidarse de las picadas de los mosquitos).

A las seis de la mañana, después de un desayuno breve que consistía en un pedazo de pan y una taza de leche, Tania y sus compañeros de clase se ponían en fila delante de sus líderes designados, recitaban los lemas socialistas obligatorios, y se iban a trabajar. Ellos eran recogidos por un vagón abierto unido a un tractor alrededor de las 6:15 y llevados a los campos. El aire frío de la mañana en el vagón abierto siempre le daba escalofríos a Tania. Ella pensaba que esa fue la causa de haber contraído neumonía.

El trabajo consistía en recoger tomates o quimbombó en los campos, o arrancar las hierbas malas de las hileras largas de plantas de tomate. A veces, tenía que recoger granos de café. A cada alumno se le asignaba una cuota de un cierto número de latas de tomate, granos de café o cualquier otro vegetal que fuera asignado en el día en cuestión. Las tareas cambiaban con frecuencia. Nunca había visto a Tania hablar por tanto tiempo. Su deseo de compartir sus experiencias conmigo me agradó, aunque yo no estuviera de acuerdo con las tareas que le asignaban. Ella me mostró sus manos y le acaricié los rasguños que había recibido al arrancar las hierbas malas de los campos de tomate.

A medida que Tania hablaba, me di cuenta que Lynette estaba metiendo la mano en mis bolsas. Sacudí la cabeza, mostrando mi desacuerdo y Lynette se cruzó de brazos, poniendo una cara de enojo. Al darme cuenta de que Lynette tenía hambre, interrumpí la conversación con Tania, quien ahora había cambiado a historias sobre sus amigas.

— ¿Tienes hambre? —le pregunté a Tania—. Ya es tarde y te traje el almuerzo. Debe estar frío.

El rostro de Tania se iluminó. Luego miró hacia una de sus amigas que estaba sentada en la hierba jugando sola.

—Mamá, ¿podemos compartirla con María? —preguntó Tania—. Su padre no viene a visitarla.

La compasión de Tania me conmovió. María, una de las mejores amigas de Tania, era una muchacha alta, delgada y atractiva, con más que su cuota de problemas familiares. Su madre era una esquizofrénica y alcohólica, y su hermano menor era mudo y tenía serios problemas emocionales. Él se ponía

170

a dar brincos y a gritar. A veces, cuando Tania la visitaba, veía que el hermano de María había sido restringido con una cuerda para que no se golpeara el mismo. Le entristecía a Tania el ver lo avergonzada que María se ponía cuando su hermano tenía sus rabietas. Su padre trabajaba todo el día para darle de comer a su familia, y en las pocas ocasiones que lo vi, apenas hablaba. Entonces sólo quedaban María y su hermana. Ellas parecían ser las personas más normales en su familia, aunque ambas estaban profundamente afectadas por su situación.

María y su familia compartían un apartamento pequeño. Después que ella y su hermana se hicieran amigas de Tania y Lynette, se pasaban más tiempo en nuestra casa. Tania a menudo tocaba el piano mientras María cantaba. Tenía la voz de un ángel. Tania y María eran como hermanas, mientras que Lynette se llevaba muy bien con la hermana menor de María.

En cuanto Tania fue a pedirle a María que viniera a almorzar con nosotros, busqué dentro de mi bolsa y saqué cuatro vasijas: arroz blanco, frijoles negros, carne molida de res y plátanos fritos. Yo no creía que era suficiente para cuatro, pero empecé a dividirla lo mejor que pude, tomando la porción más pequeña para mí. Al principio, a María le daba pena almorzar con nosotros, pero Tania la convenció. Todos comimos rápidamente con grandes cucharadas a la vez.

— ¡Está deliciosa! —dijo Tania—. Gracias, Mamá.

María asintió con la cabeza.

—Estuve despierta hasta tarde cocinando el arroz y los frijoles —les dije—. Esta mañana la calenté, cociné la carne de res, y envolví toda la comida lo mejor que pude para mantenerla caliente. Lástima que está casi fría.

Tania me dijo que no me preocupara. A ella le encantaba y estaba contenta porque esa comida le recordaba a su casa.

María había hablado muy poco. Ella parecía distante, como si estuviera enterrada en sus pensamientos. Hablé de nuestra familia: de una prima de Tania que era profesora y había regresado de Angola luego de estar dos años por allá, enseñando a los niños a leer y a escribir. Le susurré a Tania:

—Creo que fue enviada allí para difundir las ideas revolucionarias.

Ella asintió con la cabeza. Dos de los compañeros de trabajo de nuestra prima habían muerto de una enfermedad desconocida. Hablamos de Berta y Gustavo. No había podido traerlo conmigo debido a sus alergias.

Terminamos nuestro almuerzo y le di a Tania las bolsas de comida que le había traído: cinco latas de leche condensada cocinadas a presión, un abridor de latas, una lata de harina fortificada lacteada (un cereal especial que ponía la leche espesa y deliciosa), galletas de los amigos rusos de Berta, plátanos, pan y otros aperitivos que Tania pudiera mantener debajo su cama. Tania le dio a María dos las latas de leche condensada y algunos plátanos. Ella quería compartir el resto de la comida, pero María se negó a aceptar algo más.

Tania y yo fuimos hasta el campamento donde Tania dormía. La ayudé a guardar la comida debajo de su litera, con todas sus otras pertenencias. Me di cuenta de la cantidad de ropa sucia que había acumulado y me ofrecí a lavarla, mientras ella regresaba con su hermana a pasar más tiempo con ella. Más tarde, cuando me reuní con las niñas, María ya no estaba allí. Tania se excusó cuando me vio, diciendo que iba al albergue y volvería pronto. Cuando regresó, traía consigo una de las latas de leche condensada que yo había traído de la casa, ya abierta, y una cuchara. Con la cocción la leche se había espesado y cambiado de color, hasta parecer un caramelo. Cuando Tania comía algunas cucharadas con verdadero placer, los ojos de Lynette seguían a la cuchara a medida que entraba y salía de la boca de su hermana. Yo le había dicho que no le pidiera comida a su hermana, pues nosotras teníamos más en casa, pero no se había podido contener.

El tiempo pasó demasiado rápido. Pronto llegó la hora de irnos, así que deje a mis hijas juntas para hablar con el director. Un hombre calvo con espejuelos salió de uno de los edificios para hablar conmigo. Me quejé de las condiciones de vida y pedí una explicación de por qué Tania se vio obligada a trabajar con neumonía.

—Compañero, usted no entiende. El Departamento de Educación tiene ciertas cuotas que se deben cumplir. No podemos violar los procedimientos existentes —explicó.

Traté de razonar con él, le pregunté si Tania podía quedarse en casa unos días hasta que se recuperara. No era posible. Tania estaba destinada a permanecer en este infierno, independientemente de su estado de salud.

Poco después de la puesta del sol, el director del campamento anunció por los altavoces que las horas de visita se habían terminado y los padres tenían que retirarse. Antes de irme, abracé fuertemente a mi hija. Ella me dejó y no se alejó de mí. La besé en la frente.

—Por favor, ten mucho cuidado. Te voy a extrañar —le dije.

—Y yo a ti —dijo.

Cuando Lynette y yo nos alejábamos, miré hacia atrás un par de veces hasta que ya no pude ver a Tania. Ella se había quedado en el portón, mirando como Lynette y yo desaparecíamos en la distancia.

CAPÍTULO 25

CENA PARA DOS

Lynette y yo estábamos paradas en la acera al frente de la escuela mirando hacia la calle donde, como en otros días, muchachos sin camisas jugaban béisbol con pelotas hechas en casa. Estábamos esperando junto a docenas de otros padres y familiares.

Estaba ansiosa. Los cuarenta y cinco días fuera de casa afectaron mucho a Tania y a sus compañeros de clase. Uno de los estudiantes no regresaría. Nadie se había dado cuenta al principio que ella faltaba; su cuerpo no fue encontrado hasta horas después en el fondo de un pozo ciego donde ella cayó, encontrando su muerte. Algunos dijeron que el pozo, el cuál medía más de cuarenta metros de profundidad, estaba cubierto de hierba, lo que hacía difícil que ella lo viera. La poca confianza que me quedaba sobre la seguridad del campamento se había evaporado, y no podía estar tranquila hasta no tener a Tania en casa de nuevo.

Por fin, vimos doblar la esquina a un autobús amarillo con las ventanas abiertas, con las manos de los estudiantes agitándose en señal de saludo. Dos autobuses más siguieron al primero, todos llenos de estudiantes bulliciosos. Busqué a Tania por las ventanas abiertas, pero había demasiados estudiantes. Tal vez ella estaba en el lado opuesto. Los autobuses se estacionaron y al primero se le permitió dejar bajar a los muchachos. Corrí hacia ellos, con mis ojos explorando a los adolescentes que felizmente saludaban a sus familiares, pero no encontraba a Tania entre ellos. Entonces oí su voz en el interior del segundo autobús. — ¡Mamá! —No podía verla. Los estudiantes comenzaron a bajarse del segundo autobús, con sus zapatos cubiertos de tierra colorada del campo. Por fin, apareció la figura delgada de Tania, tan delgada como un palillo de dientes y con su cabello castaño cayendo en ondas naturales sobre sus hombros.

Lynette y yo corrimos hacia ella y apenas la dejamos salir del autobús. Estiré mis brazos alrededor de su cuello y apreté mi cara contra la suya. — ¡Te extrañé tanto! Bienvenida a casa, mi princesa —le dije, tomándola por sorpresa. «Mi princesa» era como su padre la llamaba. A veces, la forma en que actuaba sugería que ella se lo creía. Cuando tenía nueve años, me dijo que había encontrado a un chico alto en su aula, quien le cargaba sus libros durante el camino de ocho cuadras a casa, ya que los libros eran demasiado pesados. Él llevaba haciendo esto hacía varias semanas cuando me enteré. Otras veces, cuando ella estaba escribiendo una historia, le pedía a Lynette que le trajera un vaso de agua. Su hermana siempre protestaba. —¡No soy tu sirvienta! —Pero siempre le traía el agua.

Tania y su hermana se abrazaron. Lynette la llamó "mi hermanita flaquita", haciéndola reír. Mientras yo miraba a Tania, me di cuenta de que había cambiado no sólo físicamente sino también en otras características: la confianza con que ella sonreía, la forma en que ella me dijo: Un momento mamá, permíteme decirles adiós a mis amigos. Y luego, la seguridad de sus pasos cuando ella regresó. Mientras caminábamos a casa, Tania miraba a su alrededor como si estuviera viendo al vecindario por primera vez. No parecía como la niña que se había ido de casa cuarenta y cinco días antes. Miraba a mi hija con orgullo, y, sin embargo, con tristeza, dándome cuenta de que ya había crecido.

Cuando Tania entró en nuestra casa, Gustavo, Berta, sus dos hijas, y Antonio, le dieron la bienvenida con grandes sonrisas. Yo había planeado una pequeña celebración de bienvenida. Una semana antes, yo estuve visitado a Arturo y a su

175

esposa en Güira y había cambiado jabón y otros artículos por productos de su finca. Entonces le preparé un banquete de frijoles negros, arroz blanco, plátanos y pollo. Tania me dijo que comer una comida caliente, hecha en casa, después de cuarenta y cinco días comiendo chícharos la hacía sentirse como si estuviese en el cielo. Observé con placer como ella devoraba toda la comida en cuestión de minutos. Todavía todo el mundo estaba comiendo cuando ella terminó y me dijo lo deliciosa que estaba.

Entonces, oímos un golpe en la puerta. Tania se levantó y se dirigió a abrirla. Escuché un crujido cuando se abrió y luego una voz masculina. Momentos después, Tania reapareció en el comedor con Roberto, el amigo de Antonio. Berta y Antonio quedaron sorprendidos de verlo y le pidieron que se sentara a almorzar con nosotros. A nuestra insistencia, Roberto se sentó a la mesa mientras que Berta fue a la cocina para traerle un plato. Roberto estaba bien vestido, con una camisa blanca perfectamente planchada, pantalones azules y su pelo peinado pulcramente.

—Déjame que te traiga un vaso de agua —le dije, y me dirigí a la cocina. Berta y yo nos pasamos en el camino. Ella llevaba un plato lleno de frijoles negros humeantes, arroz blanco, pollo y plátanos y lo colocó delante de Roberto. Momentos más tarde, le traje un vaso alto, con agua fría.

No había visto mucho a Roberto desde el día en que nos cruzamos en la playa de Santa María. Las pocas veces que lo vi, él y Antonio estaban absortos en proyectos de ingeniería o en discusiones políticas.

—Vamos, chico, come —dijo Antonio—. Yo nunca te he visto tímido.

Roberto sonrió y se comió una cucharada de arroz y frijoles. Celebró la comida y dijo que no había comido tan bien en mucho tiempo. Tuvimos un almuerzo agradable, excepto por la mala conducta ocasionada por Gustavo. Él seguía jugando con su plato y lo tuve que regañar un par de veces. Tenía un pobre apetito, lo que hacía difícil encontrar comida adecuada para él. Lo último que me hacía falta era ver a Gustavo jugar con la comida que me costaba tanto trabajo obtener.

— ¿Has sabido de tu esposa e hijos últimamente? —le pregunté a Roberto, tratando de mostrar un poco de cortesía. Hasta entonces, yo había permanecido prácticamente en silencio.

—Me escribió recientemente. Ella y los niños están bien. ¿Y qué hay de tu marido?

—Está bien —le dije—. Me envió fotos suyas en Disney World, un parque muy bonito en la Florida.

No eran las palabras que quería decir, pero fueron las que me salieron, con cierto resentimiento. Berta, notando el curso que la conversación, se levantó y salió del comedor.

—Niños, ¿me pueden ayudar con los platos? —dijo Berta.

Mis hijos ayudaron a Berta con los platos y Antonio se llevó a sus hijas al baño a lavarles las manos y la cara. Roberto y yo estábamos solos, y me sentía un poco incómoda.

—Tu marido parece estar disfrutando, Laura. Deberías hacer lo mismo — dijo Roberto, de una manera natural.

—No tengo tiempo para mí. Tengo tres hijos por los cuales preocuparme —le dije.

—¿Te gustaría ir conmigo a un buen restaurante? —dijo de repente—. Por favor, no digas que no. Sé bien tu posición y la respeto. Vamos a salir como amigos.

—No sé —le dije. Recordé las palabras de Berta el día anterior, cuando yo había estado preparando la comida de Tania para el día siguiente: Deja de actuar como si fueras la Madre Teresa, vive un poco.

Roberto se mudó para la silla más cercana a la mía y, aprovechando mi vacilación, insistió en la invitación a salir. Ahora que habíamos quedado solos, parecía más firme. Me pregunté si Berta había planeado esto.

—Insisto. Escucha, yo te recogeré mañana por la noche a las siete y no voy a aceptar una respuesta negativa —dijo.

CENA PARA DOS

Respiré profundo. ¿Qué había de malo en que saliera a cenar con alguien, después de estar sola por nueve años? A veces no entendía por qué era tan dura conmigo misma.

—Bien. Vamos a salir, pero sólo como amigos. ¿De acuerdo? —le dije. No acepté la invitación porque tuviera muchas ganas de salir, pero sentía cierta compasión por Roberto, quien estaba más solo que yo; después de todo, yo tenía a mis hijos y a la familia de mi hermana, pero él no tenía a nadie.

Roberto estuvo de acuerdo. Saldríamos como amigos. Me puse de pie.

— ¿Dónde están todos? —le pregunté. —Déjame ir a la cocina y ver lo que está pasando.

Berta estaba lavando los platos en la cocina. Ella y Antonio no habían querido interrumpir nuestra conversación y les habían pedido a mis niñas y a Gustavo que llevaran a sus hijas a su cuarto para que jugaran con ellas allí. Antonio estaba acostado tratando de leer un libro, pero Gustavo no paraba de saltar en la cama para ganar su atención. Antonio apenas había logrado leer un par de páginas cuando entré y le dije a Gustavo que saliera a jugar afuera.

Momentos más tarde, Roberto y Antonio estaban revisando algunos dibujos sobre una taza de café y después que terminaron Roberto se fue.

Al día siguiente, él llegó puntualmente a las siete de la tarde. Llevaba un saco gris, camisa blanca y pantalones negros de vestir. Les había explicado a mis hijas que Roberto y yo íbamos a salir como amigos, pero ellas me miraron con una chispa de malicia. Anteriormente, las chicas me habían ayudado a seleccionar la ropa para esa noche. Me puse un vestido negro de cóctel sin mangas, de hechura simple, y tacones negros. Tania coloreó mi pelo de rubio para cubrir las raíces blancas. Mientras ellas me ayudaron a prepararme, sentí como si yo fuera uno de sus proyectos de escuela, en vez de su madre. Con el pelo y el maquillaje estaba irreconocible, y las dos se mostraron contentas con su trabajo.

—Te ves hermosa, — dijo Roberto, al verme entrar en la sala, con Tania y Lynette caminando detrás de mí.

—Gracias. Te ves muy elegante también. Las niñas encontraron este vestido viejo —le dije—, mirando a mis hijas y tornando la cabeza de un lado al otro. No me he vestido así hace tantos años. Me siento muy incómoda. Casi no puedo caminar en estos tacones.

—Te ves realmente muy bella esta noche. Tus hijas hicieron un gran trabajo—. Él sonrió y las chicas se rieron. Besé a mis hijas y me despedí de ellas. Roberto y yo salimos al portal, donde Berta y Antonio estaban sentados en sus sillones.

—Dios mío. ¡Mira que bien te ves! Espero que los dos la pasen muy bien —dijo Berta. Antonio no dijo nada, excepto adiós.

—Así que, ¿a dónde vamos? —le dije mientras caminábamos por la calle Zapote. El sol, opacándose en el oeste, había coloreado la tarde de un rico color naranja.

—Es una sorpresa. Todo lo que puedo decir es que vamos a tener un tiempo maravilloso.

Cuando llegamos a la parada del autobús, tomamos el número 37. Era domingo por la noche, y tuvimos la suerte de que el ómnibus no llegara muy lleno. Estuvimos de pie durante cinco minutos, aferrados a las barras de metal, hasta que dos viajeros se levantaron de sus asientos. Nos sentamos y hablamos sobre el estado del tiempo y nuestras familias, una conversación cómoda. Roberto se levantó en una de las paradas, en el barrio de El Vedado.

—Estamos aquí —anunció. El autobús se había detenido cerca de la Avenida 17 y la calle M.

Nos bajamos y sólo habíamos caminado unos pasos, cuando se volvió hacia mí y me preguntó cortésmente:

—Señorita, ¿le puedo ofrecer mi brazo?

Acepté su brazo derecho. En poco tiempo estábamos frente al edificio FOCSA, un rascacielos.

— ¿A dónde me llevas? —le pregunté.

179

CENA PARA DOS

—Sólo ven conmigo. Ya verás —dijo. Entramos al edificio y luego a los ascensores. Roberto oprimió el número 25.

El ascensor, pequeño y acogedor, estaba débilmente iluminado por luces amarillas. Sentí un cosquilleo en el estómago cuando el ascensor subió al vigésimo quinto piso. Cuando se abrieron las puertas, Roberto, con mi mano todavía en su brazo, se acercó a la operadora que estaba parada en la entrada del restaurante, a pocos metros del ascensor.

—Tengo una reservación para dos —dijo.

La operadora le preguntó por su nombre y él contestó afablemente:

—Bienvenidos a La Torre. Su reservación está lista. Alguien los acompañará a su mesa.

Las palmas de mis manos estaban sudorosas. Todo a mi alrededor parecía tan lujoso. Las vistas panorámicas de La Habana, visibles a través de las paredes de cristal del restaurante, eran impresionantes. Nunca imaginé que La Habana se viera tan bella de noche. Sus luces, desigualmente distribuidas, morían en El Malecón, donde el cielo y el mar se unían en la nada infinita. Edificios altos con diversos estilos de arquitectura, incluyendo neoclásico, barroco y colonial, estaban majestuosamente desafiando su estado de abandono. Los edificios más pequeños descansaban tranquilamente en la distancia, iluminados por luces amarillas.

La idea de disfrutar una comida en este lugar tan exclusivo me hacía sentir incómoda, especialmente cuando pensé en mis hijos. Yo nunca podría permitirme el lujo de llevarlos a un lugar así. ¿Por qué Roberto estaba gastando una pequeña fortuna para darme este placer? Respiré profundo. Necesitaba relajarme y disfrutar.

Un camarero vestido con una chaqueta blanca nos llevó a una mesa con vistas a la ciudad. Un mantel exquisito, de tela blanca, y un conjunto completo de vajilla brillante adornaban la mesa cuadrada, mientras en su centro la luz de una vela quemaba lentamente dentro de una lámpara de vidrio grueso. El menú incluía una amplia selección de platos internacionales. Nos tomamos unos minutos para revisarlo, entonces pedimos nuestra comida. Una música suave tocaba en el fondo, mientras nosotros nos adentramos en una conversación animada. Lo hacía reír con historias sobre mis hijos, que él atendió con suma delicadeza. Hablamos acerca de los lugares que habíamos visitado años antes y sobre nuestras opciones de carrera. Disfrutamos estar el uno con el otro.

Al final de la comida, el camarero nos preguntó si queríamos postre. —No, gracias —le dije con la mayor cortesía. No quería que Roberto continuara gastando sus ahorros conmigo. Él insistió, eligiendo un postre que adivinó me iba a gustar, hecho con miel, natilla y almendras. Estaba realmente delicioso. Él hizo todo lo posible por hacerme sentir como una princesa y yo no le podía agradecer suficientemente por un momento tan maravilloso.

Cuando salimos del restaurante, ya eran más de las diez.

— ¿Podemos dar un paseo por la orilla del mar? —preguntó.

—Es muy tarde. Debo ir a casa —le dije— por temor a lo que pudiera suceder si nos encontrábamos solos.

—Vamos a dar un paseo corto. Te gustará. Te lo prometo.

Yo sonreí y asentí con la cabeza.

Caminamos lentamente hacia el mar. La brisa cálida y el olor de salitre me relajaban. Unos amantes sentados en el muro del Malecón contemplaban la costa, tal vez soñando. Cuando estábamos por fin frente a la inmensidad del océano, cerré los ojos para capturar el momento. Durante un minuto, me imaginé que un gran barco me rescataba de la cárcel en que Cuba se había convertido y me llevaba a tierras más allá del mar.

— ¿Qué estás pensando? —dijo, interrumpiendo mis pensamientos.

—Oh, no es nada. Estoy imaginando como sería cruzar esas aguas.

Sonreí tímidamente.

— ¿Lo extrañas?

Por primera vez en la noche, él había tocado el tema de mi marido.

—Sí —le respondí, con un tono de tristeza.

— ¿Crees que te ama tanto como tú a él?

Bajé la vista. Yo no quería responder a esa pregunta. ¿Cómo podría? Durante nueve largos años había llorado por él. Perderlo en las garras de la muerte habría sido preferible que vivir mi vida separada de él; hubiera sido más definitivo, más concluyente. Año tras año, él me juraba que me amaba, pero me costaba creerlo cuando lo imaginaba en los brazos de alguna amante. Las lágrimas llenaron mis ojos, y antes de poder contenerme, comencé a sollozar incontrolablemente.

—Lo siento. No era mi intención entristecerte —dijo, como si temiera haber arruinado una noche perfecta. Entonces, inesperadamente, colocó sus brazos suavemente alrededor de mi cintura y besó mi pelo.

—He esperado tanto tiempo para estar cerca de ti. Durante años, he notado tu sufrimiento, que es mi sufrimiento. Te he observado en silencio. Mi deseo de consolarte crecía al verte derramar lágrimas por él —me dijo.

Sostuvo tiernamente mi cara entre sus manos, acariciándome, como tratando de borrar de mí la tristeza. Estaba tan cerca que el aire que respirábamos chocaba suavemente. Yo temblaba de miedo cuando sentí su toque. Temía dejarme ir a mí misma, perder el control, permitirle que conquistara mi corazón.

Finalmente, siendo incapaz de contenerse, besó mis labios apasionadamente. Sentí su calor, su desesperación. Me entregué al principio, su cuerpo pegado al mío, sus brazos firmemente alrededor de mi cintura. Pero mientras Roberto me besaba, inconscientemente cerré los ojos para convencerme de que era Rio quien me estaba besando. Necesitaba creer que era él. El placer que sentía me aterrorizaba. En cierto modo, después de estar sola tantos años, la idea de ser amada y deseada por alguien como este hombre me atraía. Entonces pensé en mi marido y en los años felices que habíamos tenido. ¿Cómo podría Roberto esperar que yo le diera mi corazón, cuando pertenecía a otra persona? Roberto me había traído, sin saberlo, al paseo marítimo de La Habana donde, no muy lejos, estaba el lugar donde Rio me pidió que me casara con él. Sin yo proponérmelo, todo lo que podía hacer era pensar en Rio.

—No puedo Roberto. No puedo.

Di un paso atrás, liberándome de sus brazos.

— ¿Por qué? ¿Por qué no? —preguntó.

—Esto fue un error —le dije—. Nunca debería haber aceptado tu invitación.

—No, es mi culpa. Lo siento, Laura. Rompí tu promesa. Pensé que iba a ser capaz de estar cerca de ti y controlar mis impulsos. Pero hay un hecho simple que me he estado negando a mí mismo. Te amo —dijo.

—Tú no me puedes amar. Tu soledad está haciendo que confundas tus emociones. Tienes una hermosa familia —le dije, secándome las lágrimas.

—Al principio pensé que era verdad. Pensé que estaba confundido. Pero no, ya no. Esta noche, mientras te contemplaba durante nuestra cena, yo lo supe. Tus ojos, tu amor por tu familia, y hasta tu lealtad a un hombre que no te merece. . . Supe entonces que no estaba confundido.

Una lágrima rodó por su mejilla.

—Estoy cansado de vivir solo —dijo—. ¿No lo estás tú también?

—Es mejor si nos vamos —le dije—. Por mucho que quisiera amarte, tú sabes que yo no puedo. Por favor, entiende.

Estaba claro que Roberto no quería entender. Caminamos hasta la parada del autobús en silencio, y se mantuvo así hasta que llegamos a mi casa.

CENA PARA DOS

—Gracias por la deliciosa cena. La pasé muy bien contigo —le dije. Luego, dándome cuenta de su tristeza, le supliqué: —Por favor, no te enfades conmigo.

—No estoy enojado —dijo—. No es tu culpa. Buenas noches.

Le dije buenas noches y lo vi alejarse con la cabeza baja. Esperé hasta que desapareciera en la distancia, para entrar a mi casa.

CAPÍTULO 26

NO PUEDO DEJARLO IR

Desde el momento en que entré, varias pistas me dijeron que la electricidad había faltado por un rato: el olor fuerte a luz brillante en toda la casa, la lámpara china sobre la mesa del comedor, la recolección de agua en la parte inferior del viejo refrigerador verde de marca Frigidaire. Antes de tener la oportunidad de servirme un poco de agua, la puerta del cuarto de Berta se abrió. Ella salió abrochándose la bata de casa azul y bostezando.

— ¿Acabas de llegar? —dijo Berta, cerrando la puerta detrás de ella y mirando la hora en el reloj de cuerda, en el mostrador de la cocina. Era casi la medianoche.

—Sí —le dije en voz baja.

—Vamos a la sala —dijo mi hermana—. Quiero saber cómo te fue en tu cita.

Le susurré al oído: —No fue una cita. Deja de imitar a mis hijas.

Me miró como si no creyera y me hizo seña para que la siguiera a la sala. Nos sentamos en dos sillas cerca de la ventana, donde la luz de la luna entraba por las persianas abiertas.

—Bueno, dime. ¿Qué pasó? —dijo Berta.

Actuaba como una adolescente hablando con una amiga.

—¿Qué quieres que te diga? —le pregunté—. Tuvimos una buena cena. Eso es todo.

Berta me conocía bien. Ella sólo tenía que mirarme para saber cuándo yo le estaba mintiendo.

—¿Te besó? —preguntó.

—¿Me estás interrogando? —le pregunté—. ¿Por qué crees que me dio un beso? ¿Hay algo que sabes que yo no sepa?

—Bueno. Ya sabes, los hombres hablan. Sé que le gustas. Entonces, dime. ¿Te besó?

Berta sonrió con una expresión traviesa, casi juvenil. Respiré profundo.

—Sí, él me besó —le dije—, pero yo retrocedí. ¿Qué clase de mujer crees que soy?

—Una mujer normal —dijo Berta, encogiéndose de hombros.

—Berta, te voy a ser franca —le dije—. Cuando él me besó, yo no lo esperaba. Fue tan repentino. No puedo mentirte. Me gustó mucho, en parte porque cuando cerré los ojos me imaginaba que era Rio quien me estaba besando. Además, ¿qué se puede esperar? Hacía años que no sentía la intimidad de un beso. No sé qué decirte. Él es un buen hombre. Si las circunstancias fueran diferentes, yo definitivamente lo consideraría como a alguien a quien pudiera amar un día. Pero no puedo, no ahora. Mi vida es demasiado complicada. Además, yo amo a mi esposo.

Berta sacudió la cabeza y se cruzó de brazos.

— ¡No puedo creer esto! ¿Crees que si continúas diciéndote a ti misma que amas a Rio, lo vas a creer? —preguntó Berta—. ¿Cómo puedes amarlo después de todos estos años, sobre todo sabiendo que tiene amantes?

—Sabes perfectamente los términos de esas relaciones —le dije—. Rio nunca dejará a su familia, no por causa de ninguna mujer. Adora a sus hijos.

Me quedé en silencio por un momento. Pensativa, miré afuera a través de las persianas abiertas, y luego regresé mi atención a Berta. —Es irónico, ¿sabes? La única cosa que siempre quiso tener en la vida era una familia. Desde que murió su padre, eso es todo lo que soñaba. Y ahora míralo. Sus hijos están creciendo sin él.

—Laura, no puedes destruir tu vida de piedad por él —dijo Berta.

—Es más que eso —le dije—. Rio fue abandonado una vez cuando su madre lo dejó en el orfelinato. Yo no lo voy a abandonar. Llámame irracional, pero cada vez que veo a mis hijos, lo veo a él en ellos. Algo me dice que vamos a estar juntos un día. El gobierno está permitiendo que las personas con familiares en los Estados Unidos salgan. Hay una larga espera, lo sé. Pueden pasar meses, incluso años. Pero si he esperado tanto tiempo, ¿por qué no esperar un poco más? ¿Crees que yo quiero ver a mis hijos vivir y criar a su familia en un lugar como este? Mira a la pobre Tania, obligada a trabajar en los campos a larga distancia de nosotros, y tu marido, que tiene que esconderse para escuchar una emisora de radio. ¿Es eso lo que quieres para tus hijos?

—Está bien, entiendo tu punto de vista—dijo Berta—. No me gusta verte triste todo el tiempo. Estás consumiendo tu juventud y eso no es justo. ¿Qué hay de malo en tener una relación con él, ahora con en el entendimiento mutuo de que un día te irás? ¿No es eso lo que está haciendo tu marido?

—Yo no quiero romper el corazón de Roberto —le dije—. ¿Y si nos enamoramos? Su familia lo necesita. Un día, él se irá también. Él no puede cambiar su libertad por mí, ni yo tampoco por él.

Berta bostezó, como desencantada del rumbo de la conversación.

—Yo trato y trato, pero no puedo arreglar el mundo —dijo—. Oh, bueno. Tal vez tengas razón. Vamos a dormir. Se está haciendo tarde y tenemos que levantarnos en pocas horas. Me alegro de que la hayas pasado bien. Buenas noches, Laura.

Berta volvió a su habitación y me quedé sentada al lado de las persianas abiertas. Si esa noche me había demostrado algo, era que yo nunca dejaría a Rio. Les debía a mis hijos el concentrarme solamente en nuestra salida. Yo había descubierto que los seres humanos teníamos una gran capacidad de adaptación y de sobrevivir. Los dos, Roberto y yo, habíamos demostrado que éramos sobrevivientes. Nuestros caminos se habían cruzado, pero nunca estaban destinados a unirse.

CAPÍTULO 27

SÓLO EN MIAMI

Recogí mi equipo de fumigación como hacía todos los días, y salí de mi apartamento para el trabajo. Cuando me senté en el viejo Pontiac azul, revisé la lista de clientes que necesitaba visitar ese día y le asigné a cada uno un número basado en su ubicación. Yo vivía en el área de Hialeah, y una de las casas en la lista estaba a unos veinticinco kilómetros de distancia. Me aseguré de tener suficientes productos debido al tamaño de esta casa en particular.

Yo les mostraba a mis clientes una fachada de alguien amable y feliz, y ellos respondían diciéndome que les gustaba mi sentido del humor. Había descubierto a través de los años que, si yo me decía que era feliz, podía engañarme a mí mismo y creer que lo era. Alrededor del mediodía, después de completar algunos proyectos pequeños, llegué a la imponente residencia, que, para mí, se parecía más a un castillo. Era una mansión blanca de dos pisos con un elaborado techo de tejas rojas, una fuente impresionante en el frente y un pequeño lago en uno de los lados. Me di cuenta de que había una pata madre y tres paticos saliendo del agua. Me detuve brevemente para admirar las aves, los hermosos jardines que rodean el lago y los senderos de piedras. En la entrada de la casa, tres escalones conducían hasta un portal delantero. Yo no sabía mucho de estilos arquitectónicos, pero la casa se parecía a las que yo había visto en el sur de España cuando me aventuré a ir cerca del Mediterráneo.

SÓLO EN MIAMI

Cuando llegué a la terraza, un portero apareció y me preguntó, en un tono áspero, lo que quería. Le dije que había sido enviado por mi empleador a fumigar la casa. El portero me dejó entrar, me dijo que empezara con el segundo piso, y me llevó a las escaleras, todo el tiempo mirándome con cara de pocos amigos.

Caminé hacia la hermosa escalera de mármol blanco con los pasamanos de madera barnizada, adornados a juego con los que yo había visto en la entrada. Cuando llegué al segundo piso, noté un pasillo largo con habitaciones a cada lado; conté un total de ocho. Podía oír voces desde el interior de algunas de las habitaciones. Discretamente, toqué a la puerta a mi izquierda y muy pronto apareció un hombre. Me presenté y el hombre dijo que me estaba esperando. Él tendría unos cuarenta y cinco años, delgado, de una fisonomía fuerte y tez oscura. Me abrió paso para que entrara en la habitación. Delante de mí estaba una hermosa biblioteca: libros de pared a pared a un lado, un escritorio ejecutivo de madera oscura, y dos lujosos sofás de color carmelita con cojines rojos. Empecé a trabajar y el hombre me siguió.

— ¿Eres de Cuba? —me preguntó.

—Sí, señor —le dije.

Se quedó en silencio por un momento mientras miraba como yo aplicaba los productos químicos y luego me preguntó si tenía parientes en Cuba.

—Sí, mi esposa, tres hijos, mi madre, y varios tíos y primos. No he podido verlos en casi diez años —le dije.

Quería saber por qué mi familia y yo estábamos separados; le di una versión corta mientras me concentraba en el trabajo. Terminé de fumigar la habitación y entré en un baño que parecía ser de un estilo romano. Nunca había visto un baño tan lindo, aunque había fumigado cientos de casas. El hombre continuó siguiéndome. Entré en un amplio closet, bien organizado, que era del tamaño de mi habitación.

—Ten cuidado con la ropa —me advirtió.

—Por supuesto —le dije.

Me preguntó mi nombre. Le respondí: —Rio, señor.

Dijo que también él era cubano y aunque no lo contradije, no me pareció esa su nacionalidad y más bien lo asocié con algún pueblo de América del Sur, aunque no podía definir alguno en particular. Tal vez me causó esa impresión por la forma lenta y calculada en la que hablaba, tan diferente a la forma rápida en que lo hacíamos la mayoría de los cubanos.

—Rio, ¿te gustaría visitar Cuba para ver a tu familia? —preguntó. —Veo que extrañas mucho a tu mujer y a tus hijos.

—Sí, señor —le dije. —Eso es lo que más quiero en mi vida, pero ir a verlos es un sueño. Hasta ahora, ni teniendo el dinero, me hubieran permitido ir de visita. Como usted sabe, a los cubanos no se les permitía volver. En el último par de meses, los viajes de la Comunidad comenzaron, y la gente puede volver a ver a sus familias, pero es muy caro. Será un largo tiempo antes de que pueda ahorrar suficiente dinero.

Él me miró con más curiosidad que antes, se rascó la oreja, y me preguntó:

— ¿Tienes alguna mujer aquí en los Estados Unidos?

Le dije que hubo una cuando vivía en la ciudad de New Jersey. Ella era parte del pasado ahora. Nada serio. Me sentía solo. Cuanto más yo hablaba, más interesado se mostraba.

—Rio, siéntate y deja de caminar con todo ese equipo —dijo.

Señaló a una silla roja. El rojo era el color predominante en toda la casa.

—No me puedo sentar —le dije—. Si tomo demasiado tiempo, voy a ser despedido.

—Rio, siéntate y escúchame —insistió—. Cuando termine, me dices sí o no.

Sus palabras despertaron mi curiosidad. Dejé mi equipo y me senté, intrigado y nervioso al mismo tiempo. No es que tuviera muchas opciones. Él no parecía el tipo de persona que aceptaba un no fácilmente.

SÓLO EN MIAMI

—Escucha, Rio —dijo, mirándome a los ojos, como midiendo claramente cada uno de mis movimientos. —Mi esposa va a Cuba en marzo. No puedo ir con ella; tengo un negocio que atender. Además, aun si no tuviera el negocio, no podría volver. El gobierno cubano me mataría. En 1961 luché contra el gobierno de Castro en la Bahía de Cochinos. Como puedes entender, regresar significaría una sentencia de muerte para mí.

Le sonreí y le expliqué que yo también había luchado en la Bahía de Cochinos, pero en el lado opuesto. En aquel tiempo, le dije, luché por el gobierno cubano, pero cuando me di cuenta de que Cuba se estaba volviendo comunista, decidí que ese sistema no era para mí. Disfrutaba demasiado la libertad.

—Yo era un muchacho en ese entonces y ansioso de pelear en una guerra —le expliqué.

El hombre sonrió, creo que entendiendo. Dijo que sabía cómo Castro había engañado a muchas personas.

—Oye, Rio, no te he dado mi nombre —dijo—. La gente me llama "Meñique," ya sabes, como el dedo más chico. La gente me llama así debido a mi tamaño, pero no dejes que eso te engañe. Soy muy rápido con mi pistola.

Hizo una pausa, levantó su camisa y señaló con una sonrisa el arma que llevaba consigo. —No te preocupes, yo soy el mejor amigo que puedes tener. También puedo ser el peor de los enemigos.

Yo no estaba seguro de lo que quería decir, ni por qué me mostraba esa repentina confianza. ¿Quería ayudarme o amenazarme? Meñique se detuvo un momento. Era como si estuviera leyendo mi reacción.

—Mira, sé que hablo demasiado, pero necesito que entiendas quién soy y a dónde voy con esto —dijo—. Como ya te he dicho, mi esposa quiere ir a Cuba y llevará a nuestros hijos con ella. Ella quiere ir a ver a su madre. Soy un hombre muy celoso, pero quiero asegurarme de que no le pase nada a ella. Yo no soy un hombre muy confiado, pero por alguna razón, yo confío en ti. Esta es mi propuesta. Ve con ella, ayúdala con el equipaje y los niños. Te voy a dar 300 dólares para el pasaporte y la visa. Voy a pagar todos tus gastos de viaje y te daré 200 más para tu familia. Vivirás aquí con nosotros. Te voy a contratar como guardaespaldas de mi familia. Hay dos dormitorios bien equipados cerca de la habitación de los niños. Puedes escoger uno. Te daré un día libre por semana para tus asuntos personales. Teniendo en cuenta que no tienes familia en Miami, espero que este arreglo no sea un problema.

Meñique me dio instrucciones adicionales sobre dónde ir para obtener el pasaporte. Me quedé en silencio.

—Bueno, no estás diciendo nada —dijo—. ¿Qué piensas de mi propuesta?

—Lo siento, señor. Estoy confundido y agradecido al mismo tiempo. Usted no me conoce, ¿y usted me está confiando a su familia?

—No necesito conocerte para saber que puedo confiar en ti —respondió—. Sólo tengo que mirar a un hombre a los ojos para saber lo que está pensando y como es. Después de luchar en la Bahía de Cochinos, fui a una escuela y me hice agente de la CIA. Entonces fui a Vietnam, donde fui herido gravemente. Cuando regresé, estaba incapacitado. La guerra de la Bahía de Cochinos me dañó física y mentalmente, pero Vietnam me volvió loco. Tomo pastillas para los nervios. Estoy mejor ahora, pero no completamente. Bueno, no quiero hablar más de mí. El punto es que yo sé leer a las personas. ¿Qué piensas de mi propuesta?

—Señor —le dije—. Nunca le he tenido miedo a nada, ni tengo nada que perder.

Meñique sonrió. —Creo que tú y yo vamos a ser muy buenos amigos. Necesito que me des tu información para saber dónde contactarte. Ahora te traigo los $ 300 para el pasaporte.

Me puse de pie. —Bueno, debo terminar de trabajar —le dije.

—No tienes que terminar. Cuando te mudes puedes hacer el resto.

SÓLO EN MIAMI

Salí de la casa con una sonrisa enorme, aunque en el fondo estaba un poco nervioso, sin saber qué esperar. La idea de volver a ver a mi familia después de tantos años acabó con cualquier preocupación sobre este inusual e inesperado arreglo. No sabía exactamente cuando debía mudarme. Ese detalle no había sido discutido. Todo había sido muy informal y repentino.

Después, me comuniqué por teléfono con Meñique regularmente, manteniéndolo informado de mi progreso con los preparativos del viaje. Los trabajos no eran fáciles de encontrar, así que me quedé con el que tenía mientras esperaba por las visas y el pasaporte. Un día, durante una de mis llamadas, me preguntó cuándo pensaba mudarme.

—Cuando quieras —le dije.

—Entonces mañana mismo.

Renuncié a mi trabajo. Yo estaba en un alquiler de mes a mes y llamé al dueño para decirle que me iba. En cuanto a mis pertenencias personales, yo no tenía nada que valiera la pena que no cupiera en mi automóvil. Empaqué unas cuantas cajas esa noche, y lo que no pude llevarme se lo doné a una organización benéfica.

Cuando llegué a la casa de Meñique la mañana siguiente como acordamos, él con su esposa y dos niños gemelos bajaron a recibirme. Ella era la típica mujer cubana, pelo largo y negro, cuerpo curvilíneo, con una sonrisa provocativa. Olía a perfume caro y llevaba tres brazaletes de oro elaborados alrededor de su muñeca. Parecía una diosa. Tras ella, los dos muchachos, de pelo negro al igual que sus padres, se rieron y empezaron a jugar entre ellos.

—Rio, esta es mi esposa, Vanessa —dijo Meñique—. Todo en esta casa está a tu disposición menos ella. Ella es mía, y el que le trate de poner un dedo encima está muerto. —Lo dijo en tono de broma, pero yo sabía que hablaba en serio—. José, ven y ayúdale con sus cosas. Rio va a vivir con nosotros.

194

SÓLO EN MIAMI

José apareció y lo reconocí de inmediato. Fue el portero o guardia de seguridad (que no estaba seguro) a quien había visto la primera vez que visité la casa. Su pelo sal y pimienta y las arrugas alrededor de sus ojos me dijeron que tendría probablemente unos cincuenta años. Mis ojos se enfocaron brevemente en una larga cicatriz en su cuello que no había notado cuando lo conocí. Me miró con ojos desconfiados y de mala gana tomó dos de mis maletas para llevarlas a la planta alta. Me asignaron una habitación con dos ventanas que daba a la parte delantera de la casa. La habitación era enorme, el doble del tamaño de la habitación en mi apartamento. Era como un estudio, con una cama grande, una silla reclinable, un aparato de televisión, suelos de madera y baño privado.

Cuando miré por la ventana de mi nueva habitación, y luego a la pistola que ahora llevaba encima, me di cuenta de que un nuevo capítulo de mi vida estaba empezando, sin estar muy seguro de lo que me esperaba.

CAPÍTULO 28

MI FAMILIA

Cuando vivía en casa de Meñique, a veces él era visitado por hombres vestidos con trajes de marca Armani, gafas oscuras, y colonia cara. Se encerraban en la biblioteca y allí se quedaban, a veces hasta un par de horas. Me preguntaba qué pasaba detrás de esas puertas cerradas, pero no me inmiscuía en asuntos ajenos. Mi trabajo era fácil. Acompañaba a Vanessa y los niños a la tienda y a los cines, o me quedaba en casa con los niños si Meñique y Vanessa salían. Yo los vigilaba como un halcón. Nada pasaba a su alrededor que yo no supiera.

Como niños típicos de cinco años, Henry y Ronnie estaban llenos de energía, pero les tenían miedo a los payasos. Me enteré de esto cuando su madre contrató a uno para la fiesta de cumpleaños de los niños, pero tuvo que despedirlo poco después de llegar. Tan pronto como vieron el pelo rojo del payaso y la cara pintada, corrieron por las escaleras hasta su dormitorio, se escondieron debajo de la cama, y se negaron a salir, no importaba cuantas veces su madre habló con ellos. Ella me pidió que subiera para ver si podía convencerlos de que salieran de abajo de la cama. Me senté en el suelo entre sus camas y les aseguré que todo iba a estar bien. —Vengan. Yo no voy a dejar que les pase nada —les dije. /Momentos más tarde, por cada uno de mis lados, vi sus piernas salir del escondite, seguidas por el resto de sus cuerpos. Lo hicieron de manera coordinada, como si hubieran planeado su salida. Ambos se acercaron a mí y me abrazaron, casi al mismo tiempo.

196

MI FAMILIA

A partir de ese día, Henry y Ronnie comenzaron a llamarme tío Rio. Después que salí de España, nunca me hubiera imaginado que sería una niñera de nuevo, pero me pagaban bien y no me podía quejar. A medida que pasaba el tiempo, Henry y Ronnie se acercaron más a mí, lo cual me dio una idea de cómo habría sido la vida si yo hubiera podido criar a mis hijos. Estar en su compañía me hizo pensar en Gustavo y en mis hijas. Me enfurecía a veces estar cuidando a niños que no eran los míos, pero yo no podía dejar que estos pensamientos me afectaran. Yo estaba en un trabajo que requería toda mi atención. Necesitaba proteger a esta familia, aunque no sabía exactamente de qué.

Meñique era un hombre sencillo y generoso, con una esposa que aseguraba que todo marchara a la perfección. Cada día, dos mujeres venían a la casa: una para limpiar y otra para cocinar. Vanessa hacía que los muchachos mantuvieran sus cosas en orden y a la vez era una influencia calmante sobre su marido cada vez que algo lo enfurecía. Meñique ocasionalmente jugaba al ajedrez conmigo, después que los niños se iban a dormir, y hablábamos de la Bahía de Cochinos y de Cuba. Un día fuimos juntos a un campo de tiro. La forma en que asentía con la cabeza cuando, en repetidas ocasiones mis disparos daban en la diana, me indicaba que estaba impresionado con mis habilidades.

—Cuando regreses de Cuba, vamos a hablar —dijo después que nos fuimos el campo de tiro—. Hay algo importante que tengo que decirte y sé que puedo confiar en ti —agregó.

Yo no estaba seguro de cómo responder, pero asentí.

Un mes más tarde, el día que yo esperaba ansiosamente al fin llegó. Era el 31 de marzo de 1979. Habían pasado casi tres meses desde la última vez que había hablado con Laura. Traté de llamarla un par de veces, pero ella trabajaba tantas horas cada día, y no pudimos conectarnos. Al principio, yo dejaba mensajes con la mujer del CDR, luego decidí no continuar tratando de contactarla. Era mejor si le daba una sorpresa.

197

MI FAMILIA

Cuando Vanessa, los chicos y yo salimos de la casa esa mañana, un conductor nos esperaba afuera para llevarnos al Aeropuerto Internacional de Miami. Abrió la puerta de pasajeros para Vanessa. Los niños se sentaron en la parte de atrás conmigo. Mientras nos alejábamos, me di cuenta de un coche que nos seguía, el mismo coche que seguía a Vanessa y su marido cuando salían. Me mantenía al tanto de mis alrededores, especialmente durante las paradas de tráfico. El no traer mi arma conmigo me tenía nervioso.

Había mucho tráfico en camino al aeropuerto y la lluvia no ayudaba, pero llegamos a tiempo. Cuando nos subimos al avión, Vanessa y sus hijos se sentaron en la misma fila, uno al lado del otro. Me senté a través del pasillo. Un hombre que parecía tener unos veinte años se sentó a mi lado. Me había dado cuenta antes de entrar en el avión que ese mismo hombre me había estado observando; ahora lo estaba haciendo de nuevo.

—Su cara me parece familiar — me dijo finalmente —. Al principio no estaba seguro de donde lo conocía, pero ahora creo que sí.

Hizo una pausa por un momento. — ¿Es usted de Cuba? —preguntó. Asentí con la cabeza. Lo miré, tratando de analizar si lo conocía, pero no recordaba su cara. Tenía pelo castaño y ojos carmelita oscuro. Llevaba una camisa blanca de mangas largas y un pantalón azul oscuro.

—Espero que no haga el ridículo —dijo—. Hace diez años, en el aeropuerto de La Habana, ¿recuerda haberle dado su asiento a un niño?

Sonreí sarcásticamente y dije: — ¿Cómo puedo haberlo olvidado?

Me rasqué brazo. De repente, sentía ganas de rascarme. Probablemente mis nervios.

— ¿Qué quiere decir? —preguntó.

—Mi familia y yo hemos pasado más de diez años separados por cuenta de mi gesto —le dije pensativamente.

Él me miró con vacilación. —Siento mucho lo que le sucedió. De verdad lo siento —dijo.

— ¿Por qué lo sientes? —le pregunté, entonces lo miré de nuevo, con la familiaridad con la que me miraba y añadí:

—No me digas. ¿Eres tú?

—Sí, soy el muchacho que ayudaste hace diez años —dijo—. Mi nombre es Rodolfo. Mi mamá se llama Ana. ¿Se acuerda de ella?

Asentí con la cabeza. — ¡Qué coincidencia! —le dije, realmente sorprendido. Le di la mano y le dije mi nombre.

—No puedo agradecerle lo suficiente por lo que hizo, pero yo tampoco he visto a mi madre desde hace diez años —dijo—. Crecí con mi tía y mi tío en Miami, fueron como padres para mí. Me enviaron a la Universidad de Miami para estudiar Ingeniería Eléctrica. Ahora que los cubanos pueden regresar, por fin, puedo ver a mi mamá de nuevo. Mi vida no sería lo que es hoy sin su ayuda.

Miré a Vanessa y los niños. Los chicos estaban coloreando y Vanessa tenía los ojos cerrados, así que regresé a mi conversación con Rodolfo.

— ¿Y tu mamá sabe que vienes? —le pregunté.

—No. La quiero sorprender. ¿Y tu esposa?

Le expliqué que ella tampoco sabía que venía. Respiré profundo, y pensé en el día que le di mi asiento a una versión más joven de este hombre, durante mi primer intento de salir de Cuba, y sobre todo lo que había sucedido después. Durante años, yo había revivido ese momento en mi cabeza una y otra vez, con cierto resentimiento. Mi acto altruista les había hecho daño a las personas que más quería. Había estado enojado conmigo mismo todos estos años, y ahora, yo no lograba interpretar esta casualidad.

—Tengo que pedirle un favor —dijo—. ¿Le importaría si mi mamá y yo lo visitamos a usted y a su familia? Me gustaría darle las gracias a su esposa en persona. No es todos los días que uno tiene la oportunidad de agradecerle a alguien que ha contribuido a cambiar su vida.

—Eso no es necesario —le dije—pero si los dos quieren visitarnos y tomarse un café con nosotros, eso está bien. ¿En qué parte de La Habana vive ella?

—Santos Suárez, muy cerca del Parque Santos Suárez. ¿Conoce esa área?

—Hoy debe ser un día de coincidencias —respondí—. Mi familia vive en Zapote, entre las calles Durege y Serrano. Bueno, en sí, la calle se llama Zapotes, pero todos le decimos Zapote. ¿Conoces esa zona?

Él era familiar con esa área. Intercambiamos información personal. No había tiempo suficiente para nada más. Nuestro vuelo desde Miami a La Habana era corto.

Cuando llegamos, primero acompañé a Vanessa y a los niños a la casa de sus padres en El Vedado, y a continuación, tomé un taxi hasta mi casa en Santos Suárez. Yo tenía dos piezas de equipaje llenas de regalos para la familia.

Estaba ansioso, sobre todo a medida que el taxi se acercaba al barrio de Santos Suárez. Cuando miré a mis alrededores, la zona parecía más pequeña, más descuidada. Trozas de madera sostenían los techos de algunos de los portales. Era de noche cuando por fin llegué a la casa en la calle Zapote, y las luces del portal estaban encendidas. En el portal, me di cuenta de dos sillones viejos pintados de verde. Recordé las veces que me había sentado allí con Tania en mis piernas y Laura a mi lado. Más de diez años habían pasado, tiempo que nunca recuperaría.

Toqué a la puerta sin saber qué esperar. Momentos más tarde, la puerta se abrió ligeramente, y una adolescente sin zapatos, con el pelo castaño y largo, apareció. De inmediato, mis ojos se llenaron de lágrimas cuando la reconocí, pero me dije que tenía que mantener la calma.

— ¿Tu mamá está? —le pregunté.

MI FAMILIA

Ella me miró brevemente, dándose cuenta de quién yo era, pero como yo, sin saber cómo reaccionar. Poco a poco abrió la puerta de par en par.

—Mamá, hay un hombre aquí preguntando por ti —dijo ella, midiendo cuidadosamente cada palabra, como si estuviera hablando en cámara lenta.

Laura estaba acostada en el sofá, viendo la televisión en blanco y negro con mis hijos. No miró hacia la entrada y continuó concentrada en el programa.

— ¿Sabes lo que quiere? —preguntó Laura.

Ahora Lynette y Gustavo estaban de pie, mirando en mi dirección.

—Mamá, debes venir —dijo mi hija, Tania, utilizando la misma lentitud en su manera de hablar que antes.

Laura murmuró algo que no pude entender, se puso los zapatos y miró hacia la puerta. Nuestros ojos se encontraron por unos segundos, segundos que pasaron muy lentamente. Ninguno de los dos podía creer que estábamos en presencia del otro. Por un momento, pensé que estaba soñando o que yo estaba mirando una película. Aquí, en esta sala modesta, estaba todo lo que siempre había anhelado en mi vida, y yo no podía moverme. Estaba congelado. De pronto, Laura gritó mi nombre y se desmayó. Dejé mi equipaje y corrí a su lado. Tania corrió hacia la parte trasera de la casa y regresó al momento, con un vaso de agua para su madre. A medida que Laura tomaba sorbos, lo único que podía hacer era repetir:

—No puede ser, no puede ser.

— ¡Lo es! Estoy aquí —le dije.

Los dos lloramos, reímos y nos besamos. Los niños se acercaron a nosotros, viendo a este extraño besando a su madre. Por fin, cuando Laura se recuperó dijo:

—Rio, estos son tus hijos. Tania, Lynette, Gustavo, ¡éste es su padre!

Abracé y besé a cada uno de ellos, todos con lágrimas en los ojos. Finalmente estaba casa.

MI FAMILIA

La noticia de mi llegada corrió por todo el barrio rápidamente y, en cuestión de minutos, mi casa estaba llena de vecinos quienes tomaban todo el espacio vacío de la sala y la mayor parte del portal, haciéndome sentir como una pieza de museo.

Miré a mis hijos, a los que había visto en las fotos que su madre me envió. Nada parecía real. No podía creer lo mucho que habían crecido: Tania acababa de cumplir catorce años. Ella era delgada, demasiado delgada. Lynette, de casi trece años, era más envuelta en carne que su hermana. Gustavo, de once años, era delgado, pero no tan delgado como Tania, y se parecía mucho a mi cuando tenía su edad, excepto que su piel es más clara, al igual que la de su madre. Gustavo no soltaba mi mano. Me miró con ojos orgullosos y me haló, abriéndose paso a través del mar de vecinos.

—Ven aquí, Papá —dijo.

Me gustaba escuchar cómo me decía *papá,* en persona, mucho más que cuando lo hacía por teléfono. La forma en que sus ojos brillaban me hacía hizo sentir el hombre más rico del mundo. Lo seguí hasta el portal. Los vecinos nos rodearon. Cuando estábamos en medio de la multitud de más de medio centenar de vecinos, levantó el brazo izquierdo y dijo, con una mezcla de lágrimas y una sonrisa:

—¿Ven? ¡Tengo un papá! ¡Éste es mi papá!

Lo abracé. —Es cierto, hijo. Tienes un padre que te quiere más que a nada en el mundo —le dije.

Me sentía feliz estando al fin en mi casa con mi familia. Berta, mi cuñada, vino a saludarme y me presentó a su marido, Antonio, y a sus dos hijas.

— ¡Por fin! —dijo Antonio con una sonrisa amistosa—. ¡El hombre de la hora! Chico, como me alegra que por fin estés aquí. Era hora.

Me reí, le estreché la mano y le di las gracias por cuidar a mi familia. Había sido como un padre para mis hijos; en cierto sentido, había sido su padre. En cuanto se casó con Berta había heredado a mis tres hijos. Estoy seguro que eso no fue lo que se imaginó, pero había tratado a mis hijos como si fueran suyos, algo que yo nunca olvidaría.

Después que los vecinos se fueron a casa, toda la familia se quedó sentada en la sala y hablamos hasta la medianoche. Berta y su familia fueron a la cama primero. Mis hijos los siguieron, y Laura y yo nos quedamos en la sala solos, lo que nos dio la oportunidad de hablar con más privacidad. Estábamos más viejos; Laura tenía casi cuarenta y yo cuarenta y dos años. El tiempo nos había cambiado. Laura ya no era la mujer inocente e idealista que había dejado. Su cabello largo y negro se había vuelto completamente blanco durante mi ausencia, pero sus hijas la habían convencido de que se lo decolorara y cortara por los hombros. Su piel estaba bronceada de caminar cuatro o cinco millas diarias recogiendo el dinero de las tiendas de comestibles asignadas a ella. Algunas arrugas habían comenzado a aparecer, aunque yo tenía más arrugas que ella. Pero ella era todavía hermosa, mis hijos eran hermosos, y en este día, mi vida estaba completa.

Apagué las luces de la sala y abrí las persianas ligeramente para que el resplandor de la luna entrara. Nos sentamos uno al lado del otro en el sofá tomados de la mano.

—Todavía no puedo creer que estés aquí —dijo acariciando mi mano—. Yo no estaba preparada. ¡Me veo horrible! ¡No tengo maquillaje puesto, mi pelo es un desastre, y mis uñas ni para qué decir!

—Me gustas tal como estás. No necesitas esconderte detrás del maquillaje.

Le acaricié el pelo, besé sus mejillas suaves, sus labios.

—Gracias por esperarme y por criar a nuestros hijos —le dije.

—*Me lo debes* agradecer —dijo ella, cruzando los brazos.

—Lo sé, lo sé. Tú has tenido una carga muy pesada. Siento no haber estado aquí para ayudarte.

203

Nos abrazamos en silencio. Después de unos momentos, ella dijo:

—Hay algo que no entiendo. ¿Cómo pudiste conseguir el dinero para venir a Cuba? Me han dicho que es muy caro.

—Te diré todo mañana —le dije—. Ahora, sólo quiero disfrutar de este momento contigo.

Le acaricié la cara suavemente y ella sonrió. Otro momento de contemplación silenciosa siguió mientras nos mirábamos el uno al otro, no con la incomodidad de una primera cita, pero con tranquilidad relajante y la calma de una pareja madura unida aún más por las dificultades.

—Todos estos años, he guardado todas las cartas que enviaste —dijo.

—Yo también, no sólo tus cartas, pero todos los sellos. Tengo una gran colección.

Los dos nos reímos.

—Lo siento —dijo Laura—. Sé que yo escribía a menudo. Yo no quería que te perdieras nada de la vida de los niños.

—Tus cartas me sostenían. Me alegro que las enviaste —dije e hice una breve pausa—. Acerca de mi vida, espero que sepas que no importa lo que haya pasado, tú eres la única mujer que amo.

Laura bajó la cabeza por un momento, y luego poco a poco la levantó y me miró a los ojos.

—Rio —dijo—. Algunas cosas no se deben decir. El hecho de que estés aquí con tu familia y que no rehiciste tu vida es suficiente para mí.

—Yo no te merezco, pero no sabes lo agradecido que estoy de que seas mi esposa y la madre de mis hijos. Pero ya basta de cosas serias. Creo que tú y yo tenemos algunas cosas que poner al día.

Laura me miró inquisitivamente. —No me gusta la forma en que me dices eso. ¿Ahora, qué te traes entre mano? —dijo bromeando.

MI FAMILIA

Me puse de pie, la cargué en mis brazos, y la llevé a nuestra habitación. Ella protestaba y me pedía que la bajara al suelo, mientras trataba de contener su risa, con miedo de que los niños nos vieran. Cuando estábamos a puertas cerradas, empezamos una vez más donde lo habíamos dejado más de diez años antes, como marido y mujer, y nos perdimos en los brazos del otro, esta vez con la desesperación de una pasión reavivada, como un incendio fuera de control. Con la pasión que sólo nace del amor verdadero, nos entregamos totalmente el uno al otro, con el alma y el corazón.

CAPÍTULO 29

LA VISITA DE RIO

Rio le susurró algunas palabras que no pude oír a un hombre que trabajaba en el hotel, le deslizó un billete de cinco dólares en el bolsillo de la camisa, y nos señaló que lo siguiéramos hasta el ascensor.

—Sólo se puede visitar la habitación durante unos minutos — les dijo Rio a los niños cuando la puerta del ascensor se cerró. Yo no entendía al principio por qué. La puerta se abrió en el tercer piso, y caminamos en silencio por un largo pasillo de baldosas color beige. Rio se detuvo al frente de la última puerta y la abrió. Cuando entramos, explicó en voz baja que el gobierno les requería a los cubanos que visitaban a sus familias reservar una habitación, sin importar si tenían intención de utilizarla. A ningún cubano local se le permitía entrar a las habitaciones de los visitantes.

—Por lo tanto, Papá —dijo Tania en un tono de voz sarcástica—. ¿Eso significa que no somos lo suficientemente importantes por el simple hecho de que nos ha tocado vivir en Cuba? ¿Tienen miedo de que traigamos pulgas a la habitación?

Rio y yo nos miramos el uno al otro y permanecimos en silencio. Últimamente, Tania había cambiado su timidez anterior por un comportamiento que carecía de muchos frenos. Tenía pocos filtros y no mucha paciencia para las reglas absurdas del gobierno. Esto me asustaba; si hablaba así en frente de otras personas, ella podría ser considerada una antirrevolucionaria, otra de las razones por las cuales era importante que nos fuéramos de Cuba.

LA VISITA DE RIO

Rio cambió de tema. —Bueno, ¿qué les gustaría comer?

Se sentó en la cama, Tania junto a él. Lynette y Gustavo no podían quedarse quietos, y encendieron cada una de las lámparas, abrieron y cerraron las gavetas, encendieron el televisor a color y se pusieron delante de él con asombro. Esta era la primera vez que los niños visitaban un hotel. Habían visto un televisor a color sólo una vez antes, cuando la vecina de enfrente, que era de origen mexicano y esposa de un compositor de renombre mundial, los invitó a comer unas galleticas.

—Espagueti— respondió mi hija mayor con una mirada de aburrimiento. Mis otros hijos estuvieron de acuerdo.

— ¿Hablan en serio? ¿No quieren un bistec? Espero más de diez años para ver a mi familia, con ganas de darle lo mejor, y ¿quieren espagueti?

Los niños sacudieron sus cabezas, casi al unísono, cuando Rio les preguntó si les gustaba el bistec. Tania hasta lo miró asombrada. No les interesaba comer bistec, apenas lo comían, y cuando estaba disponible, no teníamos los condimentos adecuados. Les encantaban los espaguetis porque las únicas veces que nos dimos el lujo de ir a un restaurante, fuimos a la Pizzería Sorrento en Santos Suárez, la cual quedaba a pocas cuadras de la casa. A los niños les encantaban los espaguetis de ese restaurante, y no se cansaban de comerlos.

—Está bien, entonces —dijo—. Les compraré espaguetis. Vamos a ir al restaurante del hotel. Voy a pedir espaguetis con jamón y un montón de queso.

Gustavo abrió grandemente los ojos cuando Rio describió lo que estaba planeando ordenar. Él se echó a reír y le dio una palmada en la espalda. Pasamos unos minutos más en la habitación y fuimos abajo a almorzar. Al llegar al restaurante del hotel, me di cuenta de que éramos los únicos clientes. El maître rápidamente nos acompañó a nuestra mesa. Mientras Rio ordenaba algo de tomar, mis ojos se mantuvieron enfocados en las aguas verde-azules de la playa, visibles a través de una hilera larga de grandes ventanales. Yo estaba perdida en mis pensamientos mirando al mar y no le presté atención a lo que mi esposo estaba pidiendo. Momentos después, el joven camarero regresó sosteniendo una bandeja grande y redonda con un mojito para Rio, una piña colada para mí y soda para los niños. Él vio mi expresión y sonrió con picardía cuando el camarero colocó la bebida frente a mí. Hice un gesto negativo con la cabeza. Habían pasado más de catorce años, y todavía recordaba las bebidas que pedimos en nuestra primera cita.

Nuestro camarero se quedó de pie, frente a nosotros después de servir las bebidas y curiosamente miraba a Rio, al principio en medio de un silencio incómodo. Un momento más tarde le preguntó:

— ¿Es usted de los Estados Unidos?

Rio asintió. El camarero sonrió y sus ojos brillaban. —Tiene suerte —dijo—. ¿Esta es su familia?

—Sí. Esta es mi esposa, Laura, y mis hijos, Tania, Lynette, y Gustavo. No los había visto por más de diez años. Acabo de llegar ayer —contestó.

El camarero señaló a otros dos trabajadores del restaurante, los cuales estaban de pie a unos metros de distancia, y los llamó, presentándonos. Los camareros le preguntaron a Rio sobre la vida en los Estados Unidos. Cuando él les habló de las ciudades de Nueva York y Miami, parecían intrigados y emocionados al mismo tiempo. La familiaridad con la que Rio les hablaba hizo que nos trataran con una atención excelente. El camarero le sirvió a cada uno de mis hijos una montaña de espaguetis con queso derretido, trozos de jamón y salsa roja. Nosotros ordenamos un bistec a la milanesa y le dimos unos pedacitos a los niños. Se lo comieron todo.

Una vez terminado el almuerzo, Rio le pagó a un taxista para que nos llevara a la casa de su madre en Marianao, uno de los municipios de La Habana. Mayda, mi suegra, ya sabía de la visita y estaba preparando la cena: su exquisito arroz con pollo y plátanos fritos, una de las comidas favoritas de mis hijos. Ella vivía en una casita blanca de un dormitorio y un baño rodeada de una pequeña parcela de tierra a lo largo del frente y el costado de la casa. Había plantado una hilera de rosas cerca de la entrada, y alrededor de la casa, matas de plátano, árboles de mango, y cualquier cosa se diera en su tierra, haciendo el mejor uso del espacio disponible. Mis hijos siempre decían que su patio parecía un bosque. Les encantaba visitar a su abuela y jugar a los escondidos debajo sus árboles. Ella era una mujer ingeniosa, acostumbrada a estar sola, y cambiaba las rosas y los plátanos que cultivaba en su jardín por pollo y arroz.

Rio me miró nerviosamente cuando el taxi nos dejó frente a la casa de su madre. Lentamente caminó hacia la puerta, la abrió. Sólo había caminado unos pasos cuando su madre, que ya lo había visto acercarse desde la ventana, salió corriendo hacia él. El hijo y la madre se fundieron en un largo abrazo.

— ¡Te extrañé tanto! —dijo con lágrimas en los ojos—. No sabes cuánto recé por ti, hijo. Le doy gracias a Dios de que estés aquí, mijito.

Ella lo besó y él la besó mientras se limpiaba una lágrima de su rostro. Entramos y ella nos colmó de atenciones.
—Siéntate, hijo. Déjame que te traiga un poco de café, ¿o prefieres agua?

—Café— dijo Rio- que el café que tú cuelas es el más rico del mundo.

Momentos más tarde ella se disculpó y le explicó al hijo que iba al lado, a avisarle a su hermana y familia que ya él había llegado. Enseguida regresó con seis parientes: su hermana Consuelo con el esposo, su hija, nuero, y dos nietas pequeñas. Mientras la familia de Consuelo saludaba a Rio, Mayda fue a la cocina para chequear el arroz. Lynette la siguió para verla cocinar. Su casa olía a plátanos maduros y especies. Rio trajo mesas y sillas de la casa de su tía, mientras el tío llegó con una docena de cervezas para brindar. Alrededor de las siete de la noche, tuvimos una cena familiar maravillosa, donde Rio comió, bebió e hizo bromas. De una manera extraña, era como si el tiempo no hubiera pasado.

Más tarde, cuando volvimos a casa y nos abrazábamos en la cama, me dijo:

—Este ha sido el mejor día de mi vida.

Durante la estancia de Rio a Cuba, casi todos los días visitamos a nuestros parientes o nos quedamos en casa juntos, disfrutando de juegos de mesa o mirando la televisión. A los niños les encantaba usar la ropa que su padre les había traído, especialmente las niñas, quienes disfrutaban modelando sus vestidos delante del espejo del cuarto. Le pedí a Tania que guardara algunos vestidos para su fiesta de quince años.

Yo me preguntaba cómo él pudo gastarse tanto dinero en los niños. Me había dicho en sus cartas que su trabajo de fumigación no pagaba bien. Después que le pregunté un par de veces cómo había encontrado el dinero para el viaje. Por fin me explicó que estaba trabajando para un hombre rico, que hacía servicio de seguridad para él y su familia y que le pagaban bien. Como parte de su trabajo, él había acompañado a la esposa y a los hijos del hombre en este viaje a Cuba.

— ¿Qué tipo de negocio tiene? —le pregunté. Dijo que no estaba seguro. La forma evasiva en la que me habló sobre su nuevo trabajo me hizo sospechar de su legitimidad. No me podía sacar esos pensamientos de mi cabeza.

En la quinta noche después de la llegada de mi esposo, estábamos sentados con nuestros hijos alrededor de la mesa del comedor, jugando dominó con un fichero nuevo que él había traído de los Estados Unidos, cuando alguien llamó a la puerta. Eran más de las nueve de la noche y Berta y su familia ya se habían ido a la cama. Era raro que alguien visitara nuestra casa tan tarde. Intrigada, me dirigí a la puerta, la abrí lentamente y me asomé a ver quién era.

—Buenas noches —dijo un hombre joven de pelo castaño y ojos carmelitas—. Espero que esta sea la casa correcta. ¿Es usted pariente de Rio Valdés?

—Yo soy su esposa —le dije.

—Perdone que los estoy visitando tan tarde. Necesito hablar con él —dijo.

La forma en que estaba vestido, con una camisa blanca de mangas largas y pantalón azul oscuro, la manera en que hablaba el español, con una pronunciación cuidadosa que no era típica de los cubanos, me dio a entender que no era un cubano local. Lo invité a entrar y a sentarse. Cuando Rio lo vio se puso contento de verlo.

—Me alegro de que hayas podido venir. Rodolfo, ¿verdad? —preguntó Rio.

Él asintió con la cabeza.

—Déjame traerte una tacita de café —dijo Rio.

—No, por favor, no es necesario. Estoy aquí sólo por unos minutos —dijo Rodolfo solemnemente.

Rio me presentó al joven que había atribuido, sin saberlo, a nuestra larga separación. Mi esposo me había hablado de él un par de días antes. Yo no sentía resentimientos. Entonces era un niño, y ninguno de nosotros podría haber previsto lo que sucedió después.

—Pensé que tu mamá vendría contigo. ¿Qué pasó? —preguntó Rio.

Rodolfo bajó los ojos.

—Está muerta —dijo.

Abrí un poco la boca en estado de shock y puse mi mano izquierda sobre mi pecho.

— ¡Dios mío! ¿Qué pasó? —le pregunté.

Rodolfo no respondió al principio. Vi sus ojos brillar con tristeza. Me senté junto a él y lo abracé.

—Lo acompaño en sus sentimientos —le dije. Le di una palmadita en la espalda.

Sus ojos estaban fijos en el suelo durante un rato y finalmente dijo:

—Ella fue enterrada hace dos días.

Rio y yo nos quedamos en silencio. Rodolfo tomó un largo y profundo suspiro.

—Si yo le hubiera avisado que venía, ella estuviera viva.

Rio y yo intercambiamos miradas al interpretar lo que nos decía.

— ¿Cómo sucedió? —le pregunté.

Él no los contó. Después que Rodolfo se fue, y su madre, Ana, se enteró que no podría salir de Cuba porque Castro había prohibido la emigración, ella pasó por períodos de depresión. Ella trató de mantener una actitud positiva acerca de la posibilidad de reunirse con su hijo un día, pero a medida que los meses se convirtieron en años, perdió las esperanzas. Entonces se volvió hacia el alcohol. Dos días antes de que Rodolfo llegara, ella saltó del balcón de un tercer piso, encontrando su muerte. Rodolfo había llegado justo a tiempo para su funeral.

Rio me había contado que en los Estados Unidos había un dicho que decía: «Ninguna buena acción queda sin castigo.» Nunca había oído ese dicho en Cuba, a pesar de que los cubanos tenemos un montón de refranes. Incluso, vivimos por ellos. Éste me molestaba, no sólo como alguien con una educación católica a quien siempre le habían enseñado a ayudar a los demás, sino porque en Cuba teníamos un refrán muy diferente que para mí era como una divisa: «Has bien y no mires a quien.» Y la prueba de la "buena" obra de Rio estaba allí, en frente de nosotros.

Nos quedamos hasta tarde hablando con Rodolfo. Le preguntamos si quería dormir en nuestro sofá, pero nos dijo que iba a volver a su hotel y esperaría allí por el día de su vuelo de regreso.

Esa fue la última vez que lo vimos.

Las dos semanas que Rio vino a pasarse en Cuba transcurrieron muy rápidamente. El día antes de cumplirse la fecha prevista para el vuelo de regreso, él tomó una decisión inesperada. —Yo no me voy —dijo, con toda seriedad.

— ¿Qué quieres decir? —le pregunté.

—No, yo no me voy. Si mi familia no puede estar conmigo en los Estados Unidos, me quedaré aquí.

Estuvimos discutiendo. Le dije que no podía hacer eso, el gobierno no se lo permitiría. Hasta podría ir a la cárcel. Pero en términos muy claros respondió: —Yo no voy al aeropuerto mañana.

Ese mismo día, Rio llamó a Vanessa, y le explicó lo que había decidido hacer. Ella lo entendió, confesándole que hubiera hecho lo mismo si estuviera en su lugar. Rio le pidió que le diera las gracias a su marido y le pidiera disculpas. Ella estuvo de acuerdo.

Yo tenía sentimientos mixtos sobre la decisión de Rio. Estaba feliz de tenerlo en la casa, pero no quería renunciar a la única oportunidad que teníamos de poder sacar a nuestros hijos de Cuba. Sus futuros dependían de nuestra salida. Temía por Tania, en particular. Ella personificaba el espíritu más rebelde, y sus escritos eran cada vez más incriminatorios del sistema comunista. En uno de sus poemas, titulado «Un Extranjero en mi Tierra», escribió:

Tía Berta trabaja para los rusos.
—Es un secreto —me dice.
Ella diseña sus casas.
Casas nuevas, no como
el lugar donde vivimos,
de paredes desconchadas
y pintura olvidada.
Hermosas casas como las que existen
En las películas norteamericanas que rara
vez vemos.
Hoy, Tía Berta trajo un perfume a casa
y una caja de galletas.
Una mujer rusa se las dio.
¡Galletas deliciosas! Hacen mi boca agua
Cuando pienso en ellas.

LA VISITA DE RIO

Me gustaría ser rusa.

Poemas como este eran peligrosos. Castro había encarcelado a muchos escritores por escribir cosas negativas sobre el gobierno. Decidí no decirle a Rio de mis temores, en parte porque no creía que su plan de quedarse tendría éxito. El día del vuelo de regreso llegó, y fiel a su palabra, Rio no se fue. Dos días después no había pasado nada. Los niños estaban alegres, pensando que su padre podría quedarse con nosotros. Pero el tercer día, antes de la hora del almuerzo y como yo había previsto, su felicidad terminó. Un automóvil oficial se detuvo en frente de la casa.

Momentos después, escuché un golpe en la puerta. Cuando la abrí, encontré a dos oficiales con uniforme verde olivo y armas enfundadas parados frente a mí. Uno de ellos era grueso y de pelo gris, y el otro mucho más joven, con el pelo negro y brillante.

— ¿Se encuentra Rio Valdés? —preguntó el joven.

Asentí con la cabeza.

—Tenemos que hablar con él —dijo.

Rio salió de nuestra habitación en una camiseta blanca.

—Yo soy Rio. ¿Hay algún problema? —preguntó, sabiendo perfectamente la razón de la visita.

—Usted está en este país ilegalmente —dijo el joven—. Estamos aquí para llevárnoslo con nosotros.

Los hombres querían saber por qué Rio no se había ido cuando estaba previsto. Explicó las razones. Lynette y Tania, quienes me estaban ayudando a preparar la mesa para el almuerzo, entraron en la sala cuando escucharon el intercambio de palabras y se quedaron allí. Tania miró a los oficiales con una mirada de enojo. Lynette bajó la cabeza y su expresión, normalmente alegre, cambió a tristeza.

—Lo sentimos, señor. Usted no puede quedarse —dijo el hombre mayor—. Empaque sus cosas ahora y venga con nosotros.

Al escuchar lo que estaba sucediendo, nuestro hijo salió corriendo de su habitación en dirección hacia su padre. Lanzó sus brazos alrededor de su cintura, y lo abrazó fuertemente.

— ¡Por favor no se lleven a mi papá! ¡No se lo lleven!

El oficial más joven agarró los brazos de Gustavo, sosteniéndolos detrás de la espalda, para así sacarlo del medio, y le dijo con autoridad:

— ¡Deja de interferir! Tu padre viene con nosotros.

Gustavo, con los ojos llenos de lágrimas, les rogaba a los oficiales que no se llevaran a su padre. Lynette lloraba con emoción; Tania, con una expresión de enojo, se limpió una lágrima solitaria de su rostro. Rio les pidió a los agentes, cortésmente, que liberaran a Gustavo.

—Me iré con ustedes después de hablar con mi hijo —dijo.

El oficial soltó a Gustavo, y padre e hijo se abrazaron.

—Todo está bien, hijo —dijo Rio y le dio una palmada en la espalda—. Yo me encargaré de todo, ya lo verás. Por favor, cuida a tu madre y a tus hermanas. No te olvides. Tú eres el hombre de la casa ahora.

Rio hizo una pausa por un momento, cuando Gustavo comenzó a llorar de nuevo, esta vez con más emoción.

—Vamos, límpiate esas lágrimas. Los hombres no lloran. Mírame. ¡No más lágrimas! Ahora me voy con estos hombres.

Rio se apartó de Gustavo y fue a nuestra habitación a buscar una camisa, los documentos personales que guardaba en una bolsa de cuero carmelita, y una pequeña maleta con alguna de su ropa, pero no toda. Me dijo que vendiera el resto para ayudar con los gastos de la casa. Los hombres lo siguieron. Momentos más tarde, los oficiales, uno a cada lado, se

LA VISITA DE RIO

llevaron a Rio de la casa, y los niños vieron a su padre salir de sus vidas una vez más.

CAPÍTULO 30

DE NUEVO EN MIAMI

Cuando me desperté, me encontraba en un hospital de Miami. Al principio, no estaba seguro del por qué estaba allí, sólo sentía un dolor de cabeza terrible. Mi brazo derecho estaba adolorido del IV conectado a mi vena, y mis piernas estaban incómodamente calurosas, debido al sol que se filtraba a través de las persianas parcialmente abiertas.

Una enfermera entró y se dio cuenta de que estaba despierto.

—Finalmente de vuelta con nosotros, señor Valdés. ¡Buenos días! —dijo con una sonrisa amistosa.

No tenía la cabeza clara y la iluminación de la sala me molestaba los ojos.

— ¿Qué me pasó? —le pregunté.

—Se cayó y se golpeó la cabeza. Usted tenía un nivel de alcohol en la sangre muy alto cuando lo trajeron —dijo.

Ella colocó un aparato de presión arterial de color gris alrededor de mi brazo izquierdo. Con los auriculares del estetoscopio en sus oídos, posicionó el extremo redondo de metal y apretó la bomba varias veces. Entonces lo puso a desinflarse lentamente.

Yo estaba confundido al principio sobre lo que había pasado, pero poco a poco empecé a reconstruir mis recuerdos. Después que los funcionarios del gobierno cubano me recogieron en la calle Zapote, me llevaron a un edificio donde fui interrogado durante varias horas. Ellos pensaban que yo era un espía estadounidense y querían saber sobre mis contactos en los Estados Unidos. No querían creer que la única razón por la

217

cual me había quedado era el deseo de estar con mi familia. Francamente, con tantos cubanos que cruzaban el estrecho de Florida y arriesgaban sus vidas para salir de Cuba, ¿quién en su sano juicio querría volver? Después de varios intentos fallidos de obtener una confesión, tomaron un enfoque diferente. Me trajeron una botella de ron y me dijeron que tomarla me ayudaría a sentirme mejor al dejar a mi familia. Probablemente pensaron que, si me emborrachaba, mi lengua se aflojaría y eso me llevaría a confesar mis verdaderas intenciones. Aun así, bebí. Quería olvidar. Me acordé después de estar dentro del avión y pedir más bebidas. Todo perdió la definición después de eso.

—Tengo que irme —le dije.

La sonrisa desapareció del rostro de la enfermera y respondió:

—Lo siento, Señor Valdés. Tiene que esperar a que el médico autorice el alta.

—Me tengo que ir ahora mismo —le dije—. ¡O me desconecta, o lo haré yo mismo!

Llamé a Vanessa antes de salir del hospital y le expliqué que iba a regresar. Ella dijo que hablaría con su marido. Cuando llegué, Meñique y Vanessa no estaban en casa. Fui a mi habitación y me acosté. Todavía tenía dolor de cabeza. Debo haber estado dormido por un tiempo cuando un golpe en la puerta, seguido por una voz que llamaba mi nombre, me despertó. Yo todavía estaba medio dormido y no pude distinguir quién era.

—Adelante —le dije.

Meñique, Vanessa y sus hijos entraron, la pareja vistiendo pantalones pitusas con pulóveres rojos, los chicos de pantalones beige y pulóveres de color azul. Los niños, felices de verme, brincaron encima de mí y me abrazaron. Meñique me dio la mano.

—Bienvenido de nuevo, hermano.

DE NUEVO EN MIAMI

Le di las gracias por todo lo que había hecho por mí, pero él pareció darse cuenta de mi tristeza.

—Vamos, Rio —dijo—. Alégrate. Los verás de nuevo, pronto.

Él hizo una breve pausa y me entregó un pequeño frasco de píldoras.

—Aquí tienes, yo también tomo estas pastillas. Toma dos, descansar un par de días, y piensa en otra cosa. Mañana vas a verlo todo de manera diferente.

En la casa de Meñique, sentí el cariño de un hermano. Los niños me querían como a un tío, y yo parecía agradarle a su esposa. Por respeto a su marido, por supuesto, yo mantuve mi distancia. Una semana después de mi regreso de Cuba, Meñique me llamó a su oficina. Se sentó detrás de su escritorio y me pidió que me sentara.

—Mira Rio, sé que has visto mucho movimiento en mi casa, y que sospechas que algo está pasando—dijo—. No he sido completamente honesto contigo, pero es hora de que lo sea.

Hizo una pausa y se frotó el rostro. Parecía preocupado. Yo a la vez estaba intrigado por lo que estaba a punto de decirme. Es cierto, tenía curiosidad, pero a veces, es mejor no saber ciertas cosas.

—Escucha —dijo, mientras me miraba a los ojos, de la misma manera que lo hizo cuando me conoció por primera vez, como si estuviera tratando de leerme. Sus codos estaban en su escritorio, sus dedos cruzados debajo de la barbilla—. Tengo un negocio que no es exactamente lo que le llamarías legal —adicionó.

Mis temores estaban a punto de hacerse realidad. Mentalmente me preparé para sus siguientes palabras.

—Yo tengo un negocio de narcotráfico —dijo. Estas palabras resonaron en mis oídos mientras él continuaba—. Te contraté pensando que tenías todas las cualidades que necesitaba de alguien que iba a vivir con mi familia, en mi casa, quien pudiera proteger a mi esposa y mis hijos cuando yo estuviera fuera, en negocios. Eres un tirador experto, un hombre bueno, honesto, discreto. Tienes cojones y estás tan loco como yo. Sé que te gustan las aventuras, pero esto no es una aventura. Es la realidad. Ahora que sabes esto, si quieres irte, puedes coger por esa puerta, y nunca más nos veremos, pero es importante que te diga que es ahora cuando más te necesito.

Meñique se levantó, sirvió un poco de whisky para él y para mí. Me quedé en silencio y tomé un poco de mi bebida.

—La policía sabe mucho sobre la gente con la que hago negocios, y por primera vez en mi vida, tengo miedo —dijo—. ¿Qué piensas de todo esto? ¿Me puedes ayudar? ¿Puedo contar contigo?

Me miró a los ojos.

—Sí, puedes contar conmigo —dije sin dudarlo. Yo sabía que él no esperaba menos. Un hombre como él no permitiría que yo me alejara tan fácilmente.

—Mira, yo necesito que lleves a los niños a la escuela. Ya no tengo dinero para pagarles a todos los hombres que cuidan el exterior de mi casa. Mantendré a dos porteros y a ti. Tengo un montón de plata en bancos extranjeros, pero no puedo hacer ningún movimiento de dinero. La policía está investigando las cuentas de banco. Hay gente que me debe dinero, pero se fueron de Miami. Estoy bien *jodío*.

Le dije que iba a cuidar de su familia, pero que estaba muy preocupado. Yo había tenido un montón de aventuras en mi vida, pero nada como esto. Volví a mi habitación y busqué la botella de píldoras que me había dado cuando regresé de Cuba y tomé dos. Yo no quería tomar una decisión con mis nervios de punta.

Sentía que estaba en un conflicto y, por primera vez en mi vida, tenía miedo. Había visto muchas películas sobre el narcotráfico y sabía a lo que me estaba exponiendo. Una parte de mí odiaba la idea de que Meñique tuviera negocios en narcóticos, algo tan perjudicial para las familias. Al mismo tiempo, yo quería ayudar a la única persona que creyó en mí y quien me había ayudado cuando no tenía a nadie. Ahora que él no tenía acceso a su dinero, no podía simplemente darle la espalda.

Un mes después, a principios de mayo, la situación económica en la casa empeoró. Le dije que iba a seguir viviendo allí, pero me buscaría un trabajo para ayudarlos. Vanessa comenzó a llevar a los niños a la escuela y los recogía ella misma. Era necesario reducir los gastos. Me fui a trabajar en la construcción, a unas pocas millas de distancia de la casa. El trabajo de construcción pagaba bien, y yo le daba a Meñique 100 dólares cada semana para los gastos de la casa.

Un día, él me pidió que empezara a dormir con el revólver cerca de mí. Había presionado a alguien que había regresado a Miami y le debía dinero. Con aquel hombre tuvo una discusión que casi terminó en un tiroteo. Sabía que estos conflictos entre personas como ellos terminaban muchas veces a tiros, y temía por su familia.

—Si me pasa algo, por favor, ayuda a mi esposa e hijos. No tendrán problemas económicos. Yo tengo mi pensión de los veteranos, pero tendrán que vender la casa.

No me gustaba lo que estaba escuchando.

Pensé en Laura. Ella nunca había estado convencida de que el hombre rico quien financió mi viaje a Cuba hacía su dinero a través de medios honestos. Después de mi salida de Cuba, cada vez que habíamos hablado por teléfono, ella me había preguntado acerca de la naturaleza de su negocio. Finalmente, cuando al fin le dije la verdad, durante una de nuestras conversaciones telefónicas, ella dijo:

—No voy a aceptar dinero sucio en esta casa. No me importa si nos morimos de hambre. Tú tienes que dejar ese trabajo.

Nunca me había hablado tan severamente, pero yo no creía que sería fácil alejarme de este negocio.

*****

221

DE NUEVO EN MIAMI

Yo estaba en el trabajo cuando unos oficiales de la policía del condado de Miami Dade llegaron a la compañía de construcción y preguntaron por mí. Mis temores se habían hecho realidad. Según ellos, Meñique estaba en una cafetería de la Calle Ocho de Miami tomándose una taza de café cuando unos hombres pasaron frente al lugar y dispararon hacia el establecimiento. La policía me pidió que fuera con ellos para que me interrogaran. Les dije lo que sabía, lo cual no era mucho. A pesar de mi desacuerdo con la vida de Meñique en el narcotráfico, lo consideraba un amigo y estaba devastado por la noticia de su fallecimiento. Pero también me di cuenta de que era mi manera de salir de todo esto. Como le había prometido a Meñique, me quedé en la casa y ayudé a Vanessa mientras ella la vendía y se mudaba a Coral Gables. Ella y los niños estaban inconsolables. Los ayudé lo más que pude, pero un día, después de que ella se instalara en el nuevo lugar, me llamó. Quería verme. Habían pasado unos meses desde el fallecimiento de su marido.

Toqué el timbre y esperé. Delante de mí había una puerta de roble, doble y de color oscuro. Escuché unos pasos, y la puerta de la izquierda se abrió lentamente. No la vi al principio. Se quedó detrás de la puerta y me pidió que entrara. Cuando lo hice, la cerró. Allí estaba, parada delante de mí en un negligé transparente y con tacones dorados, su pelo largo y negro caía en una cascada sobre sus hombros.

—Te necesito —dijo—. No quiero estar sola.

Era una mujer hermosa, pero ésta era una línea que yo no estaba dispuesto a cruzar. No quería ni necesitaba complicaciones. No era justo para Vanessa, sus hijos o mi esposa. Con lo difícil que fue alejarme, lo hice. Era hora de que cada uno de nosotros comenzara un nuevo capítulo de nuestras vidas.

CAPÍTULO 31

CAMPO DE CONCENTRACIÓN "EL MOSQUITO"

Cuando yo era niña, mi madre me decía a menudo que una persona era capaz de cambiar el mundo. A medida que atravesaba las diferentes etapas de mi vida, de estudiante universitaria a madre, esto siempre estuvo conmigo. Yo traté de cambiar el mundo de maneras pequeñas, ofreciéndole mi ayuda a los otros: apoyando a estudiantes universitarios, ayudando a un hombre ciego a cruzar la calle, dándole en mi casa una fiesta de quinceañera a María, la amiga de Tania, o cargando una bolsa pesada a algún anciano, quién sabe cuántas cosas. Les había pasado estas enseñanzas a mis hijos, para que ellos se las transmitieran a sus hijos.

Fidel Castro había cambiado el mundo también, pero de una manera diferente, causando la separación de familias y la eliminación de la libertad en mi país. En 1980, un grupo de doce cubanos (a los cuales me referiré como el "grupo de los doce", aunque algunos afirman que eran seis) cometieron un acto que cambiaría la vida de miles de personas, incluyendo la de mi familia.

Después de más de veinte años del triunfo de la revolución, Cuba se había convertido en una olla de presión de disidentes. Estos disidentes buscaban desesperadamente una manera de salir del país. Ya no me sentía como si mi familia y yo éramos los únicos que se oponían al gobierno; muchos otros, agotados por el miedo de hablar públicamente, estaban saliendo de las sombras. La gente estaba cansada de las raciones cada vez más escasas, de sus hijos o hijas recurriendo a la prostitución como una forma de obtener un par de pitusas o una comida decente de los turistas, de la falta de cualquier forma de libertad (incluyendo la posibilidad de viajar fuera del país). La inaccesibilidad a lugares que eran sólo para turistas en aquellos años, como las diplotiendas (tiendas-únicas de bienes de consumo las cuales era propiedad del gobierno y los únicos lugares donde se vendía jamón, queso, chorizo, conservas de frutas y otros alimentos que los cubanos no habían visto desde poco después de triunfo de la revolución), hicieron que los cubanos se sintieran como ciudadanos de segunda clase en su propio país. Los Viajes de la Comunidad, los cuales le habían permitido a Rio, al igual que a esposas, esposos, primos, hermanos y tíos, visitar a sus familiares en Cuba, y a la vez habían contribuido a levantar un velo. Estas visitas habían abierto una ventana al mundo exterior, mostrando a la gente dentro de la cápsula del tiempo en que Cuba se había convertido, que había otro mundo afuera, uno con posibilidades inimaginables.

En abril de 1980, menos de dos meses después de la celebración de los quince de Tania, el grupo de doce estrelló un autobús contra las puertas de la Embajada del Perú en La Habana para pedir asilo político. Cuando funcionarios de la embajada se negaron a entregarle este grupo al gobierno, Fidel Castro ordenó que se retiraran todos los guardias de seguridad, lo que resultó en la inundación de la embajada con más de 10.000 solicitantes de asilo, entre ellos muchas mujeres y niños.

Cuando la noticia estalló, alrededor de diez vecinos nuestros se apresuraron a mi casa. Gente que nunca había hablado nada sobre su deseo de salir de Cuba, me estaban diciendo que me seguirían a la embajada si yo decidía ir. Yo no quería tomar una decisión apresurada y me mantuve al tanto de la situación en los próximos días. Durante este tiempo, de acuerdo con la mezcla de noticias limitadas por el gobierno y rumores, las condiciones en la embajada se deterioraron rápidamente. Algunos decían que dos personas habían muerto y que no había suficientes alimentos, agua potable o baños. Las condiciones insalubres pronto podrían dar lugar a la propagación de enfermedades. Castro había ofrecido un salvoconducto para que la gente fuera a sus casas, pero nadie quería salir de la embajada, por miedo a que no pudiesen regresar. Los ánimos se encendieron, las peleas estallaron y hasta se oyeron rumores de violaciones sexuales.

Yo simpatizaba con la desesperación del grupo de doce, pero no podía exponer a mi familia a esas condiciones. En los próximos días, después del trabajo, mi hermana y yo estuvimos pegadas a nuestro televisor en blanco y negro para ver las noticias. En la noche del 20 de abril, mientras estaba sentada en el sofá al lado de mi hermana, después de un largo día recogiendo dinero y balanceando los depósitos de cada una de las bodegas por las cuales yo era responsable, Fidel Castro hizo un anuncio inesperado. Los que querían abandonar el país podrían hacerlo desde el Puerto de Mariel, siempre y cuando tuvieran a alguien que los fuera a recoger. Castro debió haberse dado cuenta de que esto sería una manera fácil de eliminar parte de la presión del interior de Cuba. Yo no podía creer lo que estaba escuchando. Doce años habían pasado desde la partida de Río, y ahora, este grupo de doce había puesto en marcha una serie de acontecimientos que conllevaron a este discurso. Mi hermana y yo intercambiamos miradas.

— ¿Oí bien lo que acaban de decir? —le pregunté.

Mi hermana asintió y sonrió. ¡Esta era nuestra oportunidad! No había tiempo que perder. Corrí a la calle y hasta la casa de Carmen la cual se encontraba a media cuadra de distancia (Carmen era la mujer a cargo de la CDR). Llamé a su puerta frenéticamente. Los momentos que esperé para que abriera me parecieron una eternidad. No le presté atención al tiempo. Ya era tarde, demasiado tarde para visitas.

Parte de mi tensión se alivió cuando la figura corta, gruesa, de sesenta y más años, con espejuelos y pelo blanco corto y ondulado, apareció. Llevaba una bata verde, de algodón, y bostezó mientras abría la puerta.

CAMPO DE CONCENTRACIÓN "EL MOSQUITO"

—Lamento haberte despertado, Carmen. Tengo una emergencia y necesito llamar a Rio inmediatamente. ¿Sería posible utilizar tu teléfono? Es algo muy importante —le dije.

—Sí, por supuesto. Por favor, entra —dijo—. Estás en tu casa.

Ella no me preguntó al principio sobre la naturaleza de la emergencia. Su casa estaba a oscuras, salvo por la luz de una lámpara de mesa. Corrí hacia el teléfono negro debajo de la lámpara, y tomé el audífono en mi mano descubriendo el dial, sus diez números en un círculo, el mecanismo rotativo. Los números parecían brillar contra la negrura del teléfono. Yo marqué cuidadosamente cada número, esperando después de cada uno que el dial regresara a su posición normal para marcar el próximo. Cuando al fin marqué el número entero, no me pude comunicar. **Debí** haber llamado a Rio docenas de veces. Parecía que estaba tomando más tiempo para que el dial rotara, y todavía no había podido comunicar. Mucha gente estaba llamando a sus familiares y las líneas estaban ocupadas. Carmen se dio cuenta de mi desesperación cuando yo seguía marcando una y otra vez, **respirando** más profundamente cada vez que lo hacía. Me preguntó por lo que estaba pasando. Le expliqué lo que Castro había dicho.

Después de años oyendo a los niños hablar con su padre por teléfono, algo debe haber cambiado en ella. Caminó hacia mí y me dio una palmadita en la espalda, mientras yo continuaba marcando.

—Me alegro por ti y por los niños, Laura. Ya era hora —dijo.

Le di las gracias. Momentos más tarde, logré conectar. No esperé a que él hablara, por miedo a que la comunicación se cortara.

—Rio, escucha con atención —dije en un tono **urgente** y **agitado.** —Castro está dejando que la gente salga de Cuba. Busca un barco y ven por nosotros antes de que sea demasiado tarde. ¡Por favor, date prisa!

CAMPO DE CONCENTRACIÓN "EL MOSQUITO"

Mis emociones trataron de tomar control, pero el respirar profundo me permitió mantener el control. Le expliqué lo que había pasado en una versión resumida. Él me dejó hablar, aunque ya lo sabía. La noticia había estallado unos minutos antes en Miami. Me pidió que no me preocupara. Encontraría a alguien que tuviera un barco. Nuestra conversación no duró mucho tiempo. Estaba demasiado nerviosa para mantener una conversación larga, y yo no quería que perdiera tiempo. Después de colgar, le di gracias a Carmen y volví a casa.

Esa noche, yo no hablé a los niños acerca de mi conversación con su padre. Les dije a Berta y Antonio que Rio los incluiría también a ellos y sus hijos en la lista de personas a las que reclamaría a su llegada a Cuba. Berta y Antonio comenzaron los preparativos para irse. Organizaron sus papeles, recogieron sus diplomas y algunas fotos de los niños; el resto tendría que quedarse.

Ahora que nuestra partida parecía más real, este hecho me golpeó como una ola feroz. Yo fui la última en irme a la cama esa noche. Cuando todo estaba tranquilo, caminé por nuestra casa de la calle Zapote donde yo había esperado doce años por la oportunidad de salir. Examiné cada pared, cada cuadro de la familia: la boda de mis padres, cada uno de los primeros cumpleaños de mis hijos, mi boda, la boda de Berta. Mis ojos vagaron por la casa oscura con la ayuda de la luz de la luna que se filtraba por las persianas abiertas. Todas nuestras cosas se quedarían en esta casa: el piano de teclas amarillentas de Tania, la televisión en blanco y negro que era el centro de nuestra vida familiar, el juego de dominó encima del gabinete del comedor, la máquina de escribir donde Tania pasaba horas escribiendo, tres perritos de cerámica blancos y carmelita de raza desconocida, un juego de katiuskas que los amigos rusos de Berta le habían regalado. Esta casa y sus paredes con la pintura despellejada habían visto tanto; eran testigos mudos de lo que había ocurrido. Tanta historia tendría que quedar atrás.

CAMPO DE CONCENTRACIÓN "EL MOSQUITO"

La noche antes de que los guardias vinieran, desde la ventana de mi habitación yo vi a mi hija Tania besando a su novio cuando se despidió de él. Si la situación hubiese sido diferente, yo lo hubiera reclamado. Yo no era tan estricta como mi madre, pero creía que ella era demasiado joven para estar besando a un muchacho, aunque en Santos Suarez, algunas muchachas de su edad hacían más que besar a sus novios (al menos ese era el rumor). Pero ellas no tenían madres como yo. En esta noche en particular me quedé en silencio. Su novio era un muchacho de diecisiete años, con el pelo rubio y ojos verdes, dos años mayor que Tania; llevaban de noviecitos hacía casi un año. Él le dijo que volvería al día siguiente. Ella parecía tan feliz cuando entró a la casa, empujando su cabello largo y castaño detrás de sus orejas. Era su primer amor, y yo estaba a punto de romperle el corazón.

Eran cerca de las 2 de la madrugada del 22 de abril de 1980. En el puerto de La Habana, cientos de embarcaciones de todos los tamaños esperaban. Estábamos durmiendo cuando oímos que alguien tocaba a la puerta. Una voz masculina dijo:

— ¡Inmigración, abran!

Rápidamente me puse una bata sobre mi camisón y abrí la puerta. Un joven oficial vestido con pantalones oscuros y una camisa de mangas cortas, de un color claro, me dijo que había venido a recogernos. Nos íbamos de Cuba. Él me leyó una lista de nombres: el mío, el de cada uno de mis hijos y el de mi suegra, pero no escuché los nombres de mi hermana y su familia. Le pregunté acerca de mi hermana. ¿Por qué no estaban ella y su familia en la lista? Él no lo sabía y ordenó que nos diéramos prisa.

Enseguida desperté a los niños. Había tomado una bolsa para recoger algunas pertenencias básicas cuando el oficial nos dijo que no nos permitían llevarnos nada, sólo un cepillo de dientes. Mi corazón se hundió cuando dijo esto. Pensé en las fotos de la familia, mis diplomas universitarios. Corrí a la parte trasera de la casa para decirle a Berta que nos íbamos. Toqué suavemente en la puerta para no despertar a sus hijas o a Antonio. Berta tenía un sueño ligero como yo. Ella estaba abrochándose la bata cuando abrió la puerta de su dormitorio.

—Unos oficiales de Inmigración están aquí para llevarnos. Tenemos que irnos ahora. Tu nombre y los de tu familia no aparecen en la lista —le dije mientras mis ojos se llenaban de lágrimas.

Ella bostezó y de alguna manera, no pareció sorprendida. —No te preocupes —susurró. —Has pasado por mucho. Ahora necesitas pensar en ti y tus hijos.

Ella me abrazó, pero no por mucho tiempo, ya que los oficiales nos interrumpieron y de nuevo ordenaron que me apurara. Le dije a Berta donde había dejado mis diplomas y las fotos que yo había planeado llevarme. Yo le enviaría mi nueva dirección. No tuvimos tiempo de decir mucho más.

Los niños querían saber lo que estaba pasando, especialmente Tania. Yo les dije que su padre había venido para llevarnos con él, pero los guardias no habían sido explícitos acerca del lugar a donde nos llevaban, me suponía que al puerto. Gustavo estaba feliz y Lynette sólo se encogió de hombros, pero Tania tuvo una reacción muy diferente. La mezcla de tristeza y enojo en su mirada me dolía, pero ella no podía comprender. Tal vez un día lo entendería.

Los niños y yo abrazamos a Berta antes de salir de nuestro hogar en la Calle Zapote. Ella se quedó en el portal, sola, mientras caminábamos hacia el automóvil blanco que esperaba junto a la acera. Subimos al asiento trasero y cuando el oficial encendió el motor, mi hermana se despidió de mí agitando su mano con tristeza. Hice lo mismo. Entonces el oficial puso el automóvil en movimiento.

Mientras pasábamos por las calles vacías de Santos Suarez, miré a las casas de nuestro barrio por última vez. El suave resplandor de una lámpara iluminaba tenuemente las casas cerca de la esquina. Noté la tienda donde compraba mis raciones, y al frente de la tienda, el almendro alto que a los niños del barrio les gustaba escalar. Nunca volveríamos a ver a nuestros vecinos.

El oficial que iba montado al lado del conductor me dijo que íbamos a hacer una parada más. Leyó la dirección de mi suegra, que se encontraba en la calle Real de Marianao. En mi estado de nervios, casi me había olvidado de ella, y esto me dio vergüenza. Aproximadamente treinta minutos más tarde, nos detuvimos en frente de la casa de Mayda. Los niños se quedaron en el automóvil mientras yo acompañaba a los funcionarios. Les expliqué en el camino hacia la puerta que Mayda tenía setenta años. Ella tendría miedo a abrir la puerta si no reconocía a la persona. Les pedí que me dejaran hablar con ella a solas; quería que mantuviera la calma.

— ¿Está todo bien? — preguntó Mayda después que abrió la puerta con una expresión de preocupación en su rostro. Ella había encendido las luces de la sala, lo que permitió que me viera a mí, pero no a los oficiales.

—Todo está bien —le dije con voz calmada—. Perdona si te desperté. Tengo que hablar contigo.

Los oficiales se quedaron afuera cuando yo entré. Ya Mayda sabía que Rio venía a buscarnos, aunque ella no tenía la fecha precisa. Puse mi dedo índice en posición vertical contra mis labios para indicarle que se mantuviera en silencio. Luego señalé hacia afuera donde los oficiales estaban esperando. Ella asintió con la cabeza indicando que entendía. Nosotros caminamos en silencio hacia su dormitorio, donde le susurré lo que estaba pasando. Le dije que tenía que darse prisa y no podía tomar nada. Después de eso, de lo único que necesitaba hablar, aunque en un tono de voz baja, era de los rollos de dinero que había ahorrado, los que había escondido en frascos de vidrio por toda la casa. Ella me dio un par de ellos para que los escondiera en mi ropa y me pidió que fuera al lado y se los diera a su hermana. Yo no estaba segura de cómo iba a lograr hacer esto. La ayudé a escoger la ropa que se iba a poner.

Luego, cuando yo estaba a punto de salir de la casa, los oficiales dijeron que teníamos que apurarnos.

—Ella se está preparando. Por favor, denle un poco de tiempo. Ella es una persona mayor. Estoy segura de que ustedes tienen madres y entienden —les dije.

El conductor y el oficial que antes habían leído nuestros nombres, tendrían unos veinte y tantos años; ambos tenían el pelo negro, estaban bien afeitados y vestidos con pantalones oscuros y camisas de un color claro. Parecían niños. Cuando hice los comentarios acerca de sus madres, parecían más complacientes. Pensé que esta era mi oportunidad.

—Si no les molesta, voy a ir al lado para decirle a su hermana que nos vamos. Ella es una anciana también, y querrá decirle adiós a su hermana —le dije.

Decir esto me dio miedo. ¿Qué pasaría si me decían que no? ¿Qué iba a hacer con los frascos? Finalmente, uno de ellos asintió. Me sentí aliviada. Abrí la puerta pequeña entre las dos casas y caminé hacia la puerta principal de Consuelo. Las persianas estaban abiertas, pero la casa estaba oscura. Tuve que llamar varias veces hasta que vi el resplandor amarillo de una lámpara aparecer. Después la hija casada de Consuelo llegó hasta la puerta, en pijamas de color crema, le expliqué lo que estaba pasando y le di las jarras de dinero.

—Tengo que regresar antes de que sospechen que algo pasa —le dije—. Por favor, dile a tu mamá que venga con una bolsa que se pueda esconder debajo de la ropa. Debemos tener cuidado. La casa de Mayda y todo adentro le pertenecerá al gobierno una vez que ella salga. Si los oficiales nos ven sacando algo, todos podríamos ir a la cárcel. No vale la pena el riesgo, pero mi suegra insiste en que no quiere que el gobierno le quite lo que le ha costado tanto ahorrar.

Regresé y traté de mantener a los oficiales ocupados, mientras Mayda terminaba de vestirse. Se nos estaba acabando el tiempo. Cuando Consuelo por fin vino para decir adiós, vistiendo un vestido negro y holgado, ya era demasiado tarde.

CAMPO DE CONCENTRACIÓN "EL MOSQUITO"

Mayda ya estaba afuera vestida con unos pantalones cómodos, color azul claro, una blusa de flores y un suéter por encima. Los oficiales estaban al tanto de nuestros movimientos. Las hermanas se abrazaron, besé a Consuelo en la mejilla y nos fuimos.

Ahora los cuatro teníamos que compartir el asiento trasero. Tuve que poner a Gustavo en mis piernas a pesar de sus quejas. Dijo que era un hombre y no debía estar sentado en las piernas de su madre. Pues no tenía otra opción. Esta era la única manera que los cuatro podíamos caber. Le pregunté al que hacia dónde nos estaba llevando. Él me contestó que no le hiciera preguntas y todos nos quedamos en silencio después de eso.

Treinta minutos más tarde estábamos cerca de la playa y el automóvil se detuvo frente a un edificio que era utilizado para la recreación de los oficiales cubanos. Otros, como nosotros estaban llegando también al edificio en ese momento y se colocaban en una fila. Cuando llegó nuestro turno, los funcionarios del gobierno, un par de hombres y una mujer sentados detrás de una mesa larga, nos ordenaron que completáramos algunos formularios y nos quitaron nuestras tarjetas de identidad. Todos estos años, el gobierno ha sostenido que mis hijos eran hijos e hijas de la revolución y que su padre, después de haber salido de Cuba para ir a los Estados Unidos, había perdido todos los derechos sobre ellos. Sin embargo, en ese momento, solicitaron una forma en la cual mi marido autorizaba a mis hijos a abandonar el país. Pregunté si podía hacer una llamada telefónica a un vecino; mi hermana me traería el formulario. Los funcionarios me dijeron que tenía que encontrar un teléfono en otro lugar.

Eran más de las 3 de la mañana. Después de la medianoche, los cubanos no podían estar en la calle sin una tarjeta de identificación personal, y yo le había tenido que dar la mía al oficial. No tenía más remedio que ir a otro lugar a buscar un teléfono. Salí del edificio y dejé a mis hijos atrás. Tenía frío, de nerviosismo más que nada. Caminé unas seis cuadras en busca de un lugar con un teléfono; el único lugar que encontré abierto era una discoteca que estaban limpiando. Le pregunté a un anciano que trabajaba allí si podía usar el teléfono, explicándole mi situación. Se dio cuenta de que estaba temblando y me ofreció una bebida. Yo había sido educada en un colegio de monjas y nunca había estado en una discoteca; no era el tipo de lugar para que una buena niña o mujer católica frecuentara en aquellos días. Yo estaba nerviosa. Le di las gracias al anciano y le dije que yo sólo tenía que usar el teléfono. Llamé a Carmen, la mujer a cargo del CDR (despertándola de nuevo) y le expliqué lo que había pasado. Tuve que esperar unos minutos mientras ella se vestía e iba a buscar a mi hermana. Pobre Carmen. Me daba pena con ella por todas las veces que la había despertado en diferentes situaciones de emergencia. Ella nunca se quejó. Se había convertido involuntariamente en una parte fundamental de nuestras vidas, y me di cuenta ahora que ella era una mujer buena, atrapada en una telaraña de la política. Cuando Berta llegó al teléfono, le expliqué lo que necesitaba. Ella dijo que se encargaría de todo.

Colgué, le di las gracias al hombre de la limpieza y salí del club. Había caminado algo más de una cuadra cuando un carro blanco de la policía me detuvo. Uno de los dos agentes, quien tendría probablemente unos veinte años, con el uniforme típico (pantalón azul oscuro, camisa azul clara, zapatos negros) se bajó del carro y me pidió mi identificación. Le expliqué que me la habían quitado en el centro de procesamiento. Él me pidió que entrara en el asiento trasero. No sabía si él estaba creyendo lo yo decía y mis manos se pusieron frías y comencé a temblar. Me sentí aliviada cuando el carro de la policía me llevó al centro de procesamiento. Uno de los oficiales verificó lo que había dicho, y al fin logré reunirme con mis hijos y mi suegra.

Cuando regresé a un área de espera donde las familias esperaban ser procesadas, encontré a Tania sentada en una silla, mirando al suelo. Vi una lágrima rodando por su rostro. Ella no necesitaba decirme por qué estaba triste. Si mi hija de quince años hubiera tenido una opción, no hubiera venido conmigo. Extrañaba a su novio, sin darse cuenta de que ella estaba enamorada del amor. Creía que éramos muy diferentes, pero las dos éramos igualmente románticas. Yo tenía miedo, porque en Cuba, si un menor no quería salir del país con sus familiares, un padre no podía obligarlo a que se fuera. Yo le di una palmada en la espalda. Sus lágrimas fluían ahora. Empezamos a llamar la atención de los militares, y hasta comenzaron a caminar hacia nosotros. Sin embargo, un hombre en una bata blanca, quien era un médico asignado a trabajar en el centro de procesamiento, se les adelantó. Se volvió hacia el militar, y le dijo que mi hija no se encontraba bien. Él iba a examinarla. En voz baja les pidió a los niños y a mí que lo siguiéramos a su oficina. Mayda me dijo que se quedaría en la sala de espera.

Caminamos por un pasillo largo a su pequeña oficina, la cual tenía un escritorio blanco con una superficie de metal. El escritorio estaba pegado contra la pared, a un lado había un par de sillas y encima se podía ver una fotografía del doctor, una mujer que parecía ser su esposa, un niño y una niña. — ¿Su familia? —le pregunté. Él asintió con la cabeza.

El doctor le preguntó a Tania por qué lloraba. Yo respondí por ella. Le conté nuestra historia: los doce años de separación, el intento de Rio de quedarse. Los niños necesitaban estar a su padre. Yo sabía que Tania extrañaba a su novio y que yo había roto su primera ilusión. No pensé que tenía sentido que nosotros abandonáramos esta oportunidad única de reunir a nuestra familia y comenzar una nueva vida, solamente por no romperle el corazón a mi hija de quince años. Él nos advirtió que, si ella seguía llorando, los oficiales podrían llevársela. Él había visto suceder esto unas horas antes. El doctor nos dio una pequeña botella de píldoras. Dijo que le ayudarían a tranquilizarse. Tania no las quería al principio, pero el médico insistió hasta convencerla.

—Este es un acontecimiento muy importante en tu vida. Es natural sentirte como te sientes. Esto te ayudará —le dijo—. Tu madre quiere lo mejor para ti. Hazle caso.

El doctor y yo intercambiamos miradas. No teníamos que decir nada para saber lo que estábamos pensando. Él me entendía. Asentí con la cabeza mostrando mi gratitud por sus palabras.

Finalmente, Tania tomó una de las pastillas.

Él nos **permitió lavarnos** nuestras caras en un baño cerca de su oficina. Le di las gracias y nos fuimos. Más tarde, cuando regresamos donde Mayda esperaba, reuní a mis hijos a mi alrededor. Yo estaba sentada en una silla plástica. Necesitaba tener una de las conversaciones más importantes de nuestras vidas con ellos.

—Entiendo todo lo que están sintiendo. Hoy necesito que hagan algo muy importante —les dije despertando su atención—. A partir de este momento, necesito que dejen de ser niños y se conviertan en hombres y mujeres. Su futuro depende de esto. Necesito que cada uno de ustedes sea fuerte; no podemos permitir que nadie rompa a esta familia de nuevo. Necesito contar con ustedes para que tengamos éxito.

Los miré con una expresión seria, tratando de evaluar sus reacciones. — ¿Está todo claro? —les pregunté. Todos asintieron.

Tania no volvió a llorar, pero sus ojos tristes me dijeron todo lo que sentía. Necesitaba tener una conversación privada con ella. Le dije a Mayda que se quedara con Lynette y Gustavo. Tania y yo nos sentamos a unas cuantas sillas de ellos. Había mucho que se había quedado sin decir a lo largo de los años. El momento no era perfecto, pero yo no podía esperar más. Ella no me miró a los ojos cuando comencé a hablar, no al principio.

—Entiendo que estés enojada conmigo —le dije. Ella no lo aceptó ni lo negó. Respiré hondo. Tienes muchas razones para estarlo: lo que sucedió cuando tenías seis años durante el punto más bajo de mi vida, algo que realmente lamento; los años que has pasado sin tu padre; y ahora lo que estoy pidiendo que hagas. Te estoy llevando lejos de todo lo que conoces y pidiéndote que confíes en mí. Un día entenderás por qué. Les he dado los últimos doce años de mi vida para criarlos a ti y a tus hermanos, trabajando largos días. Yo no les di un padrastro. Puse mi vida en suspenso por el futuro de mi familia. Es necesario que comprendas lo difícil que esto ha sido. Este lugar donde vamos es la tierra de la oportunidad, un lugar de inmigrantes. Gente de todo el mundo va a este sitio soñando con una vida mejor. Tú has visto tanto, Tania. Todo lo que has vivido te ha endurecido y te preparará para la vida que hay delante de ti. Puedes llegar a lograr lo que quieras en ese lugar si trabajas y estudias duro. Eres una muchacha inteligente, y sé que lo harás, y un día, aunque tal vez no esté allí para verlo, pero un día sé que me lo agradecerás. Ahora, por favor, Tania. No te he pedido nada nunca y te lo he dado todo. No me decepciones. Tienes que dejarlo todo atrás. ¿Puedes ayudar a nuestra familia?

Sus hermosos ojos de color ámbar, los mismos ojos de Rio, se habían llenado de lágrimas, pero se las arregló para contenerlas. Ella asintió con la cabeza. Puse mis brazos alrededor de ella y la abracé.

—Gracias —le dije.

Momentos más tarde regresamos donde Mayda, Lynette y Gustavo estaban sentados. Mayda me miró inquisitivamente. Negué con la cabeza y le dije:

—Más tarde.

El salón se estaba empezando a llenar de otras familias como la nuestra. Me di cuenta de las miradas de preocupación; hombres, mujeres y niños mordiéndose las uñas; familias hablando entre sí en voz inusualmente baja. Gustavo dijo que tenía hambre. Le dije que debía tener paciencia.

Casi tres horas después, un oficial me dijo que mi hermana había llegado. Salí a recibirla. Ella me dio las formas, una bolsa con pan con aceite vegetal espolvoreado con sal, algunos pomitos de comida para bebé que había traído de lo que les tocaba a sus hijas. La miré con curiosidad cuando los vi.

—Eso es todo lo que tenía —dijo—. Me imaginé que tus hijos tendrían hambre. Ya me conoces.

Sacudí la cabeza y le di las gracias.

—Hay algo más que necesito decirte —susurró—. Cuando llegué aquí me encontré con el novio de Tania tratando de entrar en el edificio. Él se enteró de lo sucedido. Las noticias viajan rápidamente en nuestro vecindario. Él quería convencer a Tania para se quedara. Lo abracé, le dije que él y Tania eran jóvenes. No podía pedirle que renunciara a su vida por él. Le dije que las relaciones que se iniciaban a esa edad tenían poca posibilidad de sobrevivir. Le pedí que no arruinara tu vida ni la de Tania. Le prometí que le daría la dirección de Tania, una promesa que no tengo la intención de guardar.

Me daba pena con él. El novio de Tania, Andy, tenía diecisiete años, y había sido muy generoso con nuestra familia. Su padrastro era un socialista que ocupaba una posición importante dentro del Partido Comunista. Andy le traía leche y huevos a nuestra familia cuando nuestras raciones no alcanzaban. Yo estaba muy agradecida con él, pero la vida tenía otros planes y esta relación no estaba destinada a continuar.

Regresé con los documentos que necesitaba y la comida. Al principio, los oficiales querían quedarse con la bolsa. Les expliqué que Mayda era diabética, y después de vacilar, finalmente me permitieron pasarla. Yo estaba segura de algo: Tania nunca sabría sobre el intento de Andy de verla.

Alrededor de una hora más tarde, nuestros nombres fueron llamados. Un autobús estaba esperando afuera para llevarnos a otro lugar. Era ya de día y el gobierno había orquestado una protesta fuera del edificio para intimidar a aquellos de nosotros que estábamos abandonando el país. Ellos nos gritaban obscenidades y le tiraban huevos a nuestro autobús.

CAMPO DE CONCENTRACIÓN "EL MOSQUITO"

Algunas de las personas que iban con nosotros regresaban los insultos. Uno gritó:

— Estás celoso. ¡Quisieras estar tú aquí en mi lugar!

Les dije a mis hijos que se quedaran callados. ¿Cuál era la necesidad de decir algo? Una vez que el autobús se llenó, fuimos transportados a un campamento improvisado en el medio de nada, cerca del Puerto de Mariel. Se encontraba aproximadamente a treinta kilómetros al oeste de La Habana. Era el segundo puerto más grande de Cuba, después del Puerto de La Habana. El lugar me recordó a los campos de concentración nazis que había visto en la televisión: un área expansiva de hierba y tierra, con estructuras blancas, o albergues, hechos de metal y madera. Los oficiales nos ordenaron a ponernos en fila. Al final de la línea había una mesa larga y, **detrás de ella,** unos funcionarios gubernamentales revisaron nuestros papeles y nos pidieron que nos quitáramos nuestras joyas y entregáramos cualquier efecto personal. Sólo un cepillo de dientes se permitía en el campamento. Por suerte, nos habíamos comido lo que Berta **nos había traído en el autobús.** Una mujer baja y pesada con el pelo negro y corto nos escaneó con un detector de metales y nos dio unas palmaditas a lo largo de nuestros cuerpos para asegurarse que no lleváramos nada. Mayda tenía algo de comida en una bolsa que había escondido entre sus ropas antes de salir de su casa.

— ¿Qué es esto? —dijo la mujer cuando notó la bolsa.

—Galletas con mermelada de guayaba —dijo Mayda—. Soy diabética.

— ¡Sólo un cepillo de dientes! ¿No te quedó claro? —dijo la mujer en tono autoritario.

—Si paso mucho tiempo sin comer puedo entrar en un coma diabético. Esto es para emergencias. Por favor —dijo Mayda.

La mujer lo pensó por un momento, miró a Mayda con una mirada desconfiada y le devolvió la bolsa. Después que nos procesaron, otra mujer nos llevó a nuestro cuartel, una barraca enorme, larga y con pisos de tierra que contenía aproximadamente 100 literas metálicas puestas en filas. Había más de mil personas en el campamento, y las camas sólo alcanzaban para una fracción de ellas. Unos agentes armados con perros policía custodiaban los alrededores. Estaba distraída, mirando a la gente que nos rodeaba, cuando Lynette se alejó de mí sin decir nada.

— ¿Dónde está tu hermana? —le pregunté a Tania cuando me di cuenta que Lynette faltaba.

Ella se encogió de hombros. Yo le dije que se quedara con Gustavo y su abuela, que yo iría a buscar a Lynette. Miré por todas partes. Había demasiada gente y no lograba verla. Caminé desde la parte del frente a la parte posterior del cuartel y de nuevo a la parte delantera. Entonces salí a una zona de césped donde se habían reunido cientos de personas en pequeños grupos. Estaba desesperada. Comencé a preguntar a las mujeres en el campo si la habían visto describiéndola lo mejor que pude, pero todas respondieron de forma negativa. Estaba a punto de volver al cuartel cuando finalmente vi su pelo largo, de color castaño en la distancia. A medida que se acercaba, me di cuenta de la mirada de terror que había en su rostro.

—¿Dónde estabas metida? —le pregunté cuando estaba cerca de mí—. ¡Me tenías muy preocupada! ¡Te he estado buscando por todos lados!

—Lo siento, mamá. Es que tenía que ir al baño. Traté, pero no pude ir. ¡Algo muy malo pasó! —dijo Lynette como si estuviese a punto de llorar.

— ¿Y bien? ¡Dime!

— ¡Un perro policía! ¡Fue horrible, mamá!

— ¿Atacó a alguien? —le pregunté.

Ella asintió con la cabeza y dijo: — ¡Una mujer embarazada!

Abrí los ojos y le pregunté: — ¿Como está ella?

Ella se encogió de hombros.

CAMPO DE CONCENTRACIÓN "EL MOSQUITO"

—Vi sangre. ¡Le mordió el pecho y los brazos! ¡Estaba gritando!

Abracé a Lynette para calmarla. Entonces me di cuenta de que no podía dejar a mis hijos fuera de mi vista.

—Por favor, no te vayas de mi lado de nuevo. Todos tenemos que estar juntos. ¿De acuerdo? —Lynette asintió. Ella todavía tenía que encontrar un baño. Cuando regresé al cuartel, le pregunté a una mujer que estaba allí con su familia, la cual incluía dos pequeñas hijas y su hermana.

— ¿Baños? —dijo con sarcasmo—. ¡Te veo mal! Hay uno detrás del campamento que está desbordado. Está todo asqueroso, pero creo que esa es tu única opción. No hay agua potable, ni baño, ni comida. Si tienes mucha sed, sólo hay una pila de agua que está medio oxidada en la entrada.

Ella señaló hacia el frente.

—Cuando hace calor afuera, el agua sale muy caliente, pero te acostumbrarás. Por cierto, si encuentras una silla, no la dejes ir. Todas las camas están ocupadas.

— ¿Cuánto tiempo vamos a estar aquí? —le pregunté.

—He hablado con otras personas —dijo—. He oído que alrededor de una semana. Demasiados barcos llegaron a la vez. Muchos han estado esperando durante días a que llegue su turno para recoger a sus familiares.

Pensé en Rio. Él estaba en algún lugar del puerto esperando por nosotros. Seguí el consejo de la mujer y aseguré dos sillas. Le di una a mi suegra y usé una para mis hijos y yo. Las cuidábamos como si estuvieran hechas de oro y nos turnábamos durante todo el día y la noche. No teníamos más remedio que usar el inodoro inundado. Tendríamos que lavar nuestras sandalias cada vez que utilizáramos los baños.

El nombre que se le había dado a este campamento, El Mosquito, asumí que se derivaba de una causa obvia: por la noche era imposible mantener a los mosquitos alejados. Picaron a Gustavo muchas veces en sus piernas. Seguía rascándose hasta que se sacó sangre. Cada picada se convirtió en una pequeña herida cubierta de pus. Le pregunté a una enfermera si podía verlo. Me dijeron que sólo había un par de ellas en el campamento para casos de extrema urgencia.

Cada vez que un grupo salía del campamento, tratábamos de mejorar nuestra situación, y después de un tiempo, logramos conseguir una cama cerca de la entrada del cuartel, donde el olor de las heces y la orina no era tan fuerte. Le dimos la cama a Mayda, y trasladamos nuestras sillas a los pies de la cama.

La salud de Mayda había comenzado a deteriorarse. Ella había podido soportar el primer día comiendo lo que trajo de la casa, pero en el segundo día, su cuerpo ya no pudo soportar la falta de alimento. Estaba en la cama cuando llamó a Lynette.

—No me siento bien —dijo.

Lynette se paró a su lado sin saber qué hacer. A los pocos segundos, Mayda perdió el conocimiento y empezó a tener convulsiones. Yo estaba en la parte trasera del cuartel con Gustavo cuando sucedió todo. Mis hijas gritaban pidiendo ayuda, y varios hombres vinieron y se llevaron a Mayda a la enfermería. Estaba pálida como un fantasma. Mayda pasó unas horas allí y regresó luego con una bolsita de azúcar que las enfermeras le habían dado en caso de emergencia. Mayda dijo le habían dado algo de comida en la enfermería. Los niños y yo no habíamos comido nada durante casi dos días. Tania se quejó de que su estómago le dolía. Le dije que siguiera tomando agua hasta llenarse y así podría engañar a su cuerpo. Eventualmente, ella se acostumbraría.

Por la tarde, vino un poco de alivio. A través de altavoces, un oficial le pidió a la gente que hiciera dos líneas. Iban a distribuir raciones de comida. Después que se formaron las líneas, los oficiales decidieron que no les gustaba su ubicación. Todo el mundo se vio obligado a trasladarse a otra zona del campo, lo que retrasó aún más la distribución de la comida. La gente se volvió inquieta, pero las quejas se calmaron cuando comenzó la distribución de alimentos.

Mayda se quedó en el cuartel y le traje una ración de yogur tibio, sin sabor. Mis hijos se asquearon cuando lo probaron. Estaba muy amargo, y le preguntaron a su abuela si podía compartir un poco de azúcar con ellos. Cuando sacó el paquete de azúcar, una mujer que la vio le gritó:

—¡Eso no es justo! ¿Por qué ella tiene azúcar y nadie más la tiene?

En minutos, la gente enojada nos rodeaba. Mis hijos estaban asustados.

—Ella es diabética. Debe tener azúcar con ella —les expliqué.

—No me importa por qué la tiene —dijo ella—. No la deben tratar diferente de que a los demás —gritó la mujer. Entonces se volvió hacia la multitud y gritó:

—¡Esto no es justo!

Muchos asintieron o vocalizaron que estaban de acuerdo. Estábamos rodeados, y yo no sabía qué hacer. Intenté, sin éxito, de razonar con la multitud. Nada de lo que yo decía era suficiente para calmarlos. En un momento, la mujer que alertó a los demás dio pasos hacia mí, desafiante. Pensé que ella estaba a punto de pegarme cuando un grupo de hombres la convenció a ella y a todos que retrocedieran.

Después de este incidente, decidí que tenía que hacer algo para limitar nuestra estancia en el campamento. Mi oportunidad no llegó hasta un par de días más tarde. Esa mañana, noté a un hombre vestido de civil caminando hacia un edificio cercano. Por alguna razón, la forma en que se conducía me dijo que le debería pedir ayuda. No había visto a ningún perro cerca y me apuré lo más que pude.

—¡Señor! —le dije—. ¿Puedo hablar con usted? Es importante.

Dudó por un momento y luego me hizo seña de que lo siguiera. Entramos en un edificio blanco de una sola planta y caminamos a través de un pasillo estrecho de baldosas a su oficina, la cual estaba localizada a la derecha del pasillo, a través de la segunda puerta. Amablemente me pidió que me sentara. Le dije que prefería estar de pie. Sus ojos parecían darse cuenta de mi ropa sucia. No me había bañado en cuatro días.

—Me parece que usted es alguien que me pueda ayudar —dije.

Él sonrió y dijo que no había nada que pudiera hacer por mí. El proceso tenía que ser seguido a la letra.

—Creo que usted me puede ayudar si lo desea —le dije mirándole a sus ojos oscuros con una intensidad espontánea y una convicción que le debe haber demostrado mi desesperación.

—Mire —le dije, dando un paso hacia su escritorio, poniendo mis manos en el borde, y hablando en un tono calmado—. He estado aquí durante cuatro días. Mi suegra es diabética. Tengo tres hijos; mi hijo, el más joven, tiene once. Se cayó y su pierna está hinchada. Estoy muy, muy cansada, no he dormido durante días, y hemos comido muy poco —hice una pausa—. Estoy desesperada, y cuando una mujer como yo está desesperada, no hay nada que ella no haga para defender a su familia. Si algo le sucede a cualquiera de ellos, no respondo de lo que haga.

Él me miró con curiosidad. — ¿Qué piensa que me puede hacer? —preguntó en un tono arrogante.

—Voy a organizar a la gente en este campamento para que se rebelen contra ustedes —le dije desafiantemente—. ¡Lo que le están haciendo a estas mujeres y estos niños es una injusticia! ¡Debería darle vergüenza! —hice una pausa breve y noté una foto en su escritorio—. ¿Tiene hijos? —le pregunté sabiendo la respuesta.

—Pues sí. Dos niñas —dijo.

— ¿Le gustaría verlas en una situación como en la que están mis hijos?

CAMPO DE CONCENTRACIÓN "EL MOSQUITO"

Él miró brevemente a una foto que tenía encima del escritorio y luego a un bloc de notas en su escritorio. Respiró hondo.

—Mire, yo no le quiero hacer daño a usted o a sus hijos. Deme sus nombres, y yo veré lo que puedo hacer. No le puedo prometer nada.

Después de proporcionarle la información que solicitaba, me dio instrucciones sobre qué hacer si nos llamaban. Le di las gracias y salí del edificio a reunirme con mi familia, sin saber si iba a cumplir su promesa.

Desde nuestra llegada al campo, a mi familia y a mí, junto con un grupo de unas veinte personas, nos habían asignado el mismo número de grupo. Teníamos que familiarizarnos con el grupo al que pertenecíamos, ya que se suponía que todos nos iríamos al mismo tiempo. Más tarde, esa noche, cuando estaba afuera hablando con una mujer de nuestro grupo, oí que me llamaban. Me excusé y corrí adentro para buscar a mi familia. Ellos ya sabían qué hacer. Mis dos hijas ayudaron a su abuela, una en cada lado. Yo ayudé a Gustavo mientras cojeaba, de manera exagerada, hacia el hombre que había llamado mi nombre. Le había dicho a Gustavo y a Mayda, según las instrucciones del funcionario cubano con quien yo había hablado, que aunque estuvieran heridos o enfermos, tenían que actuar como si estuvieran en una condición peor de la que estaban. Sólo entonces el funcionario podría justificar el permitirnos que nos fuéramos antes que nuestro grupo (como si la condición de Mayda no fuera suficiente razón). Lo cierto era que teníamos que hacer todo lo necesario para salir de este lugar.

El hombre que me había llamado comparó cada uno de nuestros nombres con los de una lista que llevaba. Después de confirmarlos, nos dirigió a un autobús que esperaba en la entrada del campamento. Cuando la mujer con la que yo había estado hablando nos vio caminar hacia el autobús, gritó:

—¿Y qué pasó con el resto de nosotros?

CAMPO DE CONCENTRACIÓN "EL MOSQUITO"

Mis palmas sudaban. Les dije a mis hijos que no miraran hacia atrás, que siguieran caminando hacia el autobús. Cuando entramos sólo había cuatro personas en él. Más personas fueron llegando. Los minutos que estuvimos dentro del autobús se sentían como horas. Yo estaba impaciente, con miedo que a que la mujer de nuestro grupo siguiera protestando. El autobús se llenaba cada vez más. Quedaban solo dos asientos libres. Dos más, y luego nos iríamos. *Dios, por favor, ¡ayúdame!* Escuché el motor encenderse. Era como una dulce melodía en mis oídos. Sí, nos estábamos empezando a mover. Agarré la mano de Tania y la apreté. Estaba fría. Por fin, nos fuimos. Me sentí aliviada. Sólo unos minutos pasaron antes de que el autobús se detuviera de nuevo. Afuera estaba todo oscuro. No podíamos ver nada. El conductor nos pidió que nos bajáramos sin hacer preguntas.

—El que tenga que usar el baño debe ir ahora —dijo cuando nos bajamos. Él señaló hacia delante a una estructura en la oscuridad. Todo el mundo tenía que ir. Cuando llegamos a las instalaciones, vi que no había privacidad. Las letrinas estaban alineadas una junto a la otra. No había puertas en el frente, sólo un hueco en el suelo con pequeñas plataformas a cada lado del hueco para colocar nuestros pies; paredes improvisadas en cada lado. Tania entró primero. Yo le dije que iba a vigilar en la entrada de su letrina. No teníamos otra opción. Esa sería nuestra última oportunidad para ir al baño antes de un largo viaje. Cada uno de mis hijos utilizó la letrina mientras yo me paraba frente a ellos para proteger su privacidad. Oí una voz masculina a través de un altavoz. Se nos había acabado el tiempo. Teníamos que irnos. Yo no tenía tiempo para ir. No podía correr el riesgo.

Salimos, y un guardia nos dijo que lo siguiéramos. No podíamos ver ni a dónde íbamos. Veíamos sólo su pequeña linterna en medio de la oscuridad y sentíamos la hierba debajo de nuestros pies, y luego la arena. Cuanto más caminábamos, más podíamos oler la sal del mar. Estaba demasiado oscuro para ver el barco que nos esperaba, ya que la luna se escondía detrás de densas nubes. Un guardia comprobaba los nombres de los pasajeros bajo la luz de una linterna. Una vez que cada nombre era marcado, la persona debía tomar una escalera de madera y descender al barco. Nos paramos en línea esperando nuestro turno. Frente a nosotros había una mujer con una bebita en sus brazos y una señora mayor al lado de ella, la cual parecía ser su madre. Una vez que la joven le proporcionó los nombres al oficial, él le hizo una señal a otra persona a quien no había visto antes. El otro oficial le arrancó la bebita a la mujer sin preguntar nada, y la bebita empezó a llorar por su madre.

— ¡Tú te vas y tu hija se queda! —dijo en tono autoritario.

— ¡No! —gritó la joven, un grito que me atravesó como un rayo sacudiendo cada fibra de mi ser. —No me iré sin mi hija. Por favor, devuélvamela —suplicó. Otro guardia vino a sujetarla, pero ella se soltó de él cayendo de rodillas delante del hombre que le había arrebatado a su hija. —Por favor, no haga esto.

—Tienes que irte ya —dijo.

—Si mi hija tiene que quedarse, yo también me quedo —dijo.

—Tú no tienes esa opción. Su padre no está dando su permiso, y tú no puedes quedarte —dijo el oficial que había leído los nombres. — ¡Baja al barco ahora, o haré que lo hagas!

Su madre se acercó a ella y le dio unas palmaditas en la espalda. Las dos mujeres no tenían otra opción que bajar al barco.

Puse mis brazos alrededor de mis hijos y los mantuve cerca de mí. Tendrían que matarme, yo no permitiría que nadie me quitara a mis hijos. Era nuestro turno. Le di nuestros nombres al oficial, primero los de mis hijos, mi suegra, y por último el mío. Yo temblaba mientras él marcaba cada uno de nuestros nombres. Por fin, nos dejaron bajar al camaronero. Me sentí aliviada, pero yo no quería celebrar, todavía no. Estaba oscuro y los vientos estaban aumentando de velocidad. Podía oler la lluvia que venía. Una por una, la gente llenó nuestro barco hasta que casi no había espacio vacío. Yo podía escuchar a la joven cuya bebita había sido arrebatada llorando, mientras que su madre la consolaba. El capitán de la nave anunció que los enfermos y ancianos deberían ir dentro de la cabina del capitán. Se esperaba que el tiempo empeorara y era peligroso estar afuera. Mi suegra entró en un área cubierta del barco camaronero. Después de explorar mis opciones, decidí sentarme con mis hijos en la popa.

—Quédense cerca de mí —les dije.

Cuando por fin, el gobierno le dio permiso a nuestro bote para que se fuera, la noche estaba adornada con relámpagos en la distancia, en dirección del mar. Eran aproximadamente las 10 de la noche del 26 de abril de 1980 cuando salimos de Cuba para iniciar nuestro viaje a una tierra que desconocíamos. Según la cuenta del capitán, más de doscientos hombres, mujeres, y niños nos acompañaban en este viaje. Se temía que el número de personas excedía la capacidad de la embarcación, pero sus propietarios no tenían control sobre quiénes traían. Habían venido a Cuba a recoger a sus familias y salían sin sus seres queridos en un bote lleno de extraños.

Entre nosotros había un grupo de hombres sin camisa sacados de las cárceles. Más tarde nos enteramos de que algunos de ellos habían sido encarcelados por razones políticas, otros por pequeños robos. Al principio, me daba miedo viajar con estos hombres, pero pronto comprendí que, aquella noche en particular, había más cosas conectándonos que diferenciándonos.

A medida que el barco se alejaba de la costa, observé cómo las luces amarillas de La Habana se ponían cada vez más pequeñas. Vi los ojos de Tania permanecer fijos en la costa hasta que las luces desaparecieron. Los vientos aumentaron en previsión de la tormenta que se avecinaba y el barco empezó a mecerse con mayor intensidad. Alguien, tal vez uno de los tripulantes, dijo que estábamos enfrentando vientos de más de 60 nudos. Pensé que el gobierno había esperado intencionalmente hasta que el mal tiempo llegara, antes de permitir que el primer barco saliera esa noche.

En poco tiempo, nos enfrentamos de cabeza a la tormenta. Estábamos sentados en el suelo oxidado cerca de la popa, asustados, mientras las fuertes lluvia azotaban nuestros cuerpos. Oí el sonido de las olas rompiendo contra los lados de la embarcación, mientras la fuerte lluvia caía de lado. Escuché el zumbido del viento. Miré a mis alrededores. Hombres, mujeres y niños de todas partes del barco, enfermos por el movimiento, vomitaban por la borda, y el viento hacía que el vómito salpicara nuestras caras. Los mares parecían negros. Las olas seguían golpeando el barco fuertemente. Vi a los hombres sin camisa aferrándose a las mujeres y niños que vomitaban, para protegerlos de que cayeran por la borda.

Justo antes de llegar a aguas internacionales, un bote de los guardacostas cubanos se acercó a nuestra embarcación y a través de altavoces anunció que nos mantuviéramos al tanto de otro barco camaronero como el nuestro, que contenía más de doscientos hombres, mujeres, y niños y se estaba llenando de agua. Su capitán había pedido ayuda y dado órdenes de abandonar el barco. La realidad de nuestra situación me golpeó entonces. Esto nos podría suceder a nosotros. Me imaginé como el bote se hundía en medio de la oscuridad, la gente frenéticamente sosteniéndose a cualquier cosa que los ayudara a mantenerse a flote. Podía oír los gritos de las mujeres y los niños en mi cabeza. Le dije a mis hijos que se acercaran a mí y se aferraran a lo que pudieran, y oré. Eso era todo lo que podía hacer. No sabíamos si esto era un aviso real o una táctica para asustarnos. Miré hacia los mares oscuros y me pregunté cuántas vidas se perderían esa noche. Oré por la salvación de las personas que nos acompañaban en nuestro viaje hacia la libertad.

La lluvia y el viento se hicieron más fuertes. Los brazos del camaronero se extendían a cada lado de la embarcación salpicando el agua cada vez que éste se inclinaba, primero hacia un lado y luego hacia el otro, en un movimiento oscilante. En un momento, nuestro barco se levantó con una ola gigante. Podía sentir que subía más y más alto. Me aferré a mis hijos, anticipando lo peor, y cerré los ojos. De la misma manera que el barco había subido, cayó como un juguete, aunque más rápido de lo que se había levantado, y la caída creó un gran salpicón que empapó nuestras caras con agua de mar. Muchas de las personas en el barco estaban vomitando por los mareos, como si fuera una reacción en cadena. Cuando el barco cayó, se inclinó hacia un lado. Un hombre que había estado aferrado a una mujer mareada perdió control sobre su cuerpo y ella comenzó a irse por la borda. Más de la mitad de su cuerpo estaba ya por la borda cuando dos hombres sin camisa se apresuraron a ella y agarraron sus piernas justo antes de que cayera en el mar. Yo lo había visto todo, como en cámara lenta. Si hubieran esperado unos segundos más, la hubiéramos perdido.

Después de la gran ola, unas más pequeñas continuaron moviendo el bote, pero con menor intensidad. El capitán tenía dos de sus hombres distribuyendo refrescos y agua para ayudar a evitar la deshidratación. La tripulación del barco le tuvo que enseñar a la gente cómo abrir las latas de refrescos, porque ninguno de nosotros las había visto antes. El barco se siguió balanceando por un largo rato. Perdí la noción del tiempo. Seguí buscando una señal de otros barcos, pero no logré ver ninguno. Estábamos solos en medio de este inmenso abismo oscuro debajo de un cielo sin luna. Las únicas luces provenían de la cabina del capitán.

Después de lo que parecieron horas, la lluvia y el viento comenzaron a disminuir. Me debo haber quedado dormida después de eso. Lo próximo que recordé fue la salida del sol en el horizonte. Cuando abrí los ojos, vi a mis hijos a mi lado. Ellos ya estaban despiertos. Por alguna razón, habíamos sido parte de un grupo muy pequeño de personas que no se marearon esa noche. Tania pensaba que nuestros ángeles de la guarda nos habían protegido.

De repente, la gente gritó de alegría. Al principio yo no sabía por qué, enseguida lo comprendí. Allí, en la distancia estaban los primeros indicios de tierra. Todos sonreímos. Abracé a mis hijos. ¡Por fin! Hasta los extraños se abrazaron y lloraron de felicidad. Cuando el capitán, un hombre de mediana edad con la piel de cuero, escuchó los gritos de alegría, salió de la cabina y se paró en medio del barco con un megáfono.

—Señoras y señores, por favor, presten atención. Tengo un anuncio importante —dijo. La felicidad se convirtió en silencio y todos los ojos se enfocaron en el capitán cuyo rostro ya no recuerdo—. Lamento informarles que hemos cometido un error en nuestros cálculos. La tierra que ves delante de nosotros no es Estados Unidos. Es Cuba.

Hubo un silencio absoluto, excepto por el sonido de las olas. El silencio fue roto por la voz de uno de los pasajeros.

—Usted no habla en serio, ¿verdad? —preguntó.

El capitán se echó a reír.

—No, no, no estoy hablando en serio, por supuesto que no. Esa tierra que ven en la distancia es la tierra de la libertad. Bienvenidos a la libertad. Bienvenidos a los Estados Unidos.

La gente aplaudió y él esperó hasta que el ruido se apagara antes de proseguir.

—Yo sé que después de hoy, nunca los volveré a ver. Hagan lo que hagan, sin importar dónde esta nueva vida los lleve, no se olviden que fue en este bote, el camaronero "Capt. J.H." que los trajo a estas tierras.

Los hombres y mujeres lloraban con emoción; las madres abrazaban a sus hijos y los hombres sin camisa se daban la mano o palmadas en la espalda. Siempre me he preguntado si alguna de las personas quienes nos acompañaron en este viaje olvidaría nunca la generosidad del capitán que nos trajo aquí.

*****

CAMPO DE CONCENTRACIÓN "EL MOSQUITO"

Más allá, en la distancia, una bandera estadounidense flotaba majestuosamente contra el cielo azul. Había carteles en español por todas partes: «Bienvenidos a los Estados Unidos.» Leer los carteles y ver a todos los barcos que llegaban llenos de gente, cuya felicidad se vertía de sus cuerpos como la luz brotaba del sol, me daba escalofríos. Un sonriente trabajador de la Cruz Roja nos dio una bolsa de plástico blanco, con una cruz roja grande y nos dio la bienvenida a los Estados Unidos. Dentro de la bolsa, había pasta de dientes, un cepillo, jabón, y una pequeña toalla. Lynette, Gustavo y Tania estaban a mi lado asombrados por la euforia que nos rodeaba, la manera hospitalaria en que esta tierra estaba extendiéndonos sus brazos. Los ojos de Tania brillaban cuando vio a hombres caer de rodillas y besar el suelo al desembarcar. Algunas mujeres colocaban sus manos juntas, como en oración, mientras miraban a la bandera de Estados Unidos con lágrimas en sus ojos. Algunos sacudían la cabeza con incredulidad. Otros se abrazaban y gritaban:

— ¡Por fin! ¡Por fin!

Una vez más, me aseguré de que todos mis hijos estaban alrededor mío y les dije que se quedaran cerca, pero no podía encontrar a Mayda. La última vez que la vi fue la noche salimos de Cuba. Ella había viajado dentro de la cabina del capitán, junto con otras personas enfermas. Ahora, había tanta gente, tantas cosas pasando a nuestro alrededor. Una monja católica vestida de blanco se acercó a nosotros y me dio una Biblia con un crucifijo y rosarios y estampitas de la Virgen María a mis hijas.

— ¡Bienvenidos! —dijo con una voz dulce. La abracé y le di las gracias.

Después que ella se fue, seguí buscando a Mayda. Volví la cabeza en la dirección de nuestro barco y vi una camilla que sacaban del bote. Dos trabajadores de la Cruz Roja y un médico acompañaban a una pasajera enferma. Les dije a mis hijas que esperaran al lado de la asta de la bandera y me abrí paso entre

251

la multitud para acercarme a la camilla. Entrecerré los ojos para ver mejor. Vi el pelo rizado y plateado. Vi sus espejuelos. ¡Era Mayda! Me apuré hacia ella lo más rápido que pude. Era como nadar contra la corriente, con tanta gente que se movía en la dirección opuesta. Me mantuve de puntillas para no perder de vista la camilla. Por fin, la intercepté.

— ¿Ella está bien? —le pregunté al médico.

—Va a estar bien, pero está deshidratada y su nivel de glucosa estaba bajo. Mejorará pronto —me aseguró. Mayda me saludó débilmente y me sonrió.

— ¿Cómo la podré ver de nuevo?

— Usted tiene que ir a ese edificio blanco para que la procesen —dijo—. Vamos a llamar su nombre y traérsela una vez que ella esté estable. El procesamiento puede tardar varias horas. Hay demasiadas personas que están llegando.

Me acerqué a Mayda y acaricié su pelo. Se veía tan pálida. La besé en la mejilla.

—Ponte bien pronto, ¿me oyes? —le dije.

Ella asintió con la cabeza. Los trabajadores se la llevaron en la camilla, y empecé a caminar de regreso a mis hijos. Ver a Mayda en esa camilla me hizo darme cuenta de lo mucho que la quería. Ella había estado allí para los niños todos estos años, ayudándome financieramente sin quejarse nunca, cocinando su delicioso arroz amarillo con pollo cuando la visitábamos, trabajando en su jardín para darles alimentos a sus nietos. Ella era una mujer fuerte, una abuela maravillosa que se merecía mi amor y admiración.

Caminaba apresuradamente, zigzagueando entre la multitud de refugiados, monjas, soldados americanos y trabajadores de la Cruz Roja, pensando en nuestros próximos pasos. Yo no estaba segura de lo que iba a pasar después que nos procesaran, o cómo íbamos a conectarnos con Rio. Los dueños de nuestro barco habían llegado a Cuba para reclamar a sus familias y se habían ido con un barco lleno de extraños. Los propietarios de las embarcaciones no tenían control de las personas que traían; solo las autoridades cubanas tenían ese control. Él podría estar en una posición similar a la de los dueños de nuestro barco.

Miré hacia arriba para verificar la ubicación del mástil, debajo del cual había dejado a mis hijos. Estaba cada vez más cerca. La felicidad que me rodeaba era contagiosa: sonrisas, abrazos, besos. La promesa de una nueva vida esperaba. Una familia de refugiados cruzó por mi camino, un esposo, esposa y tres hijos, tomados de las manos en una cadena. Pronto, mi familia sería como la de ellos. Nuestra cadena rota se sanaría.

Yo ya tenía cuarenta y un años; tal vez era demasiado tarde para poder hacer una contribución significativa a este país. Pero la vida que yo había vivido nunca fue para mi propio beneficio, había sido para mis hijos, y ellos contribuirían de manera importante. Tania estaba a punto de comenzar el décimo grado, Lynette el noveno, y Gustavo el octavo grado. El futuro pertenecía a ellos y a sus hijos. Sería su obligación contarles a sus hijos sobre los sacrificios que habíamos hecho. Sería su responsabilidad hacer a nuestro nuevo país orgulloso de aceptarlos, trabajando y estudiando y teniendo sueños del tamaño de la luna.

Mis pensamientos me habían distraído por un momento y necesitaba concentrarme. Mis ojos buscaron mis hijos. No estaban exactamente donde los había dejado. Por fin, vi los pantalones verdes de Tania, los cuales estaban sucios del piso oxidado del bote y otros indicios de la larga noche. Entonces miré a los ojos chinos de Lynette, y finalmente Gustavo. No estaban solos. Gustavo estaba sosteniendo la mano de un hombre.

Yo no podía creer lo que veía. ¡No, no podía ser! Tenía que estar imaginándomelo. Tal vez yo estaba deshidratada también. Sentí la sangre corriendo a mi cabeza, como solía pasar cuando la presión me subía. Puse mi mano izquierda sobre mi pecho y sentí mi corazón latir más rápidamente. Mis piernas se debilitaban con cada paso. Vi su camisa polo azul, su sonrisa. Los años habían pasado, pero su sonrisa se había mantenido igual. Sus ojos eran tan hermosos como la primera vez que los vi, adornados ahora con las arrugas del tiempo.

— ¿Rio? —le dije, en un tono de voz débil, mientras que mis ojos se llenaban de lágrimas de felicidad.

Mis hijos sonrieron, asintiendo con la cabeza, y Rio corrió hacia mí, arrojó sus brazos alrededor de mi cuerpo y me besó en los labios con la pasión de nuestro primer beso. Luego besó mis mejillas, que ahora estaban mojadas de alegría. No podía creer que estaba allí.

—Dime que esto no es un sueño —le dije.

—No, no es un sueño. ¡Te quiero, Laura! Amo a mis hijos.

Él estaba llorando. Los dos llorábamos.

— ¡Nada nos separará nunca más! Te lo prometo —añadió mientras nos perdíamos en un abrazo interminable.

—Nada, amor. ¡Nada! —le dije. —Siempre vamos a estar juntos.

Y yo sabía que esta vez este deseo si se haría realidad.

Foto de la familia en la que esta historia fue basada y la casa de

Zapote 269

Para nuestros hijos y nietos:

Sólo les pedimos que se amen unos a los otros y a sus esposos o esposas con el mismo inmenso amor que nos unió a su padre (o abuelo) y a mí.
No importaron las piedras que encontramos en el camino, los obstáculos, las políticas injustas, los casi doce años de separación, aun así, permanecimos juntos hasta el final.
Este es nuestro legado a ustedes. El amor es el sentimiento más hermoso que existe en el mundo.

1964 - Nuestra boda

1997 - Año de la muerte de su padre (hasta que la muerte nos separó)

Fotografía de Elio González (Arturo) y su esposa, los campesinos de Güira de Melena que tanto ayudaron a mi madre – les estaré eternamente agradecida. Que en paz descansen.

Créditos y Agradecimientos:

Por su increíble ayuda en el montaje de la información que constituiría la base de esta novela, me gustaría dar las gracias a las siguientes personas:

Mi madre, Milagros, (en cuya vida se basa el personaje de Laura), por haber dedicado su vida a su familia, y por las horas que pasó conmigo, después de su diagnóstico de cáncer, hablándome sobre su vida durante los años que el gobierno cubano nos mantuvo alejados de mi padre. Por los diarios y cartas que me dejó, los cuales contienen información que no tuvo tiempo de darme. Por los sellos que ella guardó cuidadosamente, los cuales mi padre había conservado de las cartas que mi madre le había enviado durante los años en que el gobierno cubano mantuvo a nuestra familia separada. Ella los había colocado dentro de un sobre el cual encontramos luego de su muerte. Para el diseño de la portada, utilicé una banderita que él había guardado y tres sellos de los que encontramos (los más relevantes a su historia).

María Fernández (Berta en el libro), por las horas invertidas en el teléfono y durante el intercambio de correos electrónicos ofreciéndome información adicional acerca de la vida de mi madre y acontecimientos históricos relevantes. Mis entrevistas con ella me permitieron darle vida a la escena del día después de que Fulgencio Batista abandonara a Cuba.

Mi tío Mario, esposo de mi tía María, quien fue como un padre cuando mi papá había sido arrancado de mi lado.

A mi esposo y amigo, Iván, por su paciencia y apoyo durante la redacción y traducción de este libro y por su ayuda en los capítulos narrados por Rio, donde mi esposo me ofreció la perspectiva masculina. Te adoro, mi amor y compañero de más de 30 años.

Madeline Viamontes, mi suegra, por responder a las preguntas sobre la vida en Cuba antes y después de la revolución de Castro, y por cocinarnos almuerzo a mi esposo y a mí durante los meses finales de la redacción y traducción de este libro.

A mi hermana, Lissette, la hermana más dulce del mundo, por ayudarme a recrear, a través de sus recuerdos, los acontecimientos que tuvieron lugar en El Mosquito; y a mi hermano, René, por su aliento.

Gloria Adriana Viamontes, una diseñadora gráfica de gran talento quien diseñó la portada del libro para las versiones en español e inglés y el logotipo. Gracias por tu paciencia a través de este proceso. Las preguntas acerca de su trabajo pueden ser enviadas a: zapotestreetbooks@gmail.com.

A Alfredo Portomeñe, primo de mi mamá (alguien a quien ella quiso como a su hermano) por darme aliento y apoyo a través de este proceso.

A la abuelita de mi esposo, Esperanza Caridad Núñez, o como le decimos cariñosamente «Cachita,» quien cumplirá 99 años en el año de la publicación de este libro y aun así, se brindó a sentarse conmigo para que le leyera algunos de los capítulos de la novela. Fue bonito ver sus reacciones inmediatas a medida que las escenas se desarrollaban.

Los muchos otros miembros de la familia quienes respondieron a mis preguntas sobre acontecimientos históricos, o aquellos como mis sobrinos, mi hijo, Iván, y su esposa, Gloria, quienes me escucharon leer parte de los capítulos por teléfono o en persona, para pedirles su opinión.

Mi mentor, el profesor John Fleming (programa de la Universidad del Sur de Florida, programa de Escritura Creativa) a quien le agradezco inmensamente todo el apoyo que me brindó.

Diana Plattner, por su valiosa aportación. Tuve la suerte de tenerla como mi editora de la versión en inglés. También quiero agradecerles a mis editores de la versión en español, Francisco Javier Barrón Serrano y Gabriel Cartaya, señores con un tremendo talento. Gabriel, gracias, de todo corazón por su ayuda.

Hollie Tomlin, por su aliento, apoyo y generosidad con su tiempo.

Susan Girard, por leer la novela antes de su publicación en inglés y brindarme sugerencias valiosas las cuales incorporé en el libro.

El History Channel, por los videos y filmaciones sobre Cuba y la revolución que me ayudaron a corroborar la información proporcionada por mi familia (http://www.history.com/topics/cold-war/fidel-castro/videos/castro-and- la-cubano-revolución); y Examiner.com, por su artículo de gran utilidad sobre La Casa de la Beneficencia (http://www.examiner.com/article/my-surname-is-valdes-havana-s-casa-de-beneficencia-orphanage).

Comentarios de Otros Lectores (versión en inglés):

Randall R. Burger

«Después de leer casi 1,300 libros en mi Kindle, finalmente leí uno sobre el que me sentí obligada a escribir un comentario. Es esclarecedor e inolvidable. No pude dejar de leerlo hasta que no leí la última palabra.»

Greg Girard

«Cuando se desvanecen las esperanzas y los sueños, sólo la fuerza de carácter y el coraje podrían haber ayudado a esta familia desesperada. Tomando lugar en los primeros días de la Cuba de Castro, obtenemos una perspectiva fresca y una nueva visión de este tiempo tumultuoso. Una historia notable de la fuerza, la determinación y el poder del amor. Es una novela de ficción histórica con un fuerte vínculo con la actualidad.»

Suzanne Sterzinger

«Esta novela es una a la que a cada vuelta de una página invita al lector a la casa en la calle Zapote y al corazón de una mujer que de forma desinteresada sacrifica todo por su familia. Es una novela que muestra la fuerza, el amor, el coraje y la determinación de una madre, durante el más duro de los tiempos, para darles a sus hijos, lo que es el derecho de todos los seres humanos, la posibilidad de la libertad y la oportunidad.»

Mercedes Massola

«Este libro fue más allá de las palabras. No podía dejarlo. Leí el libro en dos días y lo recomiendo a todos a comprarlo y leerlo. El autor es simplemente increíble. Usted no puede dejar de ser parte del libro. Te sientes como si estuvieras realmente allí. Felicitaciones.»

<u>Sobre la escritora:</u>

Betty Viamontes nació en La Habana, Cuba. En 1980, a los quince años, en medio de un éxodo masivo de cubanos desde el Puerto del Mariel, en La Habana, emigró a Estados Unidos con su madre, hermanos y abuela paterna. Betty Viamontes completó estudios de postgrado en la Universidad del Sur de la Florida y se trasladó a una exitosa carrera en Contabilidad. Ha publicado varios cuentos cortos, pero esta es su primera novela. Actualmente, se está trabajando en un segundo libro. Betty Viamontes vive en Tampa, Florida, con su esposo y su familia.

Made in United States
Orlando, FL
25 August 2023